書下ろし

愚者の毒

宇佐美まこと

祥伝社文庫

目次

第一章　武蔵野《むさしの》陰影

✝二〇一五年　夏

風が強い。

見はるかす海は一面、白い三角波が幾重にも連なっている。

貨物船が沖を航行していく。

私は杖《つえ》をついて立ち上がる。今は痛みがないが、大腿骨《だいたいこつ》に負荷をかけないように注意しなければならない。

立ってもう一度窓の外を見やった。ミントグリーンの貨物船は、たいして進んでいるように見えなかった。

海のそばに来てよかったと思う。

ここからの眺《なが》めは飽《あ》きない。遮《さえぎ》るものが何もない大海原《おおうなばら》は、何時間でも見ていられた。

きっと時間の流れがよそとは違っているのだと思う。あまりにゆったりとしているものだから、しまいに自分が生きているのか死んでいるのかわからなくなる。

まだ六十五歳だというのに、と自分を笑った。ここでは随分《ずいぶん》若い年代だ。

伊豆《いず》半島、下田《しもだ》にある超がつくほど高級な有料老人ホーム。その名も『ライフリッチ・結月《ゆづき》』。

昨年、特発性大腿骨頭壊死症《とくはっせいだいたいこっとうえししょう》という病気を患《わずら》った。左の大腿骨頭の一部が、血流の低下により壊死してしまっているそうだ。治療は手術が一般的だが、まだそれほど壊死も進んでいなくて疼痛《とうつう》もあまりないので、保存療法で様子をみている。

ただし重いものを持ったり長く歩いたりということは禁止され、負荷を軽減するために杖を使うことを指導された。しかし、これで進行を止めることはできないので、手術は免《まぬか》れないだろう。

東京のマンションで今まで通り暮らしても、差し支えはなかったのだ。

本来私は活動的ではなかったから。

しかしこの機会に老後のことを考えて、夫に頼んでここに入居させてもらった。子供のない私たちは、誰にも頼らずに生きていく方法を考えなければならない。

夫は東京で仕事をこなし、週末をここで過ごすという生活だ。

部屋にはベッドが二つあり、夫婦で生活しても充分過ぎるほどの広さがある。小さなキッチンも付いているし、各部屋のお風呂には温泉が引かれている。インターホンで呼べばすぐにスタッフが飛んで来てくれる。レクリエーションも充実していて退屈するということもない。

これ以上ないというほど快適な施設だ。入居者専用の病院も併設されている。自立生活が困難な入居者も多いが、いたれりつくせりの介護を受けられる。

私は建物のすぐ下にある穏やかな入り江を見下ろした。ここは結月のプライベートビーチになっていて、他からは侵入できないようになっている。午後も遅い時間なので、人影はない。

自然のままに荒れる外海も、この入り江も私は好きだ。

私がここで向かい合うのは、海と過去だ。

✝一九八五年　春

「生年月日は——と」

面接担当者が私の履歴書に目を落とす。

この場面になるといつも落ち着かない気分になる。もう何度も経験したことだけど。

「昭和二十四年九月一日生まれの三十五歳、でしたね」

「そうです」

何の資格も特技も持たない私に、この年齢はどっとのしかかる。でもさりげないふうを装《よそお》う。相手は「ふうむ」と考え込む仕草をする。左手を眼鏡《めがね》の縁《ふち》にやってちょっと持ち上げる。眼鏡に光が反射して彼の瞳はよく見えない。私はそこから何かを読み取ることを諦《あきら》めた。神様、この会社がどうか私を雇ってくれますように。私の頭に光熱費や電話料金の請求書の束が浮かんでくる。アパートの家賃も先月から滞納したままだ。

「うち、ほとんど立ち仕事だけどいいですか？」

「はい、かまいません」

私は勢い込んで答えた。答えてから、もう少し余裕のある振りをすべきだったかと後悔した。

職安が紹介してくれたのは、衣料品工場の検品の仕事だ。この前面接に行った事務機器メーカーでは、年齢がいき過ぎているのと経理の経験がないことを理由に断られた。その前は訪問販売をする化粧品の会社で、その前は確かスポーツジムの受付けだった。どれも採用には至らなかった。

私は焦《あせ》っていた。その焦りが受け答えに出てしまっているのだ。

「今、すごく忙しいんだ」

履歴書から顔を上げずに担当者が言った。そんなにじっくり読むほどのことは書かれていないはずだ。私は普通免許すら持っていないのだから。

「はい」

「時期的にね――」ようやく彼は私の方を向いた。「学校の制服を大量に納入しないといけないし、もう夏服の縫製《ほうせい》も始まっているしね」

「承知しました。精一杯頑張ります」

今度は落ち着いて答えられた。

「募集要項にも書いてあったと思うけど、残業は多いよ、今」

「え？」

「工場はフル回転だから」とまどう私を無視して担当者は淡々《たんたん》と続けた。「ひどい時は夜の九時くらいまで帰れないこともあるけど、手当はちゃんと出すから」

私の表情が固まったのに、ようやく彼も気付いたようだ。

「何か不都合でも？」

「あの……」唾《つば》をぐっと飲み込んだ。「残業はできません。定時で帰れる仕事でないと。私、小さな子供を一人で育てているもので。その希望は職安に伝えてあったはずですけど」

「ええ!?」相手は大げさなほど驚いた。「そんなことこっちは聞いてないよ」

「そんな――」

もう一回履歴書を見直している。

「あなた、石川さんでしょ？　石川希美《いしかわきみ》さん」

「いえ、違います」いったい何が起こっているのか、さっぱりわからない。「私、香川葉子《かがわようこ》ですけど」

「どうもおかしいと思ったんだ。写真と感じが全然違うし。でも女の人って写真の撮られ方で結構変わって見えるからさ」

担当者がこちらに向けた履歴書には、別の女性の名前が書かれていた。貼《は》り付けられた写真も、髪型だけは私と似た、でも全く違う人だった。

何らかの手違いで、他の人が受けるべき面接に私が来てしまったようだ。ようやくそれが理解できた。今回の面接が徒労《とろう》に終わったと知って、体の力が一気に抜けていった。私は深々とため息をつき、相手はチッと舌を鳴らした。

ここのところずっと通っていた上野《うえの》の職業安定所の職員が犯した初歩的なミスのために、お互い無駄な時間を使ってしまったのだ。

私は、彼が机の上に投げ出した履歴書をぼんやりと見た。小さく切り取られた証明写真の女性には見覚えがあった。何度か職安で見かけたことがある。私よりずっときれいな人だ。

あの人、石川希美という名前なんだ——怒る気力もなく、そんなことを考えた。

「いや、全く申し訳ない」

職安の職員は、たいして申し訳なく思っているようには見えなかった。その証拠にへらへらと笑っている。

「履歴書はちゃんと正しく送ってあったんだけど、お二人への案内を取り違えちゃって」

「冗談じゃないわよ！」

私の隣に座った女性が、低いけれどよく通る声を上げた。

一瞬、周囲のざわめきが収まった。カウンターの向こうの職員たちも何事かと首を伸ばしてこちらを見ている。四十年配のその職員は、後ろをそっと窺《うかが》った。おおかた上司の視線でも気になるのだろう。

「あのね――」かまわず隣の女性（今ではその人が石川希美という名前であるとわかっているが）がカウンターから体を乗り出して彼を睨《にら》みつけた。「一刻も早く仕事を見つけたい私たちに無駄足《むだあし》踏ませといてその言い草はないでしょうが」

石川さんは、本来私が受けるべき面接に出向かされていた。当然私とそう変わらない、とんちんかんで不毛なやり取りをしてきたはずだ。

「あなた方、生年月日が一緒でしょ？」職員は私と石川さんの顔を交互に見る。

「それから名前が――」

「名前が？」

一向に怒りが収まらない様子の石川さんは、いちいち噛《か》みつく。「名前がその――」職員は、黙ったままの私の方へすがるような視線を送ってきた。「名前が石川さんと香川さんで、どちらも県名だったから」

「呆《あき》れた!!」石川さんは椅子を蹴《け》立《た》てて立ち上がった。「よくもそんなことで職安の仕事が務まるもんだわ。人の名前を記号かなんかだとしか思ってないんでしょ!」石川さんは、ぐいと私の肘《ひじ》をつかんで立たせた。

「もう結構よ。行きましょう」

私は彼女に引っ張られて広い職安の中を出口へ向かった。混雑したフロアで求人票を繰ってみたり、面談の順番待ちをしていた人々は、大股で歩く石川さんと引きずられていく私のために道を空けた。

外に出ても、石川さんの勢いは止まらない。歩道を三百メートルほども歩いた末に、やっと立ち止まって腕を離してくれた。

「もう！　気分悪いったらないわ」そうでしょ？　というふうにこちらを見る。

私はすっかり気圧《けお》されて、「ええ」と答えるのがやっとだった。

「ああ、喉《のど》が渇《かわ》いた。ちょっとお茶でも飲んでいかない？」

石川さんは返事を待たず、すぐ近くの喫茶店《きっさてん》に入っていく。

私はひどく疲れていた。頭がよく回らない。深く考えもせずに彼女の後から扉を押して店に入った。

カランとカウベルが鳴った。その瞬間、家で待っている達也《たつや》の顔が浮かんだが、奥の席に座りかけている石川さんを見て、それを振り払った。覚悟を決めて石川さんの向かいに腰を下ろす。すぐにウエイトレスがやって来て、石川さんはコーヒーを、私は紅茶を頼んだ。

喫茶店なんかに入るのは久しぶりだ。モーツァルトが控えめに流れ、コーヒー豆を挽《ひ》く匂いが柔らかく立ち昇っている。ささくれだっていた気持ちが凪《な》いでいくのがわかった。私はようやくゆっくりと、目の前の女性を観察した。

くっきりとした目鼻立ち。卵型の完璧な顔の輪郭《りんかく》。白い肌。真《ま》っ直《す》ぐに相手を見詰める黒曜石のような瞳。きっぱりとしたもの言いのできる人にふさわしい容姿だ。着ている物も派手ではないが、上等な品だとわかる。

私は自分の色褪《いろあ》せたトレーナーの袖《そで》を引っ張った。石川さんも、テーブルの上に両肘をついて私の顔をじっと見詰めた。ようやく事態を面白がる気になったのか、くすくす笑いを押し込めたような表情だ。私も釣《つ》られて微笑《ほほえ》んだ。

「あなた、香川さんね。香川葉子さん」

「そう。あなたは石川さんでしょ？　石川希美さん」二人で声を合わせて笑った。

「それで昭和二十四年の九月一日生まれ」

「二百十日ね」

「関東大震災が起こった日」

「防災の日」

「民放ラジオ放送開始記念日」

また笑った。もう長いこと、こんなふうに笑ったことがなかった。

二人の間にコーヒーと紅茶が置かれた。石川さんは砂糖もミルクも入れずに口をつけた。そういうところからも彼女が洗練された人物に思えた。私は苦いものは苦手なのだ。

どうしてこんなに見映《みば》えもよく頭もよさそうな人が、工場の検品係なんて希望するのだろう。

「今は働いていらっしゃらないんですか?」

石川さんはカップをソーサーに戻して、小さく笑った。

「そんな丁寧なしゃべり方しないでよ。同い年なんだから」

「すみません」

「ほら、また――」石川さんはきれいに巻いた髪を掻《か》き上げた。「私は転職しようと思って。今は弁護士事務所で働いてるんだけど」

「ええ⁉　そんないい所、どうして?」

石川さんはそっとカップを持ち上げて両手で包み込んだ。「ま、いろいろあるのよ」

また「すみません」と言いそうになって口を押さえた。

でも少なくとも私は、あの職員に感謝しなければならない。彼が私たち二人を取り違えてくれたおかげで、真に心を許せる友だちを得ることになったわけだから。

それから職安で顔を合わせる度、私たちは気軽におしゃべりをする仲になった。たいていは立ち話程度だったが、自動販売機で買った缶《かん》入りの飲み物を手に希美と話していると気が晴れた。

希美は池之端《いけのはた》のマンションに住んでいると言った。台地にある上野恩賜公園《おんしこうえん》辺りには、美術館や博物館が多い。しっとりと落ち着いた雰囲気《ふんいき》で、台東区《たいとう》の山手《やまのて》の感がある。母は「上野のお山」と呼んで、下町と区別していたように思う。文京区《ぶんきょう》との境に位置する池之端は、文字通り不忍池《しのばずのいけ》のそばにあって、高級な土地柄というイメージだ。でもマンションだっていろいろあるのかもしれない。

それ以上、踏み込んで尋ねることはしなかった。私も、自分が抱えている事情を訊かれたくなかったからだ。

私は、妹夫婦が亡くなったせいで引き取った、四歳の甥《おい》の達也を養わなければならないという事情を抱えていた。彼を保育所に預けて働くとしたら、夕方決まった時間に退《ひ》けて、週末はきちんと休める仕事でなければならない。発達に問題を抱えた達也のことを考えると、どうしてもはずせない条件だった。しかし、そんな都合のいい職場はなかなか見つからなかった。

三十五歳にもなって、私は人生の袋小路に迷い込んでいた。仕事もなく安住の場所も失い、幼い子を抱えて途方に暮れていたのだ。

「どうしたの？　その顔！」久しぶりに会った希美が驚いた声を上げた。数日前から親知らずが腫《は》れてひどく痛んでいたのを放置していたら、頬《ほお》まで膨《ふく》らんできて熱を持った。

「歯医者に行かなきゃ。ほっといて治るもんじゃないわよ」

「ええ」

まさかお金がなくて病院に行けないとは言えず、私は口ごもった。国民健康保険にも入っていない私は、とても治療費が払えないのだ。だが我慢にも限度があった。こんな顔では面接にも行けない。

前の時のように希美は私の腕を引っ張って職安の外に連れ出した。

「ほら、あそこに歯科医院があるでしょう。行っておいでよ」道路の向かい側を指差す。

「でも……」私はまだ躊躇《ちゅうちょ》していた。希美はバッグをさっと開けて自分の保険証を取り出した。

「これ、使って」

「えっ?」

「保険証がないんでしょ? どうせ誰だかわかりゃしないわよ。それに――」ピンク色のルージュを塗った唇《くちびる》で希美はクスリと笑った。「生年月日も一緒だもの」

どうしてこんなに察しがいいんだろう。弁護士事務所で働いているからだろうか。保険証の事業所名称の欄《らん》には、「加藤義彦《かとうよしひこ》弁護士事務所」とあった。

それ以上考えることなく、私は好意に甘えることにした。結局親知らずを抜いて顔の腫れが引くまで十日ほどかかった。最初に提示した希美の保険証のおかげでなんとか支払いを済ますことができた。

希美が歯が治ったお祝いにランチを奢《おご》ると言いだした。私は隣の部屋の老女に預かってもらっていた達也を連れて出掛けた。そんな誘いに乗った自分が信じられなかった。

多分すっかり辟易《へきえき》していたのだ。八方塞《ふさ》がりの状況に。

頼りになる家族も親戚もなく、友人たちとも疎遠になり、日々のことばかり心配する生活。これでもし仕事が見つかって、ささやかな生活が営《いとな》めるようになったとしても、私と達也には大きな変化は来ないだろう。私たちには破綻《はたん》した家族の〝生き残り〟としての陰鬱《いんうつ》な将来しか約束されていないのだった。美人で明るい希美とのちょっとした接触は、かつてそういうことを楽しむことのできた自分を思い出すよすがになった。

「こんにちは」希美がかけてくれた言葉に怖気《おじけ》づき、達也は私のスカートの後ろに隠れた。

オープンデッキの席に座ると、中庭に桜の木が植わっているのが見えた。葉桜だ。満開の時期を過ぎているのに今頃気がついた。今年は桜を愛《め》でる余裕もなかったのだ。イタリアンのワンプレートランチを注文した。達也にはお子様ランチを取った。海老《えび》フライやハンバーグ、チキンライスの載った皿が来ると、達也はもの珍しそうにそれを眺め、手を出そうとはしなかった。

「達也、頂きなさい」

子供用のフォークを無理矢理持たせる。達也はウィンナーをそれで刺したけれど、しげしげと見詰めるばかりだ。私は軽く苛立《いらだ》つ。この子には欲がない。食欲もなければ物欲も自己顕示欲もない。ある意味手のかからない子だ。放っておいてもじっとしたままだ。泣き喚《わめ》くことも騒ぐこともない。ほんのちょっと微笑むこと、顔をしかめることが、彼の情動の表し方だ。きっと誰かに愛されたいとも思っていないのだ。

「おいしい?」

ようやく好物のトマトをかじった達也に希美が話しかけた。希美の栗色の髪の毛に薄桃色の桜の花びらが一片載っていた。私は重い口を開いた。

「この子はしゃべらないの。一言も」

「あらそう」

希美は特に驚いた様子を見せなかった。大方の人がするように理由を詮索《せんさく》したり、同情したりということもなかった。

四歳の子が言葉を発しないのはもちろん尋常ではない。専門医は「精神発達遅滞《ちたい》がある」と言った。しかるべき訓練を受ければ、簡単な言葉なら話すようになるだろうと。

私の母は、断固としてその診断を受け入れようとはしなかった。

「あんなことがあったんだもの。達也はひどいショックを受けたんだよ。言葉が遅れたって仕方がないよ」

最愛の孫はいずれ話すようになると信じて疑わなかった。その母も去年の五月に亡くなった。精神的打撃を受けていたのは母の方だった。妹たちが死んでから持病の糖尿病が悪化して寝たり起きたりの生活だったのだ。最後は脳に血栓ができて命を落とした。

気持ちのいい午後だった。希美はランチを食べながら、この前受けた就職適性検査の話を面白おかしく話していた。質問事項のいい加減さをあげつらい、その信頼性には問題があると言った。

「あなたみたいなきれいな人が何で就職できないのかわからないわ」

彼女の話が途切れた時に私は口を挟《はさ》んだ。

「きれい？」希美はくりくりと瞳を動かした。それからチーズ入りのオムレツを一切れ口に入れた。「私、顔をいじっているからね」

〝顔をいじる〟ということが何を意味するのか、すぐにはわからなかった。希美は口の中の物を咀嚼《そしやく》しながら、さらっと言った。

「目は二重《ふたえ》にして、頬骨を削《けず》ったの。それからここに――」と右の頬を指差した。「結構目立つほくろがあったのを取ったの」

私は絶句した。希美は過去に整形手術を受けていたのだ。そしてそういうことをことさら隠そうともしていない。

この人は――と頬杖をついて微笑んでいる希美を見詰めた。この人は見かけの美醜《びしゆう》にこだわる人ではないはずだ。本能的にそう感じた。なのに、なぜ顔を変えたのだろうか？　転職のため？　まさか。

私はこの人のことを何も知らない。急にそのことに思い当たった。

食後のコーヒーをまたブラックで飲む希美に対して、にわかに興味を覚えた。そしてそういう感情は久方ぶりだということにも気がついた。他人に惹《ひ》かれるということが。

この人は随分しっかりして見える。以前はそれを「洗練された」というふうに感じたけれど、今は「老成した」という方が合っている気がした。私がそんな思いを巡らせているのも知らず、希美は私と達也とを交互に見やった。何かを言い出しかねているというふうだ。

「あのさ――」希美は、お子様ランチをほとんど食べずにかしこまっている達也に目を落としたまま言った。

「私はもしかしたらあなたに仕事を紹介してあげられるかもしれない」

＊

「これが先生の嫌いな食べ物のリスト」

藤原《ふじわら》さんが差し出したペーパーを、私は生真面目《きまじめ》に眺めた。

「たくさんあるんですね」

アスパラに茄子《なす》にピーマン、魚卵、チーズなど諸々の食材、それからカニクリームコロッケとか、冷やし中華などの料理名。

「でしょう？　でも今さら言っても変わらないから、合わせて作るしかないの」

それはそうだろう。難波《なんば》先生は、もう今年で六十六歳なんだから。

そしてこの家の家政婦を長年務めてきた藤原さんは、七十五歳だ。私に仕事を譲《ゆず》って、娘さんが住む滋賀《しが》県の大津《おおつ》に移住するのだ。

希美が紹介してくれた就職先というのは、この難波家の家政婦だった。それも住み込みで。達也も一緒でかまわないという。願ってもない働き口だ。

話を聞いた次の週には、希美に難波家に連れて行かれた。難波家では藤原さんの後任を早く決めたいふうで、私の身上についても通りいっぺんのことしか訊かれなかった。場所は調布《ちょうふ》市深大寺《じんだいじ》にある旧家だった。

「でもね、まあ、こういう小さなことはおいおい憶《おぼ》えていったらいいから」

肝《きも》に銘《めい》じておかなければならないことは――と藤原さんは手を休めて言った。すり鉢の中には、ヨモギがすり潰《つぶ》されて鮮《あざ》やかな緑のペースト状になっていた。先生の好きな草餅《くさもち》がいつでも作れるように、春先に採ってきたものを茹《ゆ》でて冷凍してあるのだという。

「肝に銘じておかなければならないことはね、先生は狭心症《きょうしんしょう》の発作を今までに二回起こしているということ。冠動脈《かんどうみゃく》を広げる治療をしてもらってはいるんだけど、次に発作を起こしたら命にかかわるかもしれないと言われているのよ。だから毎日服《の》むお薬は絶対に忘れないで。それから激しい運動を避けること。でも運動不足になってもだめなの。水分をこまめに取ること。まあ、それだけ押さえていれば差しあたっては問題ないわ」

藤原さんは、またゴリゴリとすりこ木を動かし始め、私は慌てて鉢を押さえた。

この家の当主である難波寛和《ひろかず》氏のことを〝先生〟と呼ぶのは、彼が定年まで中学校の教師をしていたからだという。藤原さんの娘さんも先生に教えてもらったらしい。

ふくよかに肥《こ》えて、温和な性格の難波先生は、私が見てもいかにも学校の先生といった感じだ。今日、私が達也を連れてこの家に来た時、先生は、高い天井やら広い庭に肝を潰しておどおどする達也を、目を細めて見下ろした。達也の特別な性格というか、障害のことは、希美を通して伝えてもらっていたけれど、私も緊張した。

「やあ、君ですか！」突き出したお腹をさらに押しだすようにして、先生は達也に近づいた。達也は先生が近寄った分だけ後ろに下がった。

「いいなあ、小さな生き物は。これからどんなになるか予想もつかないからなあ！」

先生が、理科の教師をしていたということは後で聞いた。だから生物や地質や天体や自然史などに精通している。何かを観察するということ、考察するということに長《た》けている。私の後ろで棒のように突っ立っている達也にかけた次の言葉が、「蚕《かいこ》を見ますか？」だった。


藤原さんによると、奥様と結婚する時、先生は難波家に養子に入った。義父が長年社長を務めてきた繊維関係の会社を継ぐためだった。だから先生は、いずれは教師を辞める覚悟をしていたようだ。だが、いざ先代が亡くなった時、奥様の佳世子《かよこ》さんは先生をとばして息子である由起夫《ゆきお》さんに会社を継がせた。生徒を教え、導《みちび》くことが天職であるといえるほど教育に熱心だった先生を、定年まで勤めさせてあげたい、そしてその後は穏やかな学究の道を歩ませてあげたいという奥様の強い希望があったからだ。そう藤原さんは語った。

そこにはちょっと複雑な事情があった。奥様は先生とは再婚で、由起夫さんは前夫との間にできた子供なのだという。離婚してから二十年以上離れ離れになっていたのだけれど、奥様はずっと息子のことが気にかかっていた。だから先代の死によって後継者問題が持ちあがった時に探し出して、彼の意向も聞き、先生の賛同も得て後継ぎに据《す》えたのだ。先生は、血のつながりのない息子を喜んで迎え入れたのだそうだ。そういうところからも先生の寛容《かんよう》さが窺える。

奥様の英断は功を奏して、息子の由起夫さんが社長になってから、会社の業績はぐんぐん伸びたという。きっと先生ではああはいかなかったでしょうね、と藤原さんは断じた。何せ、靴下を左右柄《がら》違いで履いていたって気づかない先生が、会社を経営するなんて到底無理でしょうからね、と。

例によって世事《せじ》に疎《うと》い私は、難波家が経営する㈱ナンバテックとは名前も聞いたことのない会社だったけれど、藤原さんの説明によると、小金井《こがねい》市内に工場と研究所を擁《よう》する業界では中堅の会社らしい。由起夫さんが継いでから繊維分野だけでなく、医療用素材や建築資材へと幅を広げてかなりの利益を上げているという。不動産、投資部門も併設して経営の多角化を図《はか》り、一昨年に本社を都心部に構えたそうだ。

鬱蒼《うっそう》とした屋敷林に囲まれた家の規模を見ただけで、裕福なのは私にも容易に想像できた。築百年を経たどっしりした平屋の木造住宅を、奥様の好みでリフォームしたとかで、古民家のよさを残しつつ、ゆとりのある洗練された間取りで居心地がよかった。

先生は約束通り、達也に飼っている蚕を見せてくれた。武蔵野台地では古くから養蚕《ようさん》がさかんで、難波家も家業として製糸、織物業を手掛けたことが、現在の繊維業の始まりだった。農家が副業で養蚕をしていたのは、随分昔のことだ。教頭職を最後に中学校教師を退職した先生は、広い庭の一部に養蚕小屋を移築してきた。近所の農家の片隅に残っていたのを、もらい受けてきたのだという。桑畑も作って、蚕を飼いだした。先生も初めてのことだから、何度かの失敗を繰り返したが、本来の生き物好きと、凝《こ》り症とで、まあまあ、質の良い繭《まゆ》ができるところまで漕《こ》ぎつけた。今では、近隣の小学生が教師に引率されて見学に来るらしい。

蚕を見た時、達也は口元をぐっと真一文字に食いしばって、一心にその白い芋虫《いもむし》に見入っていた。表情に乏《とぼ》しい達也の奥底で、何か別の感情が湧《わ》き上がりかけた。「興味」とか純粋な「驚き」とか、そういったものの片鱗《へんりん》だったかもしれないが、はっきりとした形を成す前に消滅した。この子に感情の萌芽《ほうが》らしきものが認められたとして、それが何を意味するのだろう。わからない。子を産んだこともないのに押しつけられた母親という役目に、私は困惑するばかりだ。

「何で虫が糸を吐くんでしょうね。動物の体から繊維が採《と》れるのはなぜなんでしょう。不思議でしょう?」

難波先生は、達也に話しかける。もちろん達也は何も答えない。でも先生はそんなことに頓着《とんちゃく》しない。先生は誰にでも丁寧な言葉を使う。息子にも、雇い人である藤原さんや私にも。奥様にもそうだったらしい。教師をしていた時には、生徒に対しても同じだったと藤原さんは言った。先生は地位や年齢にとらわれることなく、相手の尊厳を重んじるのだと。

養蚕小屋から戻ると、キッチンから望むことのできる明るく広々としたリビングルームの、向こうの端のソファに腰掛けて、先生は「小さな生き物」である達也をにこにこと眺めていた。

私はキッチンで、藤原さんを手伝って夕食の支度をしていた。

何の取《と》り柄《え》もない私だけど、長年母と二人で甘味処の店をやっていたこともあって、台所仕事を含む家事をこなすことは苦痛でも何でもなかった。料理も得意な方だと思う。

藤原さんは、手を動かしながら、私に難波家についてのあれこれを教えてくれた。

難波家は、代々この地で庄屋を務めてきた。江戸時代から武蔵野台地にある将軍家の鷹狩の狩り場を管理してきた格式の高い家柄だそうだ。藤原さんは長年、奥様と築き上げてきた家の整え方や、家を切り盛りしていく上で知らねばならない業者を教えてくれた。あまりに多い項目を憶えるために、私は夕食の下ごしらえが一段落した隙《すき》に、大学ノートを一冊持ってきて、それらを細々と書きこんだ。最初のページには、藤原さんがくれた先生の嫌いな食べ物のリストを貼り付けた。次のページには、先生の健康管理に関する事項を書き連ねた。

「まるで子供みたいなところもあるのよ、先生」フフフと藤原さんは笑う。「昆虫や花のことに夢中になって、食事をするのも忘れるなんてこと、しょっちゅうなんだから」

奥様の佳世子さんが五年半前に亡くなった話になると、私は畏《かしこ》まった。

「お気の毒に、まだお若かったのでしょう?」

「ええ、そうね。旅行好きで活発な方だったんだけど、子宮癌《がん》を患われて——。完治したように見えた時期もあったんだけどねえ。長くかかったわねえ。よくなったり悪くなったり」

藤原さんは、一瞬手を止めて遠い目をした。それからため息をつき、首を振った。奥様は、先生よりも二歳年上だったそうだが、それでも亡くなるのには早い。

藤原さんが語ったところによると、奥様が実の息子の由起夫さんを探そうと決心したのは、病気のせいもあったらしい。

「ご自分の死期を悟っていらっしゃったのかしらねえ。会社を息子に譲って先生にも安心して教職を続けさせてあげたかった。なんでもきっちりしておきたかったのよ。でもなにより、血を分けた息子さんに、亡くなる前に会いたかったんだと思うわ」

藤原さんは割烹着《かっぽうぎ》の裾で涙を拭《ぬぐ》った。由起夫さんも母親の意を汲《く》んで、必死に会社の経営を学んだ。もともとその才があったのだろう。奥様やナンバテックの取締役たちの助けを借りて、会社を継承していくことになったのだった。

「由起夫さんを探し出してくれたのは、加藤先生なのよ」

希美を雇っている加藤義彦弁護士は、ナンバテック及び難波家の顧問弁護士をしているのだった。莫大《ばくだい》な資産を管理するためには、弁護士やら税理士やらが必要なのだろう。私には、想像もつかないことだけれど。

由起夫さんと希美とは幼馴染《おさななじ》みで、彼がナンバテックの社長に就任してから、希美は彼の口ききで加藤弁護士に雇ってもらったらしい。久しぶりに会った由起夫さんが名字も変わり、結構大きな会社の社長に座っているのを知って、希美は就職口の斡旋《あっせん》を頼んだ。そういうことを、私は少しずつ希美や藤原さんから聞いた。家政婦として入った家の事情を心得ておかねばならなかった。

「一度目の結婚は祝福されないものだったの。相手の男を見て先代は猛反対したのに、若かった奥様は家を飛び出してしまって。結局うまくいかずに戻ってくることになった時、お姑さんは子供を渡さなかったし、こちらも先代がそれを許さなかったの。酷い話でしょう？　でも、奥様は幸せな亡くなり方をしたと思うわ。先生という人に巡り合って、実の息子さんを難波家の後継ぎにできたんだから」

藤原さんはその後、「奥様は幸せだった」と何度も言った。

初めての日の夕食のテーブルには、先生と由起夫さん、それと藤原さん、私と達也とで着いた。

「賑《にぎ》やかでいいですね！」

先生は無邪気に喜んだ。藤原さんはちょっと眉を上げてみせた。新しい家政婦と四歳児とが加わった食卓はどんなものか、想像もつかないといったふうだ。私は、仕事から帰って来た由起夫さんに緊張していた。

彼は物静かな人だった。背がひょろりと高く、そのせいでやや猫背だった。落ち着いたもの言いをする人だけれど、希美の幼馴染みということだから、私と同じ年だ。まだ結婚をしていないので、父親と同居しているのだ。

先生だけがよくしゃべった。こんな時に気の利いた会話ができない私はろくに返事もできなかったが、どうやらそれがいつもの食卓風景のようだった。大仰《おおぎょう》な身振り手振りでしゃべる先生は、ポロポロと食物をこぼした。

「由起夫さんはどう思いますか？」

時折、先生は息子に水を向ける。由起夫さんは穏やかに答える。そんなことの繰り返しだった。佳世子奥様が亡くなった後も、なさぬ仲のお二人はいい関係を築いているようだ。

新しい一日に疲れ切った達也が椅子に座ったまま舟を漕ぎ始めた。私は慌てて立ち上がった。達也を抱き取ると、先生と由起夫さんとが面白そうに幼い子の仕草を見ていた。

そうやって、私と達也との生活が、難波家で始まった。

雑多な生活の音に満ちていた下町とは違い、ここでは小鳥の声や風の音で目が覚める。毎朝五時頃、エプロンの紐《ひも》を結びながら藤原さんの隣に立つと、あまりの平和さにほっとする。藤原さんはいつ私が音を上げるかと構えていたようだが、こんなことはどうってことない。

早く起きることには慣れていた。店で出すあんこの小豆《あずき》を煮る母は、いつももっと早く起きていたと思う。今も時々、小豆を煮る幻《まぼろし》の匂いがふっと鼻先をかすめることがある。失われてしまった幸福の残滓《ざんし》だ。若くして未亡人になった母は、私たち姉妹を育てながら、葛飾《かつしか》区の新小岩《しんこいわ》で甘味処の店をやっていた。一軒家の一階を改装した小さな店舗だったけど、常連客で結構繁盛《はんじょう》していた。

藤原さんも働き者だ。家のことには一切手を抜かない。先生と由起夫さんが起きてくる前に、完璧に朝食の準備を整え、廊下の窓を開け放って新しい空気を取り入れ、玄関を掃《は》き清めて水を打った。由起夫さんは自分で車を運転して仕事に出ていく。先生は昼間庭に出たり、周辺を散策したり、体に障《さわ》らない程度の軽い運動を心がけているようだ。自然保護団体の会合やら、地元の歴史家の集まりなんかに呼ばれていくこともある。

それから小金井にあるナンバテックの研究所にも定期的に顔を出している。丘の下の停留所まで歩き、のろのろ走るバスに乗って出掛けて行く。研究所で開発された繊維製品の中には、先生のアイデアで生まれた物もあるそうだ。野菜栽培用のウレタンシートなどは、素材を植物由来のものにしてヒットした。使用後は土に還《かえ》るから、片付ける手間がいらないのだ。特許も数々取得しているという。蚕の糸の蛋白質《たんぱく》から、手術用の糸を作りだしたり、化粧品に転用する研究も進めているらしい。先生自身は「研究員の邪魔をしに行っている」のだと笑っている。

次々と仕事を命じられるのはいい。何もかも忘れていられた。

藤原さんに言われるままに、床を磨《みが》き、カーテンを取り外して洗い、庭の草むしりをしたり、食料品の買い出しに行ったりした。藤原さんは車を運転しないので、歩いて近くのスーパーや商店へ行くのだ。重い荷物になる時には、間島《まじま》さんというこれまた七十過ぎのお爺《じい》さんに軽トラックを出してもらう。間島さんは植木職人で、難波家の庭木の剪定《せんてい》を長年請《う》け負《お》っている人らしい。

「先生は木の枝を切るのを嫌がるからね。なんだって自然のままがいいって人だから、仕事がやりにくくてしょうがないよ」と小柄な老人は、荷物を下ろしながら私に言った。「庭に桑畑を作っちまうし、いつの間にか生えたウルシまで伐《き》らずに置いておいてくださいなんて言うんだからさ」

難波家に来て十日ほどは、由起夫さんと話すことはほとんどなかった。休みの日には、由起夫さんは家にいて、音楽を聴いたり本を読んだりしていた。右目のすぐそばに古い傷《きず》痕《あと》があって、うつむくとそれが際立った。鋭《するど》い刃物がすっと通ったような不穏《ふおん》な傷は、おとなしい彼には似つかわしくなかった。外に飲みにいくとか、同年輩の友人と付き合うとか、そういうことをしない人なのだなということはわかった。

寡黙《かもく》だし、先生と違ってとっつきにくいという印象だった。時折、リビングにいるのに気がつかないことがあって、びっくりすることもあった。まるで山奥で空の青を映してひっそりと平明に広がる湖面みたいな人だ、と思った。失礼な言い方だけど、他人に訴えかけるような強烈な個性がない。色も匂いもないと言えばいいか。家にいる時は、大きな会社を運営している人とはとても思えないほど、控え目で、飾り気のない人だ。

それでも少しずつ接する機会が増えると、そういうところが好もしいと思い始めた。その第一の理由が、他人からすっと身を引いて殻に閉じこもる達也が、由起夫さんに対してはそういう様子を見せなかったことだ。由起夫さんの方も突然現れた幼い子供に特別に興味を持つでもなく、働きかけるでもなく、自然体ですんなりとただ隣にいるという感じだった。お互いに意識しないのに、本を読む由起夫さんの足下で、達也が床に座って庭から持ってきた丸い石を並べているということもあった。そういうこともあって、変に気を遣《つか》うことなく、私も由起夫さんと口をきくようになった。

加藤弁護士は、紳士然とした中年男性だった。年はおそらく四十代半ば。鬢《びん》に白いものが交じっている。彼は先代の社長からも絶大な信頼を勝ち得ていたらしい。佳世子奥様が音信不通になって久しい我が子を探すことを彼に任せたのもそういう理由からだ。

加藤弁護士はしばしば難波家を訪れて先生に書類を見せて説明したり、指示を仰いだりしていた。彼は企業法務が専門なのだが、難波家の当主で不動産や財産の所有者である先生のためにも働いている。

「ああ、いいですよ。それは由起夫さんと相談していいようにしてください」

たいてい同じセリフを先生は口にした。こういう管理に関わる数々の面倒な手続きも、さっさと息子に譲ってしまいたいというふうだった。加藤弁護士に促《うなが》されて、希美がブリーフケースからファイルを取り出す。希美は、秘書的な役割をしているようだ。いつも弁護士の愛車であるベンツの助手席に乗ってやって来る。

こうして時折希美に会えることは嬉しかった。私たちは達也を連れてよく屋敷の近くを散策した。難波家は武蔵野段丘の一つの突端に建っていた。近隣の人はここを「城山《じようやま》」と呼ぶようだ。中世の頃から代々の豪族が住み着いていた場所かもしれない。だから道は緩《ゆる》い下りだ。くねくねと曲がった道を、私と希美と達也とでぶらぶら歩いた。この辺りの地形は、丘陵《きゅうりょう》と崖《がけ》と、その崖下から急に低地になるという構造だ。崖の下にはいつも湧水がある。武蔵野の高台に浸み込んだ水が、崖下から湧き出して流れを作る。それが集まって野川《のがわ》という細い川になり、やがて多摩川に流れ込むのだった。崖下の住宅街の中にもこんもりと繁《しげ》った林が点在している。武蔵野の代名詞である雑木林の名残《なごり》だ。

　この辺りで一番の城山は深大寺城跡のある丘だが、そっちの方には天台宗《てんだいしゅう》深大寺や神代《じんだい》植物公園があって、訪れる人も多く賑やかだ。そこから少し離れた城山の上の難波家は静かで落ち着いたたたずまいだ。

　希美は全く自由気ままだ。雇い主である加藤弁護士について来ては、彼を放っておいて私たちと散歩に出たりする。お得意様である由起夫さんの依頼で、加藤氏は希美を雇わなければならなくなったのだ。彼女に与える仕事もなく、ただ連れ歩いているだけなのかもしれない。そういう身分に甘んじているのが苦痛で、希美は転職を考えたのか。それは大いにあり得ると思った。

　希美は由起夫さんを「ユキオ」と呼ぶ。その度に藤原さんは顔をしかめる。大事な難波家の跡取り息子を気安く呼ばれたのではかなわないと思っているのかもしれない。希美の方は、そんなことにはお構いなしだ。

「ユキオは人づきあいが苦手というより、興味がない」とか、「ユキオは無愛想《ぶあいそう》だけど、あなた方が来てくれてほっとしているわ」とさらっと言う。

「お父さんと二人だけの生活なんて味気なかったでしょうから」

藤原さんを勘定《かんじょう》に入れないところは、彼女らしかった。

その頃まで私たちは、お互いを名字で呼んでいたのだが、「希美さん」「ハコちゃん」と呼び合うようになった。私の名前の「葉子」を「ハコ」と読んで、それが愛称になっていたと希美に話したせいだ。先生と由起夫さんも彼女に倣《なら》って「ハコさん」と私を呼んだ。

私の抱えた事情は、シンプルでありふれたものだ。

妹である可奈《かな》夫婦が作った借金のおかげで何もかも失ったのだ。少しばかりの貯金も母が営んでいた甘味処の店『あさひ』も、全部借金のカタに持っていかれた。

自由闊達《かったつ》で大らかな可奈は、苦労続きの母や引っ込み思案な私にとって明るい太陽のような存在だった。可奈の夫の辻本晋太郎《つじもとしんたろう》が、脱サラして当時流行していたおしゃれなカフェバーを始めようと思いついた時も彼女の方が積極的だった。

はじめこそ雑誌で紹介されたりして景気良くやっていたが、ただ二人とも楽天的で野放図《のほうず》だった。またたく間に経営は傾き出した。開業資金も商工ローンに頼ったらしいが、赤字が出るたびに店の家賃、人件費、仕入れにかかる費用を彼らはいとも簡単に借金で補《おぎな》っていたようだ。最初は銀行系、信販系のカードで、次は大手サラ金、中小街金――そのうちまともなところから借りられなくなって、高利貸しにも頼るようになった。サラ金規制法が成立する前のことで、負債は雪だるま式に膨らんだ。高利貸しが『あさひ』にも押しかけて来た。

彼らは威嚇《いかく》するように店の中を通り、家の奥に上がり込んで居座った。勝手に冷蔵庫を開けて飲み物を飲んだりする連中に半ば脅《おど》され、母も私も晋太郎名義の債務の保証をした。

カフェバーは二年ともたなかった。晋太郎は魂《たましい》が抜けたようになって、生活を立て直そうという意欲も、家族を養っていかねばという義務感さえ皆無だった。可奈だけが気が狂ったように金策に奔走《ほんそう》していた。といっても、もう誰も相手にしてくれない。結局は私たちのところに来るしかない。私もさすがに疎《うと》ましくなった。すべては自堕落《じだらく》な自分たちのせいではないか。心を鬼にして断り、泣きつかれ、口汚く言い争った。私が財布から抜き出す一、二枚の札をひったくるようにして去っていく妹は、もう昔の可奈ではなかった。

質素や堅実を地でいくような生き方をしてきた私たちには、とうてい考えられないような世界だったが、「サラ金地獄」という言葉がニュースを賑わすようになっていた。母はただ「達也がかわいそうだ」とそれだけを繰り返していた。

「もう来ないで。自分たちで借りたものは自分たちでどうにかして」

明日までに利息を入れないと大変なことになるのだ、と言う可奈に私は冷たく言い放った。今まで同じ口実でどれだけ融通してやったことか。現金のない時は、可奈に乞《こ》われて無人契約機で数万円ずつ借りることをしていた。客足の遠のいた『あさひ』の売上での返済は苦しかった。カフェバーのオーナーになって派手な生活をして、いい思いをしてきたくせに。肩を落として去っていく可奈の後ろ姿を見て、いい気味だとさえ思った。

その晩、可奈たち一家が住んでいた借家が燃え上がった。無理心中を図ったのだ。どちらが火をつけたのかはわからない。生きる意欲を失った晋太郎か、あるいは逆上した可奈か。

あの晩のことはよく憶えていない。今も思い出そうとするとひどい頭痛に襲われる。消防車のサイレン、夜空を焦がす火柱、母の悲鳴、野次馬の怒声。人気のない病院の廊下で、晋太郎と可奈の死を告げられた。気を失った母は、その病院にそのまま入院するという始末だった。達也だけは、近所の人が火の中から助け出してくれた。それを聞いても感情が麻痺《まひ》してしまっていて、嬉しいのかどうか自分でもわからなかった。

長年営んできた甘味処の店は手放すしかなかった。母と私と達也とは、築四十年の古びた六畳一間のアパートへ越した。

それまで可愛《かわい》らしい幼児語をしゃべっていた達也が、一切言葉を発しなくなったのを母が気にして、悪い体を引きずるようにして病院へ連れていった。医者の勧めで脳の検査もした。誕生後に大脳の損傷によって「後天性運動失語」という状態に陥《おちい》ることがあるらしい。もしかしたら、火事の時に頭を打ったのかもしれないと母はひどく心配した。結果は、先天的にも後天的にも器質的な異常は見られないというものだった。それで医者が口にしたのが「精神発達遅滞」だった。母はそれを頑《がん》として受け入れなかったけれど、打ちのめされたのは事実だ。己《おのれ》の持病よりも達也のことで弱り果ててしまった。目に見えて母の体調は悪化していった。

店を手放しても、母と私が保証人になった莫大な債務は消えなかった。私たち三人が身を寄せて暮らす小さなアパートにも、無情な借金取りは押し掛けてきた。三人の生活を支えるためにパートに出た先まで、督促《とくそく》の電話をひっきりなしに掛けてくるという嫌がらせを受けた。アパートの掲示板に中傷ビラを貼られたこともある。警察に相談しても、民事不介入を理由に「借りた方が悪い」と諭《さと》された。

しっかり者の母に頼りきってきた私が、自分の考えで初めて行動を起こしたのは、この時だった。

夜逃げしたのだ。恩義のあった商店街の人たちにも黙って、母が個人的に借りた知人からの借金も踏み倒して、私たちは逃げた。

ようやく前と似たような粗末な部屋を見つけて転がり込んだ。台東区の三筋《みすじ》というところだった。やはり下町のゴミゴミした場所だった。東京大空襲の際に十代の母はこの近くに住んでいたのだ。瓦《かわら》屋根の長屋や商店が軒《のき》を連ねていた街は、あっという間に火に包まれた。大火流に追われて逃げ惑《まど》った母はかろうじて助かったが、親兄弟を皆失った。そんな場所に再び住むことになったわけだが、気丈な母はすぐに気を取り直して言ったものだ。

「ねえ、ハコちゃん、ここはすっからかんになった人間が再出発するには、うってつけのとこなんだよ。三人で頑張ろうね」

その望みは叶わず、母は半年も経たないうちに死んだ。その後も借金取りに居場所を突き止められる度に、私は達也を連れて台東区内を転々とした。生きた心地がしなかった。私たち二人の真の再出発の場所は、深大寺になったわけだ。

深大寺に来た途端、時間の流れ方さえ変わった気がした。東京にこんなゆったりとした風景があるとは知らなかった。雑木林は住宅地になり、茅葺《かやぶ》きの農家は壊されて新建材で建て直されたとはいうけれど、私には充分自然溢《あふ》れる場所に思えた。

高低さまざまな丘の間に田畑があり、窪地《くぼち》や池がある。人家が密集した所でさえ、武蔵野の風光が感じられ、ほのかな詩情があるように見えた。重なり合った遠くの山の稜線は、青灰色にかすんでいる。春霞《はるがすみ》なんて初めて見た。下町にはよく光化学スモッグ注意報が出ていた。高い位置にあるここは、そんなものとは無縁だったのだろう。

難波家に来てもしばらくは、家の中の用事をする私のそばでぼんやりしているか、もしくは与えられた部屋でじっとしているかしていた達也も、興味を持つ対象に引っ張られる格好で、私から離れて行動するようになった。目まぐるしく変わる環境の中、閉明塞聡《へいめいそくそう》としていた子は、ここでなら安心していられると納得したのかもしれない。

「達也さん、こっちに来てごらんなさい」

難波先生は、自分の息子を呼ぶのと同じに、達也にまで〝さん付け〟をする。先生は庭にこぼれ落ちた白木蓮《はくもくれん》の花びらや、派手な色の毛虫を示して達也になにやら説明をしている。中学校の生徒に話しかけるのと同じくらい専門用語が挟まっている。達也には理解できるはずもない。この子には、障害があるんです、その言葉が何度も喉まで出かかった。でもやめた。ベテランの教育者である先生に改めてそんなことを言うのは、無意味なような気がしたのだ。しゃべり続ける先生と、無言の達也。六十以上も年の離れた二人は、奇妙な信頼関係で結ばれつつあるようにも見えた。

先生は達也に蚕の世話をさせた。関東地方では、だいたい五月上旬から春蚕《はるこ》が始まるらしい。たくさん飼っているわけではないので、桑畑もそう広くはない。先生が園芸用鋏《はさみ》で桑の葉を枝ごと落とすと、達也が一本ずつ引きずって畑から出す。小さな達也は、基部で枝分かれした桑の木の下を歩くのに適していた。

先生は、もの言わぬ達也にせっせと話しかける。蚕の世話が一段落して、しゃがんで土をいじっている達也に、一握りの土の中に夥《おびただ》しい数の微生物が棲《す》んでいて、それがどれだけ土を豊かにしているか、説明している。

「目に見えないからって、つまらない生き物だなんて思ってはいけませんよ。この世界に不必要な物は一つもないんです。すべてのものはね、つながっていて、それぞれを支えているんです」

無反応な達也が申し訳なくて、私が口を挟む。

「なぜこの子はしゃべらないのでしょうか」

「そりゃあ、しゃべりたくないからでしょうね。この子は相手の言うことはよくわかっていますよ。ま、気長に待つことですね」先生はさもないように続けた。

言葉は理解できるのに口をきかないのは、それ相応の理由があるのか。胸の奥底にちりちりとした嫌な感触を覚える。それは相手が私だから?

可奈が死んでも母が生きていた間は、達也を溺愛《できあい》するのも、彼の行く末を案じるのも祖母である母の役目だった。私も心を痛めはするが、傍観者然《ぼうかんしゃ》としている「伯母《おば》」でしかなかった。伯母さん――なんてしらじらしく、そぐわない言葉だろう。そういう呼び名でさえも、この子から呼ばれたことは一度もないけれど。また些細《ささい》な記憶が立ち上がる。達也が生まれた時、「おばちゃん」ではなく「ハコちゃん」と呼ばせようと言って笑われたものだ。そんな穏やかな時があったことすら、私は忘れ果てていた。

達也は火事のせいで、背中にひどい火傷《やけど》を負った。一か月半ほど入院治療をしなければならなかった。背中には、火傷の痕が醜《みにく》いケロイドとなって残った。

達也が退院した日、具合の悪い母に代わって私が迎えにいった。入院道具の入ったボストンバッグを提げ、達也の手を引いて、コンクリートの土手に囲われた川に沿って歩いてアパートに向かった。

暑い日も暮れかかっていた。

私は達也に優しい言葉の一つもかけてやらず、ただ黙々と歩いていた。頭にあったのは、どうやって借金を返すかということだけだった。さっき支払った入院費は痛かった。子供を育てるということはお金のかかることなのだと、今さらながら思い至った。

達也の歩みはのろかった。無表情に前を向いて歩く達也を見下ろして、どうしてこの子は両親と一緒に死ななかったのか、と思った。この子を残していったのは、可奈が私を困らせるためではないのか。生きている間もあんなに母と私に迷惑をかけたのに、まだ――。

その時だった。遠くの川の上にふわりと光るものが浮かび上がった。

私は、はっとして足を止めた。夕闇から浮き上がるようにして、それはすうっと近づいてきた。最初は丸い形だったものが、流れるように長く尾を引く形に変わり、どんどん私たちに近寄って来る。

私は凍《こお》りついた。可奈だ、と思った。可奈が人魂《ひとだま》になって戻って来たのだ!!

我が子を冷たい伯母に渡したくなくて——。

「達也、走って!」

乱暴に達也の手を引っ張ると、駆けだした。川に沿った細道から逸《そ》れて坂を下る時に、一度つまずいて転びそうになった。そのせいで、達也が人魂に呑まれそうになった。血の気がさあっと引いた。ボストンバッグを放り出して達也を抱き上げた。しっかり抱いて走り続けた。すれ違う人が驚いて立ち止まるのが見えた。

人通りの多い交差点まで来て、ようやく振り返った。人魂は消えていた。

私はそのことを母にも誰にもしゃべらなかった。可奈は、死んでもなお私を怨《うら》んでいるのだ。最後に会った時、いくばくかのお金を渡してやっていれば、可奈夫婦は無理心中なんかしなくて済んだのかもしれないという思いは、ずっと私を苛《さいな》んでいた。そして、こんな苦い思いをいつまでも抱かせる死に方を選んだ可奈を、私もまた憎《にく》むのだ。

二〇一五年　夏

ドアがノックされた。返事をすると、介護士の島森《しまもり》さんが立っていた。お腹がせり出すように大きい。もうすぐ初めての子供を出産するのだ。

「あの、私、来週から産休に入るんです。だからちょっとご挨拶《あいさつ》に来ました」

「まあ、そうなの。予定日はいつ？」

「八月の末なんです。でも何か早まりそう」

島森さんは、私が結月に来てからずっと担当してくれていた人だ。若いのによく気がつく人で、随分お世話になった。はちきれんばかりのほっぺたがいつも赤くて、しゃきしゃき動いて気持ちがよかった。

「新しい介護士が臨時で入るそうなので、そのうち事務長から紹介があると思います」島森さんは子供を保育所に預けられたらまた働きます、と付け加えた。

「元気な赤ちゃんを産んでね」と言うと、「はい！」と嬉しそうに返事をした。「生まれたらお見せしに来ますね」

私が島森さんに付き添われて食堂に行くと、加賀《かが》さんが手を挙げて合図してきた。約束している訳ではないが、彼女と食事を共にするのが習わしになってしまっている。

「ねえ。あなた、知ってる？」

どういうわけか私は加賀さんに気に入られている。おそらく私より十は上だろうが、そんなことは関係ない。加賀さんは、横浜《よこはま》の有名な病院の院長夫人だ。横浜での仕事が忙しく、まだ老人ホームへ入る気などさらさらないご主人は、あまり妻を訪ねて来ないようだ。退屈している彼女の話し相手に無口な私が都合がよかったのか、あるいは私がよっぽど浅薄で頼りなげに見えるのか、よく話しかけてくれる。

「あなた、知ってる?」の後には、たいていつまらない自慢話や噂話しか続かないのだが、こっちも時間を持て余しているので、聞くともなく聞いている。

私たちはいつも決まって東の窓際に座る。食堂といっても、高級レストランのような設《しつら》えになっている。天井は高く、豪華なシャンデリアがいくつか吊《つ》り下がっている。控えめな音楽がかかっていて、よく訓練された給仕が動きまわっている。介助が必要な入居者には、また別の食堂が用意されている。ここは真に食を楽しむ入居者が利用するところだ。今日の食器はジノリだ。

「あの子、あんなお腹をしてよく働くわね」

スープを口に運びながら加賀さんが言った。島森さんのことだ。彼女を褒《ほ》めているのではない。妊婦の格好がみっともない、臨月近くまで働かせる旦那さんが信じられない、というような意味が込められている。一年ちょっとの付き合いで、加賀さんの人となりは充分過ぎるほど把握《はあく》できた。それでも波風を立てたくなくて、私はこの傲岸不遜《ごうがんふそん》な老婆《ろうば》に付き合っている。

全くばかばかしいことだが、こういう施設にも派閥《はばつ》がある。加賀さんが死んでも加わりたくないと思っているグループは、東京都内でいくつもの産婦人科を経営している、やはり院長夫人の速水《はやみ》さんだ。彼女の一派は、常に西の窓際に陣取っている。今しも甲高《かんだか》い笑い声がしたところだ。加賀さんは、燃えるような目つきで私の背後を睨んだ。私は素知らぬ振りをしてスープを飲む。減塩食に糖尿病食、一人一人に合わせた食事が用意されているが、私には量が多すぎる。たいてい半分くらいしか食べられない。

わざわざ振り返らなくても、背が低くてどっしりと肥えた速水夫人が、取り巻き連中の中で高らかに笑っている様子が手に取るようにわかった。猪首《いくび》に食い込むように着けたネックレスや指輪には、高価な宝石が燦然《さんぜん》と輝いているはずだ。

「ねえ、知ってる?」また加賀さんの口癖《くちぐせ》。「速水さんのご主人は若い愛人を三人も囲っているそうよ。だからここにはあまり顔を出さないでしょう?」

そんな情報をどこから仕入れるのか。曖昧《あいまい》な笑みですべてを終わらせようとするが、彼女はまだ言い足りない。

「まあ、文句は言えないかもね。あの人も後妻らしいから。前の奥さんを追い出したのよ」

前の奥さんという人の噂をひとしきりする。元看護師のよくできた人らしい。ああ、そこに落ち着くのか、と得心した。加賀さんも看護師をしていて、ご主人と知り合ったらしいから。速水さんが〝看護師あがり〟と馬鹿にしているのも耳に届いていて、腹に据えかねているのだ。

「その点、あなたはいいわね」いきなり話が私のことに移ってくる。「ご主人が毎週きちんと来てくれて」

「ええ、まあ」

「あなたは、ご主人の家で家政婦をしていたんでしょ?」

結局、誰かを貶《おとし》めて溜飲《りゅういん》を下げるのか。私は小さくため息をついた。

早く部屋に帰って海を見たい。夜の海もまたいい。

一九八五年　春

佳世子奥様は、鎌倉彫《かまくらぼり》が趣味だったようだ。

八畳の寝室の続きは板張りの床になっていて、奥様の趣味の部屋になっていた。そこの机の上には、飴色《あめいろ》になるまで使い込まれた木製の握りがついた彫刻刀のセットが、透明のケースに入れて置いてある。平たい引き出しがたくさんついたキャビネットには、図案がたくさん納めてある。庭や野に咲く草花、鳥や小動物、風景などを優しい筆使いで描いたスケッチブックもある。三面鏡の枠《わく》に施されたシャクナゲの花の彫り物も、奥様の手によるものだと聞いて、感心してしまった。

先生の書斎にも、文箱やペン皿やサイドテーブルなどに奥様の手による彫り物がたくさん施されている。しかし何といっても大作なのは、書斎の壁に掛かった横長の額だ。縦は六十センチほどだが、横は二メートル近くあるだろう。そこに、差し交わす枝にとまって様々なしぐさをする愛らしい小鳥が彫りつけられている。オナガやヒワやホオジロやらが小首を傾《かし》げたり、身を寄せ合ったりしている様子は本当に見事だ。きっとこの武蔵野の小鳥たちを題材に採ったものだろう。遠景には蛇行《だこう》する川辺も描かれているが、それはもしかしたら野川なのかもしれない。ここで生まれ育った奥様の愛した風景が刻《きざ》まれているのだ。

漆《うるし》で磨き上げられた、黒光りする額を見上げながら、先生は書斎で眠る。先生は奥様が亡くなってから、二人の寝室だった部屋では寝ずに、書斎に布団《ふとん》を敷き、本に囲まれて寝るようになったのだと藤原さんは嘆《なげ》いていた。厚い図鑑や自然科学の専門書ばかりが、圧倒されるほどずらりと収納されている本棚の前で。発作が起こった時に舌下《ぜっか》投与《とうよ》する亜《あ》硝酸剤《しょうさんざい》だけは枕元に置くように、藤原さんは口を酸《す》っぱくして注意していたが、先生は時々忘れた。

やはり難波家を去りがたいのか、一か月を過ぎても藤原さんは滋賀県へ行こうとしなかった。とうとう業《ごう》を煮やした藤原さんの娘さんが迎えに来ることになった。それで藤原さんも観念したようだった。藤原さんの娘さんは、母親に似ずどっしりと肥えたよくしゃべる人だった。娘さんの発案で、最後に玄関の前で並んで記念写真を撮ることになった。母親が大津で見返せるようにと、初めからそのつもりでカメラ持参でやって来ていたようだ。いざ写す段になって、加藤弁護士と希美がベンツでやって来た。遠慮する二人を娘さんは無理矢理引っ張り込んだ。それで先生と由起夫さん、藤原さん、加藤氏と希美、それから私と達也まで入れて、彼女は何度もシャッターを押した。

「これだけ大勢の方にお世話になったんやから、母も本望ですわ」

「私、まだ生きてるわよ。縁起でもない」

そんな会話があったせいで、後日滋賀県から送られてきた写真は、皆笑顔で写っていた。

藤原さんがいなくなっても日常は変わらず過ぎていった。夜、向かいの部屋にもう藤原さんの気配がないことに一抹《いちまつ》の寂しさは感じたが、すぐに馴《な》れた。

廊下の向こうで裏口のドアが静かに閉まり、外から鍵を掛ける密やかな音がする。砂利《じゃり》を踏む足音が遠ざかる。由起夫さんの車をしまうガレージは、裏口から数メートル離れた場所にある。やがて車のエンジン音が響いてくる。

そうやって時たま、由起夫さんは一人で夜中に外出する。彼の部屋には専用の電話が引いてある。それが鳴ると、由起夫さんは行き先も告げず外出する。決まって夜更けだ。誰かに呼び出されているのだろうと思う。女性だろうか？　若い実業家である由起夫さんに恋人がいたって不思議ではない。むしろ、今まで独身でいることの方が不自然だ。

私などが詮索することではない。パジャマに着替えて達也の隣に滑《すべ》り込んだ。半開きになった達也の口元を見ているうちに、私も眠りに落ちた。夢の中で、高校生の可奈が自転車を押して私と並んで歩いていた。

「ハコちゃん、今度の文化祭でね、うちのクラスはぜんざいとあべかわ餅を出すことにしたの。お母さんに特訓してもらいに友だちが来るからね」

「それは楽しみね」と夢の中で私は笑った。

藤原さんが去ってから遠慮がなくなったのか、希美は家の奥向きのことまで知るようになった。台所に来て自分でコーヒーを淹れている。由起夫さんとも家の中で鉢合わせすることが多くなったけれど、まるで素っ気《そけ》ない。希美が由起夫さんのことを「ユキオ」と呼ぶのは（まさにカタカナが浮かぶように硬質な呼び方だった）、ごくごく自然な感じだったし、特に意識したようではなかった。由起夫さんにいたっては、彼女に呼びかけることすらほとんどなかった。どうしてもその必要が生じた時には、「希美」と名前だけを呼んだ。

希美は調布に来ると何だか眠くなるわ、などと言いながら、ここに来るのを楽しんでいるようだ。構えて人を寄せつけないようだが、その実懐《ふところ》は深い。投げやりなようで妙にこだわりを見せる面もある。職安で会った時の印象そのまま、他人を辛辣《しんらつ》に批判することもしょっちゅうだけれど、私や達也には温かく接してくれる。誰にでもというわけではないということはもうわかっている。関心のないものには、冷たいくらいに無頓着《むとんちゃく》だった。全くとらえどころのない人だ。

彼女なら、多くの友人に取り囲まれていても不思議ではないと思う。だが、誰かとどこかへ行ったとか、何かをしたとかという話は一つもしない。そういえば私が難波家へ来て以来、転職活動のことも言わなくなった。流行《はや》りのファッションに身を包むということもしない。ボディコンシャスな洋服をウェストでぎゅっと絞り、肩をいからせて闊歩《かっぽ》するような女性で街は溢れかえっていた。誰も彼もがワンレングスの髪型にピンヒールのパンプスだ。常に人目を意識した、隙のない装いは息苦しいし、あまりに画一的でかえって無個性に見えてくる。

希美はいつもシックで品のいいものを身に着けている。あえて流行などに背を向け、自分の着たいものを着ている。その潔《いさぎよ》さが私には好もしかった。それでいて抑えた色合いもさりげないコーディネイトも、充分計算されたもののように思える。すべてが調和して彼女の美しさを際立たせている。会うたびに私はうっとりするのだ。たとえ顔は作り物だとしても。

そうだ。希美が整形手術を受けた理由も、私はまだ知らない。親しくなっても希美は語らなかった。生まれ持った顔を変えるということは、重大なことのように思うが、希美にはそうではないのか。ただの気まぐれなのか。この人の本質はどこにあるのだろう。時々垣間見える希美のちぐはぐな感情や性格に私は翻弄《ほんろう》される。わかり合えていると思うそばから、肩すかしを食らう、そんな感じだった。

しかし私だって自分の詳しい事情は伏せていた。達也を引き取った理由を、妹夫婦が火事で亡くなって、一人息子だけが残ったからだとは正直に伝えたが、私自身が大きな借金を背負っていて、夜逃げしたことは黙っている。そんなことがわかれば、きっと難波家に雇ってもらえなかっただろう。

藤原さんからは時々、絵ハガキが届く。特徴のある角ばった文字で、「琵琶湖《びわこ》からの強い風に参る」とか「娘と三井寺《みいでら》にお参りに行った」とか短く書かれていた。私も返事の手紙を書いた。先生のことと由起夫さんのことが中心だ。きっと藤原さんもそれを知りたいだろうと思うから。この前、由起夫さんと私の間に起こったちょっとしたエピソードを書こうかと思ってやめた。多分そんなことはないだろうが、藤原さんに私の心の微妙な変化を感じとられはすまいかと案じたせいだ。

由起夫さんが本を読む横顔が好きだった。痩《や》せて背の高い彼が、幾分《いくぶん》前かがみの姿勢で熱心に本の文字を追っている様子に時折見惚《みと》れてしまう。彼の右目のすぐそばにある古い傷痕に目がいく。すべらかな皮膚《ひふ》にある明らかな瑕《きず》は凹凸《おうとつ》を生み、ある種の陰影のようなものを彼自身にもたらしている。思慮深さと憂《うれ》いと苦さ、自制――。ストイックな修行僧を連想させる。

藤原さんから聞いたところによると、佳世子奥様が卓袱台《ちゃぶだい》でリンゴを剝《む》いている時に、ふいに幼い由起夫さんがまとわりついた。その際に果物ナイフが触れて、割合深く抉《えぐ》ってしまった痕だという。そのことを激しく姑に責められ、嫁姑の関係を悪化させた。怪しげな新興宗教に凝っていた姑は、宗教に馴染まない奥様が最初から気に入らなかった。でもその傷が成長した由起夫さんを探し出す手掛かりになった。加藤弁護士のことだから、名のある探偵社に依頼して転居先をたどり、戸籍などの書類を揃《そろ》えることも抜かりはなかったらしいが、それでも佳世子奥様は、傷痕を見て由起夫さんだと確信し、静かに涙を流したという。

由起夫さんとは少し時間がかかったものの打ち解けて、日々の出来事や、ニュースで仕入れた情報、読んだ本のこと、先生や達也のことなど、わだかまりなく話せるようになっていた。希美や先生に続いて、親しく言葉を交わせる相手が増えていくのは嬉しかった。可奈たちの事件が起こって以来、心も生活も殺伐《さつばつ》としたものだったから。

多分、気を緩め過ぎたのだろう。とんでもない失言をしてしまったのだ。達也をどう育てたらいいかわからないというふうな話をした後だった。

「由起夫さん、これからは達也のお父さん代わりになってくれませんか?」すぐに馬鹿《ばか》なことを口走ったことに気づいた。「あ、あの——。深い意味はありません。ほんとに失礼なことを……」私は慌てて繕《つくろ》った。

由起夫さんはしばらくきょとんとしていた。それから私の意図を汲み取って、とまどいの表情を見せた。

「お父さん——? 僕が?」

ますます恐縮する。顔から火が出る思いだった。単純に達也には男親が必要なんだと思っただけで、でもその役目を他の男性に頼むということは、遠回しに相手に人生のパートナーになってくれと頼んでいるということになるのではないか。考え過ぎかもしれないが、そもそも私は男性に面と向かってそんなことを言ったことも言われたこともなくて、取り乱してしまった。

おそらく私の愚《おろ》かな言い間違いに、由起夫さんは気づいたはずだが、「そうか——。達也には父親が必要なんだな」などと呟《つぶや》いて素知らぬ振りをしてくれた。私は居たたまれなくなって、家の奥へ引っ込んだ。

それ以来、由起夫さんは努《つと》めて達也を気にかけるようになった。私はただただ申し訳なく、忙しい彼が達也のために時間をとって相手をしてくれたり、時には子供が好きそうなお菓子を買ってきてくれたりするのに、くどくどとお礼を言った。外国製の高価な三輪車を買ってくれた時には、とてももらうわけにはいかないと断って彼を困惑させた。

「まあいいじゃないですか」と先生は言い、「ユキオもそんなことをするんだ」と希美は笑った。

結局三輪車は達也のものになった。漕《こ》ぎ方も知らなかった達也に、由起夫さんは丁寧に乗り方を教えてくれた。誰かにものをもらうという経験のない達也は、たいして有り難《ありがた》そうな顔もせず、言われるままにペダルを漕いでいた。経済的に逼迫《ひっぱく》していた私たち家族は、ろくな玩具を買ってやれなかったのだ。

庭から響いてくる由起夫さんの声と笑い声に、達也の奇声としか思えない声が混じる。言葉にならないけれど、達也は時折大きな声を出すようになった。興奮であれ、拒絶であれ、これがあの子の感情の発露だと思えた。二人の声を聞いていると、本当の親子が戯《たわむ》れているのではないかと思えた。何ともいえない幸福感に包まれる。今までがあまりに苛《か》酷《こく》だったから。

由起夫さんが父親で、私が母親で、達也を育てているという幻想を抱く。完璧な家族――私が失った最も小さな社会形態。でも喉から手が出るほど欲しいものだ。そんな空想上の家族を持つくらい、許されるだろう。誰に迷惑をかけるわけでもない。誰にも秘密の私だけの家族だ。そのうち、自分の中に小さな変化を見出《みいだ》した。

もし由起夫さんと結婚できたら——大それた発想だ。

だからそういういきさつを藤原さんへの手紙には書けなかった。厳格な老家政婦は、きっと憤慨《ふんがい》するに違いない。でもこれは私のささやかな憧憬《どうけい》なのだ。絶対に実現することのない希望。しだいに私は由起夫さんを意識するようになった。どんなに親しくなったとしても希美にも打ち明けられない、三十路《みそじ》女の密かな恋慕《れんぼ》だ。

夜更けの呼び出しの電話に応じて出ていく由起夫さんは、どんな顔をしているのだろう。恋人はどんな人なのだろう。きっと洗練された頭のいい人だろう。男盛りの年齢なのだから、結婚は間近なのかもしれない。盛大な結婚式を挙げて、都心の高級マンションで新生活を始めるのだろうか。私は——何も変わらない。しばらくは落ち込むかもしれないけれど、諦めることには馴れている。そうやってきっぱりと終わりが来るまでは、私だけの脳内恋愛をしたって罪はないだろう。

私の思いを知る由《よし》もない由起夫さんは、達也の父親役になりきろうと気を配ってくれている。生真面目で誠実な人なのだ。私がうっかりと口にしたことを、軽く受け流すということができなかったのか。仕事に追われるだけの生活の中に見出した小さな刺激とでも言おうか、家に帰ってきても「おかえりなさい」と迎えるでもない達也を可愛がってくれる。

ある日、ふいに気がついたみたいに由起夫さんが言った。

「達也はどうして幼稚園に行かないんだ？　もうそういう年齢だろ？」

「ええ、そうなんです。でも、この子はご覧の通りしゃべれませんし、普通の幼稚園では預かってもらえないと思うんです」

嘘だ。私たちの住民票は、台東区の三筋に置いたままだ。達也を幼稚園に通わせるために住民票を移動すれば、高利貸しやサラ金に居場所を突き止められる。それが怖かった。もちろんそんなことを由起夫さんに言うことはできない。由起夫さんは、それなら達也のような子が行く施設に通わせるべきだと主張した。会社に福祉関係に詳しい部下がいるから調べさせると言った。苦いものが込み上げてきた。

✝二〇一五年　秋

九月一日に、私は六十六歳の誕生日を迎えた。この日が来る度に気が塞《ふさ》ぐ。結月では毎月、誕生会がある。広いレクリエーションルームに、入所者とスタッフが集まった。車椅子に乗った人や酸素吸入の装置を着けた人も、スタッフに付き添われてやって来る。速水さんも九月生まれなので、精一杯のおしゃれをして中央に座っている。私は一番端っこで小さくなっている。結月専属のパティシエが作った四角いケーキの上には、色とりどりのベリー類が載り、ぽってりと塗られた洋酒入りのジャムが瑞々《みずみず》しさを引き立てている。代表してナイフを入れようとしている速水さんのブレスレットの宝石と、ベリーとが同じように輝く。切り分けられたケーキが回された。

「あっ！」という叫び声が上がる。速水さんの膝《ひざ》の上でケーキの皿がひっくり返った。見事な手仕事のレースのスーツが生クリームで台無しだ。

「す、すみません！」新しく入った介護士が、慌てて布ナプキンを取って汚れたスーツを拭こうとした。生クリームはレースの隙間に入り込んでますます無惨《むざん》なことになる。制服の胸に『渡部《わたなべ》』と刺繡《ししゅう》の入った若い男性介護士は、島森さんが抜けた後、補充で三人ほど雇用された臨時職員のうちの一人だ。

「何をしているの！」介護士長さんが怒鳴《どな》りながら、濡《ぬ》れたお手拭きを持って駆け寄った。

「もう結構よ！」速水さんは憮然《ぶぜん》として立ちあがった。

「申し訳ございません。すぐにクリーニングに――」

事務長まで飛んで来た。速水さんは、最上階特別室に入居するVIP中のVIPなのだ。結月の母体企業にご主人が出資しているという噂もある。

速水さんは足音も高く出て行った。加賀さんが笑いをこらえているような表情を見せる。水を差された形の誕生会は、尻すぼみになった。皆でぼそぼそとケーキを食べるしかない。ばかげた歌や催《もよお》しものがなくなって私はほっとした。

渡部さんは、事務長に連れられて出ていった。おおかた速水さんの部屋で平謝りをするのだろう。彼のドジ振りは、館内でも有名になっているのだと加賀さんが囁《ささや》いた。それでもあっけらかんとしている渡部さんは、気骨があるというか、鈍《にぶ》いというか。加賀さんの素晴らしい情報収集能力によると、彼は日本国内で働いて、お金が貯《た》まれば世界中を旅して歩くという生活をしているらしい。

「へえ、バックパッカーなんだ。いいわね、若い人は」とうっかり言うと、加賀さんは憤慨した。

「バックパッカーなんて、あなた、浮浪者とおんなじよ」ばっさりと切って捨てる。「ああいう類《たぐい》の人物を臨時職員としてでも雇い入れるなんて、結月も落ちたものね」

どうせ少しだけ働いてお金を貯めたら、またどこかにふらりと放浪しに行くに決まっているわ、と加賀さんは言った。そんな根なし草みたいな若者が増えて困ったものだと。

お祝いにもらった小さなブーケを手に腰を上げると、田元《たもと》さんが付き添って部屋へ連れて帰ってくれた。田元さんはもともとここにいた介護士で、島森さんの後、私の担当になった。

「せっかくの誕生日パーティが台無しになっちゃってすみません。気を悪くされたんじゃないですか?」四十過ぎでベテランの彼女が気を遣う。

「いいえ、ちっとも」

「渡部君も悪気はないんだけど、失敗しても反省するということがないんだから。またおんなじことを繰り返しちゃうんです」

「いいのよ。若い人はそうやって成長していくんでしょうから」

「成長するんですかねえ、あの子」田元さんの言い方がおかしくて笑った。

気のいい渡部さんは、入居者に買い物を頼まれたり、職員に言いつけられた雑用ばかりに使われているそうだが、特にへこんでいるふうには見えない。部屋で田元さんにブーケの花を生けてもらった。黄色いバラだ。花言葉は「友情」。どうして今日という日に黄色いバラなのだろう。田元さんが出ていった部屋の中で、黄色いバラが清い香りを発している。

私は杖をつきながらクローゼットの前に立った。折り戸を開け、奥にあるキャビネットの引き出しから平べったいクッキーの缶を取り出した。片手にクッキー缶、片手に杖を持ち、ゆっくりとリビングに戻る。椅子に腰掛け、テーブルの上に缶を置いた。錆《さ》びてみすぼらしくなった缶の表面を、手のひらで撫《な》でてみる。

窓の外は秋の海。ややうねりがある。空が高い。

ため息を一つついて、私は古いクッキー缶に手をかけた。ここへ入居する時、随分多くの持ち物を処分した。でもこれだけは捨てられなかった。この中には、私の過去が納まっているのだ。蓋《ふた》が歪《ゆが》んでしまっているせいで、開けにくい。力を込めて引き開けた。

一番上に載っているのは、大学ノートだ。表紙も中のページも、何度もめくられてよれよれだ。幾分黄ばんでもいる。最初のページを開ける。そこに「先生の嫌いなものリスト」が貼ってある。それを丁寧に読んでいく。難波先生は、好き嫌いが激しい人だった。子供みたいに。小さくて角ばった文字が、先生が食べられない食物を丁寧に書き記している。

ノートを戻して、その下にある物を探った。一枚の写真。三十年も前のものだ。ハガキ大に引き伸ばされた写真の真ん中にいるのは、難波先生と藤原さんだ。これは年老いた家政婦が去る朝、彼女の娘さんが撮った写真だ。夫も加藤弁護士もいる。私の隣には達也が、頑《かたく》なな表情で立っている。皆が笑っているのにこの子だけが真一文字に口を食いしばっている。達也の向こう隣には、私の親友が笑顔で写っている。

その顔にじっと見入る。そして指でそっと撫でる。この世でたった一人の、心を許し合った大切な友だち――。

なのに彼女を、私は殺した。

✝一九八五年　夏

梅雨に入った。雨が続くと、城山の上の屋敷は木と土の濃い匂いに包まれた。

由起夫さんの勧めもあり、達也が抱えた問題に向きあう決心がついた。保健所の親子教室に不定期に通って様子を観察するということになった。もちろん、こういった公的サービスを受けるためには調布市民にならなければならない。職を得たわけだから国民健康保険にも入り、税金も払わねばならない。保健所にも促されて、そういう手続きを恐る恐るしてみた。何も起こらなかった。私は胸を撫で下ろした。きっと私なんかの些細な借金を取り立てる労力は無駄だと見切ったに違いない。軽薄な広告に煽《あお》られ、浮足立って債務を背負い込んだ輩《やから》は世の中にたくさんいるだろうから。

保健所の専門医に、母が受けさせた達也の脳の検査の結果を伝えた。医師は「言語発達遅滞」かもしれないと言った。また「遅滞」だ。遅れているだけなのか。遅れているなら、いつかは健常児に追いつくのか。それともそれはもう決定的な障害で、一生取り戻すことのできないものなのか。数々の疑問が湧きあがったが、私は一つも口にすることができなかった。

そもそも言語発達遅滞という診断の根拠には、家庭環境があると判断されたことにある。言葉の発達が遅れるのは、言語中枢の成熟の遅れによる場合と、親子関係の問題などのために言葉の獲得が遅れてしまう場合とがあると医師は説明した。分厚い眼鏡の奥から覗《のぞ》き込むように私の顔を見る彼は、言外に「あなたが育てることに問題があるんですよ」と言っているように思えた。

「他人と比べてはダメ。幼児の成長には一般的な物指しを当てることは無意味なの。こういう子って突然、怒濤《どとう》のようにしゃべりだすことがあるわ」というベテランの保育士さんの言葉に、ほんの少しだけ光明を見た思いがした。本当の母でない私がすることは正しいのか。達也はどう思っているのか。嬉しいのか、嫌なのか。黙る達也の心の中は覗けない。このまま未来永劫《えいごう》しゃべらなかったら、私は正解を知る術《すべ》がない。

時に恐ろしくなる。達也を取り戻しに、可奈の人魂がまた現れるのではないかと。

そういう時に励みになるのは、先生と由起夫さんとの関係だった。血のつながりのない二人が仲睦《なかむつ》まじく暮らしている様子は、私と達也との関係もいつかどうにかなるのかもしれないと思わせてくれる。

先生が、「つくば博」に行きたいと言い出し、由起夫さんが二日間だけ休みを取って同行することになった。三月から始まった科学万博「つくば博」のテーマは「人間・居住・環境と科学技術」とかで、理科を教えていた先生の興味を惹き付けているのだった。私は服《の》み忘れのないように、先生の薬を朝昼晩に仕分けしてピルケースに入れた。本当に仲のよい親子だと思う。きっと佳世子奥様が、亡くなった後も二人の間を取り持ってくれているのだ。先生は、佳世子奥様が愛したものは何でも慈《いつく》しむ。武蔵野の自然も、息子も、この屋敷も、会社も。

そういうふうに達也のことを思えればいいのだけれど、頑なな甥は、常に私を試しているような気がしてならない。無償《むしょう》の愛とか、母性とか、曖昧でとらえどころのないものは恐怖でしかない。私一人なら、どうにでも生きてゆけるのに、と思ってしまう。母親になったつもりもないのに、幼子の人生を背負わされて押し潰されそうだった。

世話をする家人がいないのだから、あなたもゆっくりしたらいいですよ、という先生の言葉に甘えて、希美を誘って小金井神社の夏越《なご》しの行事に行くことにした。ちょうど梅雨の晴れ間だった。希美は加藤弁護士のベンツを借りてきていた。いつも助手席に座っているだけの希美が、運転免許を持っていることさえ私は知らなかった。

「よくこんな大きな車を運転できるわね」

私は車のことなんか全然わからないが、このベンツはSクラスとかで一千万円くらいするものだと聞いて腰が浮きそうになった。高級な愛車を、ひょいと秘書に貸す加藤弁護士の気持ちもわからない。凄腕《すごうで》らしい弁護士は、度量も広いということか。

城山を下っていく道は、幾重にも折れ曲がり、さぞ運転しにくかろうと思われたが、希美は難なくハンドルを切った。運転し慣れているふうだ。達也は本革張りの後部座席に、いかにも心細そうに座っていた。先生や由起夫さんがいなくて、どこか寂しげに見える。

小金井街道を通って小金井神社に着いた。少し離れた場所に車を駐《と》めてぶらぶらと歩いて行った。この辺りは「ハケの道」が多い。大岡昇平《おおおかしようへい》の『武蔵野夫人』で有名になった〝ハケ〟とは、「峡」と書いて、段丘崖《だんきゆうがい》に食い込んだ小さな裂《さ》け目の下部から水が湧きだしている地形のことを指すのだ。ここらでは峡とは、国分寺崖線のことで、崖下の一番底を野川が流れている。野川に沿った緑多い小道を「ハケの道」というのだ。そういうことは間島さんが詳しくて、彼の口からは、「峡」だとか「谷戸《やと》」だとか「トロ」「コマエ」などという武蔵野独特の地形に関した言葉が自然に出てくる。難波邸がある丘を「城山」と呼ぶのだと教えてくれたのも間島さんだった。

浴衣を着た女性や子供たちでいっぱいの小金井神社の境内《けいだい》には、大きな茅の輪《ちわ》が設えられていた。

「ああ、これ」私は茅《かや》でできた輪を見上げて言った。「ここをくぐれば長生きできるんだよね」

新小岩にある小さな神社で、夏祭りにくぐったことがあったのを思い出した。私は達也の手を引いて茅の輪をくぐった。

「確か8の字に回ればいいんだった」私たちがぐるぐると輪を描いて歩くのを、希美は石の灯籠《とうろう》にもたれて見ていた。「希美さんもくぐれば?」

私が誘うと、彼女は腕を組んで体を灯籠に預けたまま「私はいいよ」と言う。「長生きなんかしたくないもの」

私は、はっとして振り返った。希美の瞳がどうしようもなく暗い翳《かげ》りに覆《おお》われているように見えた。時折、彼女はそういう目をする。哀しみとも、怒りとも、痛みともとれる憂いを秘めた瞳だ。それを見ると、胸が詰まる思いがする。この人は、ある種の覚悟を決めているんだという気がする。具体的にどういうものかは定かでないが、たとえば死に瀕した動物が、己の運命に抗《あらが》うことなく従容《しょうよう》とそれを受け入れるような、潔いけれども凄絶《せいぜつ》な何か——。その覚悟は、誰一人として踏み込ませない線をぴしっと引いている気がする。

武蔵小金井《むさしこがねい》駅の近く、前原坂《まえはらざか》の途中にある喫茶店でお昼を食べた。じゅうじゅうと熱せられた鉄板に載ったナポリタンスパゲティだ。達也は珍しそうにそれを見ていたが、取り分けてやると、口の周りをケチャップで汚しながら食べた。希美は食後にまた濃いブラックコーヒーを飲んだ。

「ハコちゃんは深大寺にはもう行ったんでしょう?」いよいよ家に近づいてから、希美が尋ねた。私が首を振ると、「いったい何か月ここに住んでいるのよ」と言うなり、ぐいっとハンドルを切った。私と達也の体は、くっついたままドアにぎゅっと押し付けられた。

初めて行った深大寺の門前は濃い緑に彩られていた。差し交わす枝々が涼しい木陰を作りだしている。蕎麦《そば》屋が軒を連ねた参道には、大勢の参拝客が行き来していて、観光地の風情《ふぜい》だ。地元に根差したさっきの小金井神社のお祭とは対照的な活気を感じた。

「どうせここに来るなら、こっちでお蕎麦を食べたらよかったわね」

「ごめんね」

「また！　ハコの謝りぐせ」

希美は、土産物屋で達也に楽焼《らくやき》の土鈴《どれい》を買ってくれた。ここの名物のダルマの形をしているけれど、現代風のかわいらしい顔が書いてある。達也に渡す時、カランコロンと優しい音がした。達也はその音が気に入ったのか、何度も鳴らしてみた。弁財天《べんざいてん》池の真ん中の小島で日向《ひなた》ぼっこをしているたくさんの亀に気をとられている間も、指先では土鈴を鳴らし続けていた。

いつまでも亀を見ていそうな達也を促して先に進む。団子や草饅頭を売る店もあって、元気な頃の母が立ち働いていた『あさひ』を思い出した。あんこの甘い匂いが漂《ただよ》ってくるのが辛くて、さっさと前を通り過ぎた。立派な山門をくぐって境内に入る。

「ユキオはあなたたち二人に癒《いや》されているのよ」ふいに希美は真顔で言った。

「まさか。由起夫さんに助けてもらっているのは私たちの方だと思うけど」

「そういうことじゃないの」希美は私を真っ直ぐに見詰めた。軽くかわそうとした私は、口をつぐんだ。「ユキオはあなたたちが来てから変わったわ。あなたたちが、空っぽだった彼に中身を詰めてくれているのね」

意味を計りかねて、私は首を傾げた。

この子のせいかな、と達也の顎《あご》をちょっと触ってみた。達也はびくっと体を震《ふる》わせた。

本堂の奥では護摩祈願《ごまきがん》が行われているようだ。護摩木を焚《た》く火の明かりと、読経《どきょう》の声が響いていた。ひっきりなしに行き来する人に辟易《へきえき》して、参道からはずれた。

希美はぽつりぽつりと自分のことを話した。両親が離婚して、父親に引き取られて育ったということを簡単に。兄弟とは生き別れてそれっきりらしい。由起夫さんとは中学校が一緒で、彼は当時から祖母と二人暮らしだった。宗教活動に熱心な祖母にはあまり構われていない様子だったという。寂しい身の上が似通っているから、二人はお互いを忘れずにいたのか。

出身は群馬《ぐんま》県の前橋《まえばし》市だと言った。『あさひ』の常連さんにもそこから来た人がいた。確か工務店の奥さんだったと思うけど、東京にお嫁に来た時、言葉に変なイントネーションが出てしまうんじゃないかと気になって、なかなか会話に加われなかったと言っていた。

希美と由起夫さんとが時折言葉を交わす時、わずかでもなまりが混じっているところなど聞いたことがない。この二人は、すごくきれいな標準語でしゃべる。まるでアナウンサーが話すみたいな完璧な言葉だ。私が知っている下町の癖のあるしゃべり方とも違う。この二人は本当に北関東の出なのだろうか。ふとそんな疑問が胸の中で頭をもたげた。

希美は由起夫さんとはただの幼馴染みで、数年前に再会するまでは疎遠になっていたというが、それとはうらはらに彼のことを深く理解しているような気がする。それでなければ「ユキオはあなたたちが来てから変わった」などと言うはずがない。

そばで達也は、また土鈴を鳴らしていた。顔の前に掲げて揺らしているせいで、やや寄り目になっていた。


先生と由起夫さんは予定通り「つくば博」を楽しんで帰ってきた。

高価な三輪車はそう喜ばなかったのに、達也は土鈴が気に入ったようで、しょっちゅう鳴らしている。達也が何かに執着するのを見たのは初めてかもしれない。土鈴を達也の肩掛けカバンに付けてやった。親子教室に通う時に使うカバンだ。

親子教室では、親子遊びや保護者のグループワーク、個別相談などが行われる。達也は自分からは決して遊びの輪に加わろうとはしなかった。が、他の子がやっていることをじっと見つめており、保育士に呼ばれると遊びやゲームのルールを理解した行動をとった。周囲の世界に目を向けられるようになったのは、難波先生のおかげかもしれない。

予期してはいたが、私自身もここでは孤立《こりつ》していた。親子ではないのに、親子教室に通うなんてひどい冗談《じょうだん》のように思えた。ここで専門家が充分な観察の上、総合的に子供の状態を把握し、できるだけ早く適切な保育や療育を行うよう指導してくれるらしい。達也にとってはいいことなのかもしれないが、私には相当のストレスだった。

おまけに由起夫さんが、いちいち気に掛けてくれて「どうだった?」と尋ねてくれるので、ないがしろにするわけにもいかなかった。彼に「お父さん代わりになってください」と頼んだのは私なのだ。

私は愚痴《ぐち》を希美にこぼした。やっぱり彼女しか寄りかかる先はなかった。このところ毎晩やっているゆび編み用の毛糸を取り出した。ダイニングの椅子に腰掛けて、指だけで残り毛糸を編む私の手先を、希美はもの珍しそうに見ていた。

「秋にバザーがあるの。その時に売る作品を作っているの。よそのお母さんに編み方を教えてもらって」

「へえ」

私が作っているのは花のモチーフだ。これを皆がたくさん作って持ち寄り、つなげて座布団やら膝掛けやらにするそうだ。三本指のリリアン編みで三十五段編み、それをすくい綴《と》じにしてきゅっと絞ると花の形になる。初めは見ているだけだった希美も、「教えてよ」と毛糸玉を手にした。リリアン編みを教えてあげた。私も習ったばかりなので、うまくはないが、この単調な作業はやり始めたらなかなかやめられなくなるのだ。いつの間にか、癖のように指が動くようになる。二人で向かい合って、黙々と色とりどりの花を編んでいたら、急にうつむいたまま、希美がくつくつと笑いだした。

「私もとうとうこういうことをやりだしたか」

それを聞いて、私もおかしくて仕方がなくなり、しまいには二人で大笑いをした。

なぜ希美は私を難波家に紹介してくれたのだろうか。そもそも私なんかと付き合ってくれるのはどうしてだろう。希美を知れば知るほど、この人の精一杯の友愛の情が私に向けて注がれているのがわかる。希美に親しみを感じ、頼りにしながらも、彼女という人をつかみきれない。この人の本質はどこにあるのか。由起夫さんとはどういう関係なのか。何もかもが謎《なぞ》だったけれど、もういいや、と思った。こうして一人ぼっちだった私にそっと寄り添ってくれるのだ。それで充分ではないか。

さらに二人の距離が縮まる事柄がこの夏に起こった。例によって、城山近辺を散策して帰って来た希美と私は、遅れ気味になる達也を待ちながらゆっくりと歩いていた。難波家の西側にあるニシキギの生垣のそばだ。ちょうど城山の樹木が途切れた場所で、すぐ下の農家や新興住宅地、寺や神社、グラウンドのある学校、島のように取り残された丘陵地と雑木林、中央自動車道、遠くの高層ビル群まで一望できた。家々の間や畑の中を、夕日を照り返してくねっていくのは野川の流れだ。

そんな美しい眺めなのに、なぜだかいつかのおぞましい経験を思い出した。達也を待つために立ち止まってその風景を見ているうちに、「私ね、人魂を見たことがあるの」と口走っていた。一旦言葉にすると、すべてを吐き出してしまわなければ気が済まなくなる。退院する達也を連れに行った時のことを一気にしゃべった。

「私、怖くて怖くて——。ぼうっと光った青白い火の玉だよ。それが私たちを追いかけて来るの。夢中で走ったわ」いらぬことまで付け加えた。「あれ、絶対火事で死んだ妹だと思った。妹が人魂になって戻って来たんだって。あの子、私を憎んでいたから」

すると黙って聞いていた希美が、驚くべきことを口にした。

「私もある。火の玉を見たこと。私も死んだ人に怨《うら》まれて当然のことをしたから——。でも怖かった。それが暗闇の中に現れてツイーッと私の後をついて来た時、泣きながら逃げた」

今度は私が黙りこむ番だった。まさか希美まで同じ体験をしていたとは。

泣きながら逃げた——？　彼女らしからぬ行動だ。いったいいつの出来事なのだろう。その時、生垣の向こうでガサガサと音がした。希美がさっと振り返り、私は飛び上がりそうになった。難波先生だった。バツの悪そうな顔をしている。

「いや、別に盗み聞きをしようとしたわけじゃないですよ」大きな体を縮こまらせてそう言った。私は胸を撫で下ろした。「ここで地蜘蛛《じぐも》の巣を探していたもんですからね」

この間から先生は達也に、地蜘蛛を紙箱の中で喧嘩《けんか》させる遊びを教えてくれていた。地蜘蛛は木の根元の地中に細長い巣を作るのだ。先生の手からぶら下がった地蜘蛛の巣を見て、達也が「ほーうぃぃっ！」と声を出した。これは明らかに喜びの声だ。最近、達也が発するさまざまな声から、私は彼の気持ちを読み取れるようになっていた。

「それ、ユスリカですよ」

「えっ？」

「あのね、だから、あなたたちが見た火の玉は、ユスリカなんです」

希美は何のことかわからないというふうに腕組みをした。

「それ、夏だったでしょ？　それから川のそばだったんじゃないですか？」私たちはそっと顔を見合わせた。「ユスリカ細菌っていう発光バクテリアに寄生されたユスリカの群れはね、暗闇で青白く光るんです。『光り病』っていうんですけどね」

私は急いで記憶を探った。確かに達也が退院したのは夏で、二人で川沿いを歩いていた。もう一回希美の顔を窺う。彼女も遠い目をして何かを思い出している様子だ。

「えてしてそういうもんですよ。たいていのものは科学で解明できてしまう。ただの蚊柱を鬼火だの人魂だのに見せるのはね、人の心なんですよね」

一瞬、希美の表情が歪んだように見えた。誰なんだろう。怨まれて当然のことをした相手とは。この揺《ゆ》るぎのない人を怖がらせるものがあるなんて。でもそれはユスリカなんだ。私たちは長い間、光る蚊柱に怯《おび》えていたのだ。

「ユスリカ？　先生、それ本当？」聞き返す希美の声は幾分震えているようだった。先生は申し訳なさそうに頷《うなず》いた。「そうなんだ。じゃあさ――」黄金色の夕日が、半分だけ希美の顔を照らしていた。光り輝く半分と影になった半分と。生まれ持った顔を変えてしまった希美の過去――。「ちっとも怖がることなんかなかったのね」自分に言い聞かせるような口調で言い捨てた。

希美も私と同じことを考えていたのだとわかって、体の力が抜けた。馬鹿みたいだ。勝手に可奈が達也を取り戻しに来たと思い込んでいた。私たちに取《と》り憑《つ》いていた過去の亡霊を追い払うことに成功したのだ。同じ体験をした希美がとても身近に感じられた。全く別の場所にいたのに、同じ物を見て震え上がっていたなんて。私たちはきっと出会うべくして出会ったのだ。そう希美も思ってくれたらいいのに、と心の底から思った。

先生は白髪《しらが》交じりの頭を掻きながら、向こうへ行ってしまった。達也が生垣の下をくぐってその後を追う。希美と私は門のある方へ黙って歩いた。二人とも放心したみたいな足取りだった。地球の裏側へ行こうとしている太陽が、こちら側に最後の光の矢を放った。下から炙《あぶ》られた雲が茜《あかね》色に燃え立った。

真に心を許し合ったのは、この時からだと思う。この人は過去に誰かに怨まれることがあったのかもしれないけれど、今の希美を信用できるなら、もうそれで充分だと思った。彼女は今の私に必要な人だった。

そうやって武蔵野の夏が過ぎていった。この年の八月、羽田《はねだ》から大阪《おおさか》に向かっていた日航ジャンボ機が山の中に墜落《ついらく》した。大勢の人が死んだ。

そして九月一日、私と希美とは三十六歳の誕生日を迎えた。その日、大西洋の海の底に眠っていたタイタニック号が発見された。テレビのニュースを、先生は食い入るように見ていた。ソファに座る先生の足下で、達也もふっと顔を上げ、画面を見詰めた。ニューファンドランド島沖、水深三八〇〇メートルの起伏の激しい海底に横たわるかつての豪華客船は、船首だけがかろうじて元の形を留《とど》めていた。錆びついた手すりと割れもしないで残っている窓ガラスが一瞬映しだされ、それがまた闇の中に戻っていった。この世のすべての光から見放された深海の墓場へ。

裏のドアが静かに閉まった。私は暗闇の中で目を開けている。枕元の蛍光時計は、午前一時八分を指している。由起夫さんが出て行くところだ。さっきかすかに彼の部屋で電話の呼び出し音が鳴った。ものの十分もしないうちに、由起夫さんは身支度を整えて出て行く。由起夫さんの部屋もガレージも、家の東側にある。先生の書斎は、広い座敷やリビングルームを挟んだ反対側にあるから、由起夫さんの夜の外出には気がついていないだろう。

あの人を深夜に呼び出すのは女性だ。そこは確信を持っている。何の根拠もないのに。希美に聞いてみようかと何度か思ったが、やめにした。そんなことを詮索していると思われたくなかったし、多分、希美は素っ気なく「知らない」と言うだけだろう。「ユキオ」と心の中で呼びかけてみる。希美が呼ぶように気負わずそう呼べたら、と思う。そんな関係には絶対にならないと知っているけれど。

由起夫さんと私が夫婦になる空想。誰にも悟られないで繰り広げる私だけの夢物語。「由起夫さん」は私にとって特別な呼び名になった。「由起夫さん」ではなくて、カタカナの「ユキオ」だ。その方がさりげない親密さを感じる。夢の中で「ユキオ、ユキオ、ユキオ」と何度でも呼びながら、ゆうらりと眠りに落ちていった。愛しい人は、今頃誰かと睦《むつ》んでいるとわかっている。だからこそ、これは恋ではない。ただの慰めとか憧れだと思う。

それぐらい、私も持ったっていいじゃないか。私の横で達也が寝がえりをうった。枕元にいつも置いて寝る肩掛けカバンに手が触れて、土鈴がかすかに鳴った。

✝二〇一五年　秋

「ユキオ、気をつけて」

背中にかけた声に、夫は片手を挙げて応えた。加賀さんが、含み笑いをする。

「いいわねえ。いつまでも若いままね」

私が夫を「ユキオ」と呼び、彼が私を「葉子」と呼ぶ、そのことを毎回冷やかす。きっとご主人に聞かせたいのだろう。ゴルフ焼けした院長先生は、妻のことを「おい」としか呼ばない。加賀氏は、釣り道具を抱えてホールを出ていく。その後に夫が続いた。

「やあ、釣りですか。いいですねえ」ゴム長を履いた渡部さんがガラスの自動ドアのところで立ち止まり、そう暢気《のんき》に声をかけた。

二人が入り江に向かって歩いていくのを、加賀さんと私は見送った。以前から加賀さんのご主人に釣りの楽しさを吹き込まれ、夫は一度お供すると約束させられたのだ。豪放磊落《ごうほうらいらく》な加賀氏にかかれば、誰だって「うん」と言わざるを得なくなる。入り江の奥、つまり結月の建物に面した部分は海に向かってストンと落ち込んでいる。崖には狭い石段がついていて、海面まで下りられる。そこに木製の桟橋《さんばし》をこしらえたのは加賀氏だ。桟橋からボートを漕ぎだして、入り江の真ん中で釣りをするためだ。加賀氏はわざわざ夫のためにゴム製のボートを買ってきてくれた。立派なオールがついた本格的なものだ。二つのボートが湾の中央まで行くのが見えた。後からついていく夫のボートはよろよろして、漕ぐのがやっとという感じだ。マッチ棒のように小さな人影が、沖で言葉を交わしている。きっと加賀氏が釣り竿を取り出して、夫を指導しているところだろう。

そこまで見て、私たちはロビーのソファに腰掛けた。

「何が釣れるかしらね」うきうきした様子で加賀さんが言う。ご主人が来て、自分のそばで和《なご》んでいるという状況が嬉しいのだ。「もう子供も孫たちも釣りなんかに付き合ってくれなくなったから、ここで釣るのだけがあの人の楽しみなのよ」

もう何度も聞いた子供や孫の自慢話をひとしきりする。子育てに忙しかった時分は、お互いを「パパ」「ママ」と呼び合っていたということも。そうか。そういう時期もこの人たちにはあったわけだ。すっかり年を取って、また元の呼び名に戻ったのか。

私は結婚した当初から夫のことを「ユキオ」と呼んでいる。子供がない私たちは、それが変わることがなかった。ナンバテックという大きな会社の社長をしている夫には、そんな呼び名はふさわしくないだろう。でも、この呼び方には私の思い入れがこもっている。これを変えるわけにはいかない。それにもう私は社長夫人の座からリタイアしたのだ。ここでゆっくり年を重ねていく覚悟だ。もう二度と東京に戻ることはない。

ボートは少しだけ距離をとって、たゆたっている。入り江の向こうの砂浜を散歩している人がまばらに見えた。点描画のように、足跡が入り乱れて続いている。

「まだ当分は戻って来ないわよ。釣れなくても、ああして海の上にいるのがいいんだって」

先に帰るわけにはいかない夫に同情した。彼がそう乗り気でないのは、わかっている。波に揺られながら釣り糸を垂れ、彼は何を思っているのだろう。

二人の釣果《ちようか》は芳《かんば》しくなかった。張り切って加賀氏が用意したクーラーボックスの底に、小アジが数匹いただけだった。しかし、加賀氏は特に気にすることもなく、今度は大物を狙《ねら》おうと、夫にハッパをかけた。夫は弱々しく微笑んだきりだ。アウトドアなレジャーとは縁遠い夫は、軽く日焼けをしていた。

加賀氏と夫は、その晩結月に一泊した。夫は毎週来るからいいけれど、加賀氏は今度いつ来るかわからない。大物を狙うのも、いつになることか。加賀さんは、ご主人に釣り仲間ができたことを喜んでいる。きっと前よりも足繁《しげ》く来てくれるのではないかと期待しているのだ。私たちは、一緒に夕食を取った。主に加賀氏がしゃべって、他の三人は相槌を打った。速水さんのグループも、配偶者や子供が訪ねて来たのか、今日はばらけておとなしかった。アルコールが入り、いつまでもしゃべっていそうな加賀氏と別れて、私たちは部屋に戻った。

「どうだい？　ここの生活は」

「いいわ。とても」毎回、同じようなことを私たちは口にする。もう夫の仕事のことに言及することもない。「海はどうだったの？」

「海は――」立って窓際へ行き、夫は闇に沈んだ海を見ている。「海は見ているのがいいね。陸地から離れるのは嫌だ」

ひっそりと二人で笑った。

その晩、久々にうなされた。恐怖に身悶《みもだ》えする私の声が夫を起こした。夫はするりと自分のベッドから滑《すべ》り下りて、私のベッドに潜《もぐ》り込む。そして私をしっかりと抱きしめる。

「もう大丈夫だ。もう君を傷つける者はいないよ。大丈夫」夫は私の背中を撫で続ける。しだいに呼吸が落ち着いてくる。「もう終わった。何もかも終わったんだ」

呪文のような夫の言葉が、耳のそばで囁かれる。私たちは恐ろしい罪を犯した。一生許されることのない罪を。そのことを片時も忘れるわけにはいかない。私たちは、それを共有するために夫婦になった。

だけど一緒にいると、お互いの存在がお互いの罪を糾弾《きゆうだん》し続ける。まるで向かい合って、それぞれの胸をぐいと押し開き、骨肉や内臓を見せ合っているようだった。穢《けが》れた血に染まった恥部を。若いうちは、それに甘んじていられた。それ相当の理由があるのだと自分を戒《いまし》めて、あえて苦しみに身を投じていた。でも年を取るに従い、困憊《こんぱい》した。私はいいけれど、重要なポジションにいる夫は痛々しかった。彼はだんだん存在が希薄になっていくような気がする。海に浮かんだ蜃気楼《しんきろう》が、背景に紛《まぎ》れて消えていくように。

夫は待っているのだ。犯した罪に適《かな》う罰が下るのを。

――人生はな、死ぬる前に帳尻ばちゃあんと合うようになっとるばい。

しわがれた声が、闇の中から聞こえる。

✝一九八五年　秋

希美はゆび編みでこしらえた花のモチーフをたくさん持ってきてくれた。紙袋に一杯になった毛糸の花を見て、私は歓声を上げた。

「すごい！　こんなにたくさん！　それにすっかり上手になったじゃない。私なんかちょっと飽きてここんとこ、さぼってるのよ。助かるわ」

希美は私が出したマグカップのコーヒーをがぶりとひと飲みした。

「おいしいの？」

「まずいわ」

一瞬の間もなく希美は答えた。希美は自分を虐《いじ》めるため、あるいは罰するために苦いコーヒーを口にしているのかもしれない。それは人魂になったと勘違いした人に関係していることだろうか。希美はゆっくりとブラックコーヒーをしまいまで飲んだ。

「ほんと。ハコちゃんの言う通りね。あれ、やりだしたら止まらなくなるわね。今や、勝手に指が動くわよ」がらりと口調を変えて希美が言った。

「でしょう？」

希美とそういうたわいのない話をすることが楽しかった。何気ない日常がせつないほど愛おしかった。心の通じ合った友がいることが、こんなに豊かで穏やかな気分にさせてくれるものか。由起夫さんへの想いが報われなくても私は満たされていた。

事件が起きたのは、そんな時だった。

親子教室で達也がお友だちに怪我《けが》をさせてしまったのだ。芋掘りをして、庭で焼き芋をしていた時、炎を見た達也がいきなり奇声を上げて、隣に座っていた子を突き飛ばした。ダウン症の女の子は、焚き火の中に転んだ。全く迂闊《うかつ》だった。火事の中から助け出された達也が、どれほど火を怖がるか考えればわかるはずだった。しかもそのせいで長い間入院させられ、痛い治療を受けたのだ。背中に背負ったケロイド同様に彼が心に負った傷も大きい。言葉を失うほどに。

女の子の髪の毛に火がついた。達也は絶叫しながら庭を逃げ回った。誰かが救急車を呼んだ。私は突っ立ったままだった。

達也と城山の下のバス停に降り立った時には疲れ果てていた。女の子は焦がした部分の髪を切らなければならなかったけれど火傷はたいしたことがなく、入院もせずに済んだ。だが、当然のことながら精神的な打撃は大きい。また日を改めてお詫《わ》びに行かなければならない。歩いて城山を登る気力が湧いてこず、私はバス停のベンチに崩れるように腰を落とした。達也が人を傷つけることがあるなんて思いもしなかった。いつだって手足をもがれたダルマみたいに縮こまって、受け身で何かに耐えて、それで一生終わるんだと思っていた。宙を睨んで奇声を上げる達也は、怪物にしか思えなかった。今はもう落ち着いているが、自分がしたことを自覚しているのかどうか、何を考えているのかも全くわからない。また急に暴れ出すようなことがあるなら、もう、あの子は私の手には負えない。

子供がしでかした後始末に、親はこんなに労力と気力を使うものなのか。子供を産んだことのない私が？　これは本当に私が負うべき責務なのか？　こんなこと、理不尽で不公平だと反駁《はんばく》したい気持ちが渦巻《うずま》いていた。可奈にはお金のことでさんざん迷惑をかけられ、死んでなお子供のことまで押しつけられて苦労させられる。もうたくさんだ。

排気ガスと埃《ほこり》を被って、いつまでも幹線道路沿いのベンチでぼんやりしていた。どれくらいの時間が経ったのだろう。難波家まで帰るのも億劫《おっくう》だった。先生や由起夫さんにこの顛末《てんまつ》を説明するのも気が重い。退屈した達也が辺りをうろうろしていたのは憶えている。だが、はっと気がついた時には彼の姿は消えていた。

「達也！」

答えるはずもない。難波家に通じる道を一人で登っていったのか。慌てて城山を登る道をたどる。上に難波家しかない道は、滅多に人も車も通らない。なぜだか胸騒ぎがした。汗がどっと噴き出してきた。大きくカーブした道を曲がった時、どこかでカランコロンと音がした。達也のカバンにつけた土鈴の音だ。両脇は繁った森だ。その奥から聞こえる。どうしてか、達也はあの土鈴だけは気に入っている。焚き火の炎に怯えて我を忘れた時、押さえつけた保育士が言っていた。

「達也君を落ち着かせるのには、この鈴の音を聞かせるのが一番なのよ。いつもそうするの」

そんなこと、私は気がつかなかった。

イヌシデやアカマツを透《す》かして森の中を覗くが、何も見えない。その代わりパチンと小枝を踏みしだく音がした。仕方なく私も森に足を踏み入れた。何層にも積み重なって腐葉土と化した落ち葉に足を取られる。地面は緩い下り坂だ。その上に達也が歩いてつけたらしいかすかな筋があるのを見つけた。やっぱりこの先にいるのだ。

随分下ってから、木立ちが切れた。窪地が見えた。ようやく底にたどり着いた。その窪地の真ん中に達也がいた。声を掛けようとして、ナラの木のそばで立ち止まる。達也は窪地に足をとられていた。辺りの落ち葉は黒く濡れている。よく見ると、底は水溜りになっているのだ。結構深いのかもしれないが、表面を覆った落ち葉のせいで大きさも深さもわからない。

間島さんがよく口にするコマエとかトロとか釜《かま》と呼ばれる湧水が溜まる場所だ。斜面を下りてきた達也は、うっかりそこに足を踏み入れてしまったのだ。危ない、と思って近寄ろうとした瞬間、達也はずぶりと沈んだ。腰の当たりまで落ち込んでもがいている。手を掛けるものが湧水のそばにはないので、落ち葉ばかりを掻き混ぜてどうしようもなくなる。達也は顔を歪めて周囲を見渡している。私は、踏み出そうとした足を止めた。逆にすっとナラの陰に隠れてしまう。その間にも達也はどしんと尻餅をつき、さらに深く沈んだ。

心臓の鼓動が速くなる。ここで私が手を出さなければ、達也はもしかしたら溺《おぼ》れて死ぬかもしれない。誰にもわからないだろう。私がここで立ち竦《すく》んで、小さな甥を見殺しにしたことは。そんなこと、できるわけがない。いや、でも――。

達也がいなければ。達也さえいなければ。私は一人で身軽に生きていける。達也を巡る教育や福祉や治療などの煩雑《はんざつ》な手続きからも自由になれる。保護者として失格だと言われることもなく、忌《い》まわしい過去とも訣別できる。二度とあの醜いケロイドで引《ひ》き攣《つ》れた背中を見ないで済む。新しい人生を手に入れられるのだ。

新しい人生――由起夫さんが、私を見る目も少しは変わるかもしれない。子持ちの家政婦ではなく、一人の女性として。その可能性が少しでも大きくなるなら――。今や耳の奥でも頭の中でも脈動が大音響で鳴り響いていた。

さっと身を翻《ひるがえ》して斜面を駆け登った。足が何度も滑る。手をついて這《は》うように登った。さっき森に入った場所に出た。出た途端、道を下ってくる車があった。咄嗟《とっさ》に木の陰に身を隠した。加藤弁護士のベンツだった。車が巻き上げる風に煽られる。走り去る車を後ろからそっと窺うと、二人の人物の後ろ姿が見えた。急いで体にくっついた落ち葉を払い、手をハンカチで拭う。震えてうまくいかなかった。その場でしばらく呼吸を整えた。背後の森では、達也が死にかけている。現実感がまるでなかった。私は急いで坂を登った。

家には鍵がかかっていて誰もいなかった。体中の力が抜けていきそうだった。静かだ。この家に一人きりでいる恐怖に慄《おのの》いた。清冽《せいれつ》な湧き水に沈んでいく達也を想像した。夕食の準備をする時間だ。自然に体が動く。必死でジャガイモをタワシでこすり洗いしていた。何個も何個も。流しの中がジャガイモで一杯だ。陽が翳っている。林はしんと静まり返っている。

カランとどこかで土鈴の音がした気がして、私は怖気《おぞけ》だった。外に走り出ると、由起夫さんの白いカムリが坂を登って来たのと、達也が森から飛び出して来たのとが同時だった。由起夫さんはあやうく達也を轢《ひ》くところだった。

「ぐ、ぐ、あぁ――っ！　ぎぃぃーぎぎ！」

達也は腕を振り回して叫んだ。火を見て錯乱《さくらん》した時よりもひどい取り乱し様だった。肩から掛けたままになっている肩掛けカバンの土鈴が狂ったように鳴り響いている。彼の姿は異様だった。全身ずぶ濡れであちこちに泥や黒い朽《く》ち葉《ば》をくっつけていた。顔には血の滲《にじ》んだ擦《す》り傷があった。由起夫さんが斜めに車を停めて飛び出してきた。

「達也!!」

肝を潰した由起夫さんに達也は体当たりをした。由起夫さんの白いシャツが泥で汚れた。ただならぬことが起こっているということはわかった。私はガクガクと震えながら、なんとか達也に近寄った。生きている――私が殺そうとした子は生きて、そして何かを伝えようとしている。由起夫さんは素早く達也の意図を汲み取った。私にさっと目配せして、達也よりも速く森の入り口へ走り込んだ。

達也に導かれるまま、由起夫さんと私は木々の中を走った。つっかけで外に出てしまった私は二人から置いていかれた。道などない草叢《くさむら》と岩と木の根っこの斜面。つんのめりながらもかなり下った。木の枝にブラウスが引っ掛かって破けた。木立ちの向こうで達也が騒ぎ立てる声がするので、それを目安に走った。森の奥、由起夫さんが下草を掻き分けると、横倒しになった大木から二つの靴が突き出しているのが見えた。

靴じゃない。先生の足だった。朽ちて空洞になった倒木の中に先生の体があって、身動きがとれなくなっているということを理解するのに数秒かかった。

すぐに行動を起こしたのは由起夫さんだ。

「お父さん!!」

返事はない。何度も呼びかけるが、足先はぴくりとも動かなかった。由起夫さんは先生の足を力まかせに引っ張った。出っ張ったお腹がつかえているのか、引き出せない。私も加勢した。力が抜けてだらりとしている先生の足に触ると、また体に震えがきた。窒息《ちっそく》したか、大怪我を負っているのでは、とよくない想像だけが頭の中をぐるぐる回る。

ようやく大きな先生の体が動いた。泥や枯れ葉とともにズルズルッと上半身が出てきた。先生の土気色の顔を見た瞬間に、私は大声で叫び声を上げた。悪い予感は当たっていたと思った。先生は急いで空気を取り込もうとするように口をぱくぱくさせた挙句《あげく》、うまくいかなかったのか呻《うめ》いて苦悶の表情を浮かべた。と、すぐに体があり得ないほど反《そ》り返った。情けないことに、わたしは怯えきって後ずさりした。

「お父さん！　しっかりしてください！」

由起夫さんがゆさぶると、先生は大量の脂汗を流しながら、自由になった手で胸の辺りをぎゅっとつかんだ。

「薬!!」

ようやく自分を取り戻し、私は先生のズボンのポケットを探った。なんて間抜けなんだろう。あれほど藤原さんから注意されていたのに。先生は狭心症の発作を起こしたのだ。咄嗟にそれに思い至らないなんて。ポケットの中は空だった。遠くへ行くときは携帯する舌下錠を先生は身につけていなかった。私は屋敷にとって返した。つっかけはどこかで脱げ落ちた。泥だらけの足で家の中へ上がった。予備の舌下錠を取り出すのに、引き出しごと床に落としてしまった。這いつくばって散らばった薬を拾いながら、私は「神様、神様――」と何度も呟いていた。あの嫌な感触――可奈一家が無理心中を図った時や、母がもう助からないと知った時に感じた冷たい虚無感《きよむかん》が私を捕まえて離さなかった。

先生は助かった。すんでのところで間に合った亜硝酸剤の舌下錠が末梢の血管を広げて心臓の負担を軽減してくれたのだ。念のため救急車で病院には運ばれたが、十日ほどの入院で済んだ。

「達也さんは命の恩人です」

鎌倉彫の額が掛かった書斎に布団を敷いて横になると、先生は達也の頭を撫でて言った。退院して来た先生はしばらく安静にしていなければならない。退院の迎えに行った由起夫さんと、私と達也とが枕元に並んで座った。本当のことはとてもじゃないが言えなかった。私を見上げる達也の目をまともに見ることもできなかった。

あの日、森の奥を歩き回っていた先生は、朽ち木の中に珍しい粘菌《ねんきん》を見つけた。

「ウツボホコリっていう鮮やかなピンクの粘菌なんですよ。つい夢中になって狭い洞《うろ》の中に入り込んでしまいました」

達也は自力でトロから抜け出したのだろう。二人は森の中で遭遇したというわけだ。先生の様子から、大変なことが起こっていると理解した達也は急を知らせに斜面を駆け登ってきたのだ。先生の言う通り、この子は精神発達遅滞などではない。恐ろしいほど勘のいい、記憶力や洞察力に優れた子ではないのか。ただしゃべらないだけで。冷酷非情な伯母の企《たくら》みが思いもよらない結果を生んだ。

「わかっていたんです。あんな狭い場所に入るべきではなかった」

先生は消沈して告白した。自分は閉所恐怖症なのだと。狭い所に閉じ込められたら、パニックを起こして呼吸ができなくなるという症状が出てくる。そうなると、心臓が活発に動いて心筋が多くの血液を必要とするようになる。すなわち、禁じられている激しい運動をした時と同じ状態になるのだ。そして一過性の心筋虚血《しんきんきょけつ》を起こし、命にかかわることになる。

「このことは佳世子さんにしか話していなかったんですよ。だから、この家はどこもかしこも広くとってあるでしょう？　あれは私のためなんです」

由起夫さんがすっと目を細めた気がした。義理の父親の告白に驚き、またそういうことに無頓着だった自分を責めているのかもしれない。

「ああ、でも心配しなくて大丈夫ですよ。今回みたいに身動きもとれないようなよっぽど窮屈《きゅうくつ》な場所に無理矢理閉じ込められたりしない限り、こうはなりませんから」

私は思わず重々しいため息をついた。それを私が呆《あき》れたからだと誤解したのか、先生は急いで付け加えた。

「誰にだって恥ずかしくてあまり人に言えない弱点があるでしょう？」たとえば、と先生は悪戯《いたずら》っぽい顔を達也に向けた。「由起夫さんは泳げないんですよ。ね、そうですよね？」

由起夫さんは深刻な顔を引っ込めて苦笑した。

「そうです。僕はカナヅチなんです。だから水は苦手です。一生泳ぎを習うつもりはありません」

胸を張ってそう言うので、先生と私は笑った。達也は「うっぷぅ!」と一言呟いた。

有り難いことに先生は後遺症もなく順調に恢復《かいふく》していった。床《とこ》についているのが退屈なふうだった。達也が外で遊んでいるのがうらやましいという顔をしていた。

私は複雑な思いを抱えたまま、達也に接していた。あれから特に変わった様子はない。しばらく保健所の親子教室にも行っていない。親子教室は小さいけれど社会だ。社会の中で子育てする覚悟が私にはない。あの時殺意にまで昇華した私の中の葛藤《かっとう》は、今はなりを潜《ひそ》めているが、いつ沸点に達するとも限らない。

怖かった。今度はやり遂《と》げてしまうかもしれない。

二〇一五年　冬

じっと部屋にこもっていると心配されるので、昼間はなるべく下の階のオープンスペースにいるようにしている。サロンと呼ばれるただおしゃべりするだけの部屋は、女性の入居者が多い。男性はクラブという名の目的別の小部屋に分かれて、麻雀《マージャン》や将棋《しようぎ》をしたり、パソコンをいじったりしている。プールやジムでトレーナー付きの軽い運動をする人は男女問わず多い。マッサージを受けたり物理療法を受けたり。体の不自由な人は温泉の大浴場で入浴介助を受ける。病院棟に通って診察を受けることを無上の楽しみとしている人もいる。

ここには退屈という二文字はない。カルチャー教室も充実しているし、ミニシアターで映画を見ることもできる。どうしてもやることが思いつかない場合は、コンシェルジュに相談すればいい。その人の好みや身体能力に見合った娯楽を提案してくれる。私の行き先は専《もっぱ》ら図書館だ。そこなら一人でいても心配されないから。あるいはサロンの片隅で話に加わらないでいる。たいてい加賀さんに見つかって、彼女の話に付き合わされるけれど。

田元さんが、レクリエーションルームで手芸教室をやっているから来ませんか、と誘いに来た。もういちいち理由を考えて断ることもしない。「ええ」と答えて杖を取った。広いレクリエーションルームの一角で、椅子を丸く並べて十四、五人が手を動かしていた。それぞれの膝にアクリル毛糸の玉が載っている。

「どうぞ。そこにお掛けください、難波さん」

中心にいた若い作業療法士が椅子を指した。私は礼を言って腰掛けた。

「ゆび編みをしているの。指を動かすことは、脳にもいいのよ」隣に座った有村《ありむら》さんという八十もとうに越えた老婦人が、一つ毛糸玉を渡してくれる。ふんわりした感触に心が和んだ。私は、そのピンク色の毛糸を指に絡《から》めた。すっすっと指が動いた。

「あら、あなた、お上手ね。どこで習ったの？」

有村さんが私の手元を覗き込んで感嘆の声を上げた。二、三人がその声に釣られて私に注目する。三本指のリリアン編みで三十五段。鉤針《かぎばり》を借りてすくい綴じ、きゅっと絞ると花の形になった。頭でなく、指が憶えている。もう三十年も前に習った編み方を。

皺《しわ》だらけの老婆たちが、「まあ、かわいいわ」とはしゃいだ声を上げる。請われて編み方を教えてあげた。簡単なので、すぐに誰もが同じ花形を作り出せる。

「これをたくさん作ってつなげたらいいのね」

指の運動代わりにやっているだけなので、何を作るということもない。やがて作業療法士が別の編み方を教えて、またそちらの方に興味が移っていった。だが、私は昔憶えた花のモチーフ一辺倒だ。いくつもいくつも同じことの繰り返し。いつの間にか、一玉全部を使ってしまった。出来あがったモチーフを、田元さんが袋に入れてくれたので、それを部屋まで持って帰った。「これ、余ったからどうぞ」と、別の色の毛糸玉も作業療法士が詰めてくれる。

　午後に島森さんが、生まれた赤ん坊を連れて遊びに来た。もうすぐ二か月になるという、ふっくら肥えた男の赤ちゃんだ。抱かせてもらうと、甘いお乳の匂いがした。子供を産んだことのない私だが、この世の幸福をすべて体現したような赤ん坊を抱いていると、自然に笑みがこぼれた。

「ほら、笑ったわ」

　隣から田元さんが頬っぺたをつつく。歯のない口をあんぐりと開けて、私に笑いかけている。胸が詰まった。急いで島森さんに返した。三人の子を育てた田元さんが、島森さんに子育てのアドバイスをしている。私はそっとそばを離れた。達也のことを思い出した。あの子はどんな子供になっただろう。いや、今はもう立派な大人だ。私をどんなふうに思っていたのか聞かずじまいだった。

　言葉を取り戻しかけた達也が怖かった。養子に出したまま、一度も会っていない。

　部屋に帰って例のクッキー缶を取り出した。写真の下には色褪せた絵ハガキがある。万年筆で書かれた宛て名は、深大寺の住所と「香川葉子様」とある。難波先生の字だ。つくば博の会場から出した絵ハガキは、「ポストカプセル」というイベントにより十六年後に深大寺に届いた。届いた時にはもうあの屋敷はなかった。機転をきかせてくれた郵便配達員のおかげで、私たちの手元に届いた。先生がつくば博からそんなハガキを出していたことは知らなかった。どこかのパビリオンの写真が裏面にある。宛て名の下には「素晴らしい科学の祭典に酔いしれています。達也さんも連れて来てあげればよかったと思います。この便りが着く頃まで、あなたと達也さんがうちにいてくれるといいのですが」とある。

十六年——長い年月だ。武蔵野の時間に沿って、変わるものはゆっくりと姿を変えるはずだった。でも現実はもっと残酷だった。

屋敷の前で撮った古い写真を見直す。夫と私と達也。それ以外の、ここに写っている人々は、もう皆この世にはいない。でもこの時は、そんな運命が巡ってくるとは知らず、誰もが明るく笑っているのだ。

どこから始まったのか。何が引き寄せたのか。もしかしたらこの瞬間、何もかもが決まっていたのかもしれない。愚かな私たちには、抗いようもなかった。ただ水が低いところへ流れるように、すべては秩序《ちつじょ》に従って動いただけなのだろうか。

先生はおそらくは十六年経って、主《あるじ》は変わっても城山の上の屋敷は残っていると思っていただろう。でもあの衝撃的な事故の後、夫は都心のマンションを買って移り住んだ。私たちが結婚した頃には屋敷を壊してしまい、城山ごと都に寄付した。あそこは今は武蔵野の面影《おもかげ》を残した自然公園として整備されている。以来、私はそこに足を踏み入れていない。だが目を閉じれば、雑木林の中をさやかに渡る風の音、小鳥たちの囀《さえず》り、清楚な野の花々、耳を聾《ろう》する蟬《せみ》しぐれ、原っぱで枯れ草を燃す煙、紅葉した木々から絶え間なく降り注ぐ落ち葉、しんと静まり返った雪の朝、兎《うさぎ》の足跡、何もかもが鮮やかに浮かび上がってくる。

それに何より朗《ほが》らかな野川の流れ。あの川に沿ったハケの道を私たちは、どれだけ歩いたことだろう。どれだけ話をしたことか。肝心なことは伏せて、でも心は確実に通っていた。これだけは間違いがない。私たちは、唯一無二《ゆいいつむに》の友だちだった。

だからこそ、私の罪は大きい。

✝一九八六年　冬

武蔵野の冬は、きんと硬質の空気で張りつめる。十二月に入ってすぐに寒波がやってきて雪が舞った。滋賀の藤原さんは胆石《たんせき》の手術を受けて以来、体調を崩《くず》してあまり便りがこなくなった。返事の心配をさせてはいけないと思い、私も手紙を書くのを控《ひか》えた。保健所の親子教室にはたまにしか行かなくなった。編み溜めた毛糸のモチーフを届けたが、バザーそのものには行かなかった。

先生は休みを取っていいと言ってくれたけど、年末年始もどこへ行く当てもない私と達也は、ずっと難波家で過ごした。特別な正月行事もせず、ただ四人で深大寺に初詣《はつもうで》に行く予定にしていたのに、先生が風邪を引いて留守番《るすばん》になった。人混みの中、はぐれないように達也を真ん中に三人で手をつないで歩いた。達也を通して、由起夫さんの手から温かな何かが伝わってくるような気がした。それが愛情でないとはわかっているけれど、私は幸せだった。私は心の中で「ユキオ」と呼びかけた。

新しい年になり、長い間心に引っかかっていたことを吐き出してしまおうと決意した。珍しく達也が昼寝をした午後、私は先生の書斎を訪ねた。

先生はまだ少し咳《せき》が残っていて、温かくした書斎で何か書きものをしていた。ストーブにかけたヤカンがしゅんしゅんと湯気を立てていた。

「先生――」

背もたれ付きの回転椅子をくるりと回して、先生は振り返った。私が深刻な顔をしているのを見てとると、眉間《みけん》に皺を寄せた。

「どうしました?」

「先生、去年の秋、先生が狭心症の発作を起こした時のことなんですけど」じんわりと先生の顔に穏やかさが戻ってくる。「あれは、先生の不注意なんかじゃなかったんですよね」

一気にしゃべってしまわないと、心がくじけそうだった。

「先生は粘菌を採取するためにあの倒木の洞に入り込んだんじゃないでしょう。あそこで達也を見つけたんです。あの子、森の中で迷子になって、びしょ濡れで、だから、空洞に

いていたのだろうか。毎日三遍――」

なった木の中に潜り込んだんです。先生は、それを見つけて――」

「どうしてそう思うんです？」

「先生があの時着ておられた上着には、べっとりとピンク色のウツボホコリがくっついていました。そして、同じ色の粘菌が、達也の洋服にも付いていました。両方洗濯したのは私ですから――」やれやれというふうに先生は軽く首を振った。「だから、あの、先生が狭心症の発作を起こしたのは私のせいなんです」

あの時、加藤弁護士の車に同乗していたのは、先生だったのだ。そして私がよろめくように森から飛び出して来たのを目にした。いつも連れている達也の姿は見えず、あまりに様子が変だったので、先生は車から降りて森の中へ分け入った。

「先生、私はあの時、達也を森に置き去りにしたんです。死んでしまってもいいと思いました。いいえ、もっと恐ろしいことを――」

「ハコさん――」先生は、私の言葉を遮った。「あの子は確かに怯えきっていて、私が手を伸ばしても洞の奥へ奥へと入ってしまいました」

達也は気づいていたのだろうか。伯母が自分の死を望んでいたことに。誰も信じられなくなっていたのか。先生さえも。「でも私が発作を起こしたと見るや、朽ちた洞の天井を突き破って外に出て――全く達也さんは大奮闘でしたね。理由はどうあれ、達也さんがしてくれたことには変わりありませんよ」

森から飛び出して来た達也を思い出した。汚れ傷つき動転していたが、自分のやるべきことをきちんとわきまえていた。殺されようとした子が、死に瀕《ひん》した人を助けたのだ。そして先生も承知していた。私の殺意も、達也の怯えも。なのに狭心症発作の原因は、自分が粘菌を採るために狭い場所に潜り込んだせいだと言ってくれた。私はうなだれて膝の上で拳を握り締めた。

「あのね――」先生は丸い眼鏡をはずして小さな目をこすった。「深刻に考えなくてもね、親子なんて出来合いでいいんですよ」

「出来合い――？」

「これはね、あなたの胸の中だけにしまっておいてもらいたいんだが、由起夫さんは佳世子さんの子供ではないんですよ」

「は？」

「佳世子さんが病に倒れて、生き別れになった我が子を捜そうと決心した時にね、加藤弁護士が何か月かかけて彼を見つけ出してきてくれたことは、あなたも知っているでしょう」

「はい」

「戸籍謄本《とうほん》やら有名な探偵事務所の報告書やらの書類は揃っていたし、何より佳世子さんが憶えていた彼の身体的特徴も一致しましたからね、佳世子さんは大喜びでしたねえ」

由起夫さんの右目の横の刃物傷のことだ。

「しかし、私は念のため別の興信所に頼んで調べ直してもらったんです」私はじっと先生の顔を見返した。この人は案外慎重で抜かりがないのかもしれない。先生の意外な一面を見た気がした。「そうしたら、本物の由起夫さんは既《すで》に死んでしまっていたんですよ」

「えっ⁉」

「そうなんです。佳世子さんが産んだ黒田《くろだ》由起夫さん――前のご主人の姓は黒田だったんですけど――は十代の時に病気で亡くなっていたんです」

「そんな……」言葉が続かなかった。では今この家にいる由起夫さんは誰なんだろう。

「由起夫さんのお婆さんという人が新興宗教に凝って、彼を連れて教団に頻繁に出入りしていたんです。信者の子供が何人も半ば集団生活していたみたいでね。教団は何年かごとに転々と場所を変えていて、私が依頼した興信所は、お婆さんが寝たきりになって縮小した教団に養《やしな》われていることを突きとめました。でも由起夫さんは――」

詳しく調べると病死していたことがわかった。新興宗教に凝り固まった祖母に反発して家を飛び出して、不良仲間と遊び回っているうちに体を悪くして亡くなっていた。死亡届も出ていなかった。ところが加藤弁護士が依頼した探偵事務所は、教団内で働いていた人物を、由起夫さんだと連れてきたのだという。

「お婆さんも認知症になっていて、詳しい話ができなかったのをいいことに、身体的特徴の合致していた人を連れて来たんですよ。そう調査能力が高くなかったのか、いい加減だったのか。結構な有名人を顧客に持った名の通ったところだったんですがね。加藤弁護士もすっかり調査報告書を信じてましたね」

先生はまた普段の人のよい表情に戻って微笑んだ。

「でも、でもそれじゃあ——」

「そうです。連れて来られた由起夫さんは全くの別人だったんです。親に捨てられるようにして教団で育った由起夫さんだって、突然現れた調査員に自分の間違った身の上を吹き込まれて、信じてついて来たわけですから、罪なことですよ。彼にとっても。でもねえ」先生は大きく息を吐いた。「佳世子さんの喜びようを見たら、とてもそんなこと言い出せませんでした。あの人は、もうほんの数か月しか生きられないとわかっていましたから」

だから、私も腹をくくったんですよ、と先生は言った。私は啞然《あぜん》として先生の横顔を眺めた。朗らかにそんなことを言う先生が信じられなかった。

「佳世子さんが生きているうちは、決してそのことに言及すまいとね」

佳世子奥様は、それから一年近く生きた。三か月保《も》てばいい方だと医者から告げられていたというのに。

「あの一年が佳世子さんにとって一生分の幸福だったんです。二十年以上離れていたから、その隙間を埋めようと懸命に命の火を燃やしてるって感じだったなあ。彼も全身全霊で、佳世子さんの息子である〝由起夫〟になろうとしていましたよ。ずっとずっと彼女と暮らしていた心の通った息子と変わらないようにね。まるで人生の終焉《しゅうえん》を迎えようとする佳世子さんを励ますために神様に遣わされたみたいだった。それでね、私、思ったんです。ああ、この人も実の母親に巡り逢えたと思っているんだなあって。手抜き調査による誤《あやま》りか、故意にかよくわからないけれども、二人ともが探し求めていた親と子だと信じているって。それで私もこのかりそめの親子を見守ろうと決心したわけです」

「でも、それが本当なら、今ここで暮らしている由起夫さんは——」

「それは気になりますよね。でもね、もうそのことはどうでもいいって思うようになりました。あの由起夫さんは病に侵《おか》された母親をいたわりながら、なんとかナンバテックの後継ぎにしようとする佳世子さんの意を汲んで、短期間に仕事を必死で憶えました。彼は優秀でね、すぐにめきめきと頭角を現しましたよ。私はほっと胸を撫で下ろしたものです。これで会社の将来も安泰《あんたい》だと」

先生は欲がない。それだけは確かだ。ナンバテックを立派に継承してくれる人が現れたら、喜んで譲るつもりだったのだろう。

「私だってね、誰にでももってわけじゃない。由起夫さんだから、あの由起夫さんだからです」

先生の言わんとするところはよくわかった。先生は、一年弱の交わりで、由起夫さんがどういう人か見極めたのだ。もし間違ってやって来たのがあの由起夫さんじゃなかったら、先生は佳世子奥様の死後、彼をやんわりと追い出したことだろう。

「だからね、親子なんて出来合いでいいんです」

私は言葉を失った。佳世子奥様とは何の関係もない人物を、自分の子供として受け入れるなんて、先生以外の人には到底できないことだ。しかし、先生の告白に衝撃を受けると同時に、納得している自分もあった。由起夫さんとなら、これから先も何年だって暮らしていけると思っていた。いや、そうしたいと切実に願っていたではないか。今の先生の話を聞いても、その思いは少しも揺らがなかった。

「由起夫さんの人柄は、あなたももうわかったでしょう。あの人は、こう、何と言うか——」先生は宙を見詰めて言葉を探した。「無色透明なんですよ。自分がこうなりたいとか、相手にこういうことを望むとか、そういうところが全くない」

六年余り一緒にいた先生は的確に彼の輪郭をとらえていた。

「佳世子さんの息子になり切ってくれて、看取《みと》ってくれたことには本当に感謝します。もちろん、何も知らない由起夫さん自身もそう信じていたのだろうけど。佳世子さんが亡くなって、さあ、自由に生きていいとなったら、また元の無色透明に戻ってしまいました。もちろん、仕事はてきぱきこなしてはいますけど、それはナンバテックの社長という望まれた形に自分を嵌《は》めようとしているだけです。彼には確固たる形がない」

あの人は今度は私が望む通り、達也の父親の役を引き受けてくれようとしている。いったい――由起夫さんはどういう人なんだろう。実直で努力家で才覚もある。世知《せち》にも長《た》けている。何より誠実な人だ。それはよくわかっている。素性がよくわからなくても、それで充分だとも思う。それでも思わずにいられない。この人には自己というものがないのか。相手が望む通りに形を変える、そんな生き方に甘んじているのはなぜなのかと。

「由起夫さんはね――哀しい人です」先生の言葉は正鵠《せいこく》を射《い》ていた。

でも私は知っている。彼がたった一つ、自分の意志でしていること。真夜中の電話に呼ばれて、その先にいる人のところに駆け付けること。

達也を育てることに対する気持ちが少し変わった気がした。自分にできることをやればいい。たとえばぎゅっと抱きしめてやること。体温で伝えられるものもあるだろう。なければないでいい。そう覚悟を決めると、達也を養育すべき甥だとか、障害児だとか思う気持ちがなくなった。達也の発する声から喜怒哀楽《きどあいらく》くらいは読み取れるようになったこともあって、同志だという気がしてきた。苛酷な運命を生き抜いてきた同志だ。

「ハコちゃんって言ってごらん」

自分を指差してそう言ってみる。達也は私の目をじっと見つめてくるが、声を出す気配はない。私は達也を膝の上に抱き上げる。同志に語りかける。

「ねえ、達也は由起夫さんがお父さんの代わりをしてくれていいね。由起夫さん、好きでしょう。ハコちゃんも好きなの。いつか由起夫さんと結婚できたらいいなあって思う」

彼の口から誰かに伝わるという恐れはない。だから大胆なことでも口にできる。達也は真摯《しんし》に耳を傾けている。瞳の中に聡明さが宿っているように思える。先生が見抜いたようにこの子は賢《かしこ》い子なのだと思う。何もかもを理解しているだけではない。呑み込んだすべてを心の中のノートに書き付けているのだ。それを時折読み返しては、自分なりの解釈を加える。そこまでの知的活動が、彼の中で行われていると感じられた。達也の中の宇宙は限りなく広がっているのではないか。不思議な能力を持つ達也という子を中心にした独特の地図、色鮮やかな曼陀羅《まんだら》が形成される様を、私は想像した。

雪が薄く積もった。フキノトウが窪地の雪の下にたくさん出ていて、希美と二人で採りに行き、酢味噌《すみそ》あえにして食べた。二月二日、達也の五歳の誕生日だ。由起夫さんが大きなケーキを買ってきて皆でお祝いした。こんなふうに幸せな時間が流れていった。やがて春がくる。希望に満ちた春が。そう信じられた。

だから私は――油断していた。

ある日、買い物から帰る途中、坂道で加藤弁護士の車に拾ってもらった。先生は留守だったが、別の人物が屋敷の前で待っていた。門を入ってから屋敷までは緩くカーブした車道が三十メートルほど続いている。玄関前の来客用駐車スペースに乱雑に斜《なな》めに駐めたカローラが見えた。その横にだらしなくネクタイを緩めた男が立っていた。

どういう類の人間なのか瞬時にわかった。あの連中は同じ匂いがする。卑《いや》しく爛《ただ》れた匂いだ。弁護士の前では、どうしたって取り繕えるものではない。この男が借金取りで、私が多重債務者であることを加藤氏もすぐに見抜いたようだった。明らかにまっとうな勤め人とは違う風体《ふうてい》の男は借用書を示して、私の債務が利息を含めて五百六十一万四千百二円になっていることを告げた。

卒倒するかと思った。住民票を移したことを心の底から後悔した。

「いや、まあ、今日は挨拶だけで――。また出直して来ますよ」

立ちつくす私に名刺を押しつけた挙句、ひょこひょこと頭を下げて、男は車で去っていった。加藤氏は、さっさと玄関に向かって歩き出した。私は慌てて玄関の鍵を開けた。応接間のソファに腰を下ろした加藤弁護士の前で、私は突っ立っていた。

「すみません。ご迷惑をおかけして。あの――」必死で言葉を探す。「こんなことを黙っていてすみませんでした」

「私に謝られても困るね」

その通りだ。先生と由起夫さんに洗いざらいを告白して詫びなければならない。どのみち、加藤氏の口から伝わるだろうから。きっと由起夫さんは失望するだろう。先生はとまどってため息をつくだろう。そして私はここを去ることになる。なら、早い方がいい。

加藤弁護士は、膝の上で両手の指を組み合わせ、しばし考え込んでいる。すんなり伸びた白い指。知的職業に就いた人の手だ、とぼんやり思った。

「あなたに返す気があるなら、力になろう」

「えっ?」さっきは突き放すような言い方をした人の言葉とは思えなかった。聞き違えたかと思った。

「由起夫氏にも難波先生にも言うことはない。私がなんとかする」

まじまじと弁護士を見下ろした。今まで正面から彼をじっくり見たことがなかった。ぴったりと体に合ったオーダースーツ。英国製よりイタリア製生地が好みだが、靴は全部ジョン・ロブ。前に希美から聞いた。隙のない格好とは、この人のことを言うのだろう。ゴルフは付き合い程度。趣味はクレー射撃だと言ってなかったか、確か。希美もたいして興味がなさそうに言うので、私もおざなりに聞いていた。

「なんとかするって……どういう……」

加藤氏は肩をすくめた。

「債務整理。弁護士の通常業務だ。あなたの時間が取れる時に、うちの事務所に来なさい」

これでこの話は終わりとばかりに、加藤氏はブリーフケースを取り上げた。すぐに先生が戻ってきた。

加藤弁護士事務所は港区の虎ノ門《とらもん》にあった。私が想像していた以上に立派だった。高層ビルのワンフロアを借り切った大きな事務所だ。別に何人か弁護士を抱えているようで、パーティションで仕切られた部屋の向こうまで見渡せない。電話がひっきりなしに鳴り、男性と女性の事務員も忙しそうに働いていた。会えると思っていた希美の姿は見当たらなかった。加藤氏の部屋に招き入れられて、応接セットに座るよう言われた。腰を下ろすと、ぐぐっと体が沈んだ。よくわからないが、きっと高価なブランドものなのだろう。私は浅く座りなおした。落ち着かなかった。

正面に座った加藤氏は、真っ直ぐに私の目を見た。まるで私の腹の中をじっくり検分するような眼差《まなざ》しだった。いたたまれなくなって、膝の上で両の手を握り締めた。それでも彼は目を逸らさない。瞬きすらしない。この人には隠しごとなんかできないんだと思った。百戦錬磨《ひやくせんれんま》の弁護士。難波先生からも由起夫さんからも絶大な信頼を勝ち得ている人。きっと私を救ってくれる。

「さあ、話を聞こう」

ようやくそう言われた時にはほっとして体から力が抜けた。私は堰《せき》を切ったようにしゃべった。妹夫婦のこと、彼らの借金、無理心中、甥である達也を引き取ったいきさつ、母の死、その時々に私が感じたこと、可奈への憎しみ、達也に対する複雑な思い――それこそ洗いざらい。

心が溶け出していく感じがした。長い間永久凍土のように私の中にあった固くひねくれた感情が、流れ出してくる。希美にも先生にも隠してきたものだ。恥ずかしかったし、苦しかった。でもしゃべっている間、ある種の陶酔《とうすい》感があった。こうして誰かに吐き出してしまいたかったのだと感じた。弁護士の仕事は依頼人の話を聞くことから始まるそうだが、加藤氏は特別にその能力に長けているのかもしれない。

私の話が終わると、彼はおもむろに口を開いた。まず、母や私のような状況下でなされた保証は無効とする余地があること、亡くなった晋太郎の債務自体がはっきりしない、高利貸しは本人が死んだのをいいことに水増し請求している可能性があること。

「こういう無茶なことをする輩とは断固として闘うべきですね。絶対に屈服してはだめだ」

頭の芯《しん》が痺《しび》れた。こんなことを言ってくれる人は今までいなかった。警察も、人の紹介で相談に行った弁護士も、けんもほろろな対応だった。加藤氏は、その場で名刺にあった高利貸しの事務所に電話した。弁護士事務所の名を名乗り、落ち着いた口ぶりで、「この問題についての保証人側の窓口は今後こちらがなるので、これからはうちの事務所を通して欲しい」と言った。

「うるせえ!!　弁護士なんか関係ねえ！」

と、私にまで聞こえる大声で相手は怒鳴った。それに続く悪態を加藤氏は黙って聞いた。相手が言うだけ言ってしまうのを見計らって、「では近日中に私の方からそちらに伺います」と全く相手を無視した言いようをした。毒気を抜かれた格好の高利貸しは言葉もなく、加藤氏は顔色ひとつ変えずに受話器を置いた。

その後、高利貸しからの督促は難波邸には来なかった。加藤氏が文字通り防波堤《ぼうはてい》になってくれてすべての手続きを進めてくれたのだ。

弁護士としては交渉の場を裁判所に持っていきたいのだが、向こうはそれには応じない。彼らの非合法なやり方を認められないからだ。

「それなら、こちらから裁判上の手続きに載せよう」

さもないことのように加藤氏は言った。逆に請求されている側が、貸したとする側を相手取って「債務不存在の訴え」を起こすことが可能なのだそうだ。弁護士事務所で訴状を作成してくれ、裁判所に提出してくれるという。夢のように事がスムーズに運んだ。

訴状の写しを見た高利貸しは、法外な利息の請求が裁判では認められないことを知って、和解に応じた。月々、私でも何とか払っていける金額で納得し、さっさと判を押したそうだ。全部加藤弁護士事務所が代わってしてくれたので、私は何もしなくて済んだ。

驚いたことに、私の債務整理に関して加藤弁護士は手数料を何も請求しなかった。

「気にしなくていい。私の気まぐれだと思ってくれたらいい。時折こういうこともするんだ。ああいう連中を世の中にはびこらせていることが、私は許せないんだ。あいつらが君のような弱い立場の人間を脅してこそ稼ぐ金なんて、社会にとって何の益もない」いつになく強い口調に、はっと彼を見返した。しかしすぐに弁護士は穏やかさを取り戻した。「君だけのためじゃない。お金も法律も人を助けるためにある。うまく活用する術を知らないといけない。ひいてはそれが社会を変えるんだ」

それから自分の言葉に珍しく照れて、「これでも若い時には学生運動に没頭していたんだ」と続けた。私の加藤氏に対する見方は大きく変わった。出会った頃は高潔で怜悧《れいり》な人柄に見え、近寄りがたいものを感じていたけれど、実務一辺倒な人ではない。逆に人間味のある正義感の強い人なのだと思った。なにより、私を地獄から救い出してくれた人だ。加藤氏にとっては気まぐれで通常の業務を遂行《すいこう》したに過ぎなかったにしても、私にとっては恩人だった。数年来、私を覆っていた暗い雲が跡かたもなく消えてしまった。初めて希望というものが見えた気がした。

保健所での診断が一応出て、達也は障害児施設に通うことになった。調布市内にある「かしの木園」というところだ。四月に入園式があった。

安物のカラーフォーマルを買って出席しようとした私に、先生が佳世子奥様の作った鎌倉彫のブローチをくれた。こんな大事な物はいただけません、と辞退したのに、先生はどうしても付けて行きなさいと譲らない。有り難くいただくことにした。漆で黒光りするブローチは手の込んだ彫りで、百合の花をかたどっているように見えた。先生は、これはムサシノキスゲだと教えてくれた。奥様が愛した武蔵野の野に咲く花だった。

かしの木園での生活に達也はすっと馴染んだ。心配していたのが嘘みたいだった。送迎バスにもすんなり乗り込んで、バイバイと手を振って行ってしまう。そんなこと、普通の子なら当たり前のことかもしれない。でもこれがこの子なりの成長なのだ。〝待つ〟ことを怠《おこた》っていた自分を反省した。

夕食の話題（といっても、先生が一方的に達也に話しかけるだけだが）は、森で見つけたカラスの巣のことから始まって、石の種類、土の中の微生物、木の幹の中を流れる樹液の音、星の運行、里山でよく見かける狸《たぬき》やハクビシンにまで多岐《たき》に渡った。達也は目を輝かせてそれに聞き入っている。由起夫さんはこのところ忙しいようで、夕食のテーブルに同席することが少ない。

「たくさんのことを見たり聞いたりしなければなりませんよ、達也さん。世界はとても広いのですから」ひとしきり話した後、また箸《はし》を取って先生は言う。「肝心なのは、自分で判断することです。自分の中に確固とした意志とそれを支える知識を持つことです。真理を見抜く目をお持ちなさい。人に左右されてはいけません」先生を真っ直ぐに見上げる達也を、私は見ている。「いいですか？　こういう言葉を憶えておきなさい。『多くのことを中途半端に知るよりは何も知らないほうがいい。他人の見解に便乗して賢者《けんじゃ》になるくらいなら、むしろ自力だけに頼る愚者《ぐしゃ》であるほうがましだ』」

それはニーチェの言葉だという。そんな難しい言葉を達也が理解できるとは思えない。でも達也はじっと耳を傾けている。先生が優しく降らせる知識の雨をじっと浴びているように見える。この子は先生の話を聞くのが大好きなのだ。

「ちっぽけで愚かなものだからといって力がないということではありませんよ」先生の話は生物毒へと移る。とるに足りない微小な虫や植物が身を守るために持っている唯一の毒が、人間にとっては有用な薬になるという話だ。

「たとえばね――」先生は言葉を継ぐ。「中南米のジャングルに棲むちっぽけなカエルの毒は、ほんの数滴で人を殺してしまうほどの毒性を持っているんですが、使いようによっては素晴らしい鎮痛効果をもたらすのです。末期癌の痛みに苦しむ人にとっての福音《ふくいん》となりました。ブラジルのクサリヘビの毒から降圧剤が生まれ、イスラエルのサソリ毒から取れる成分は脳腫瘍《のうしゅよう》細胞にとりついて細胞が他へ広がるのを阻止《そし》する。またアメリカドクトカゲの毒は、インシュリンの分泌を刺激する効果があって糖尿病の治療薬となったんです」

「へえ!!」私もいつの間にか手を止めて引き込まれた。

「こういうことを言った研究者がいましたよ。『命を奪う毒と命を救う薬との違いはほんのわずかである』ってね。人が普段気にとめもしない両生類、バクテリア、昆虫、植物、爬虫類《はちゅうるい》なんかが護身用に身に付けた毒素が、人間を救う夢の薬に生まれ変わるんですよ。素晴らしいでしょう？　小さいから役に立たないなんて思ってはいけません。この世に存在するすべてのものは意味を持って生まれてきているんですから」

「毒で死ぬ人もいれば、同じ物質が薬となる人もいるんですね」

「その通り。利用の仕方によって変わる毒素は、千変万化の霊薬ですね。だからね、達也さん」達也はすっと顔を上げた。「身の内に毒をお持ちなさい。中途半端な賢者にならないで。自分の考えに従って生きる愚者こそ、その毒を有用なものに転じることができるのです。まさに愚者の毒ですよ」

先生は、由起夫さんを受け入れて共に暮らすと決めた時、愚者に徹《てっ》することにしたのだ。でも先生の身の内にあった毒は、奥様には薬になって命を延ばした。

カラスの子を保護したのはそんな時だ。屋敷の裏の森の木にかけられた巣で孵《かえ》った子ガラスが一羽、どうしたはずみか巣から落ちてしまったのだ。先生と達也は、親ガラスから見向きもされなくなった可哀《かわい》そうなカラスの雛《ひな》を森から連れ戻った。飛べるようになるまでという約束で、先生はカラスを育てることを許した。物置きから古い鳥かごを出してきて、そこに入れてやった。雛は片方の隅でじっとしている。そして人の姿を見ると「ガーガー」という濁《にご》った鳴き声で鳴いた。

小さな命を育てるということが、人の精神に何か働きかけることがあるのだろうか。達也はかいがいしくカラスの面倒をみた。蚕の世話とはまた違った喜びを見つけたようだった。クロと名付けた雛は、猛烈な食欲を見せた。先生と達也は、昆虫やカエルを獲ってきては与えた。由起夫さんがペットショップで買って来た粟《あわ》の穂もよく食べた。

クロはよく達也に懐《なつ》いた。カラスという鳥は、本当に頭のいい動物だった。クロは人の顔を見分ける。達也の肩や頭に乗って髪の毛をつついたり、洋服の端を引っ張ったりするところを見ると、自分を人間の子供だと思い込み、達也とふざけ合っているようだ。先生には甘え、由起夫さんには餌をねだる。私や希美には冷淡だった。希美はクロが部屋の中を羽ばたくのを嫌がって、来るなり鳥かごに入れるように言うので、クロの方も嫌うようになった。

クロの頭のよさはそれだけではない。餌を食べずにあっちこっちに隠しておく。これはカケス類などでも見られる貯食《ちよしよく》という行動で、私は思いもかけない場所で死んだ虫を見つけて悲鳴を上げることになった。また、紐の先にくくりつけておいたパンやお菓子を器用に嘴《くちばし》で手繰り寄せるということもしたし、きらきら光るボタンや王冠などを集めるということもした。達也は「ううっ!」と声を上げてクロを呼ぶ。きっと「クロ!」と言っているつもりなのだろう。クロは呼ばれたことをわかっていて、達也の後をチョンチョンと飛んでついていく。

　達也は独自の言語らしき不可解なもの言いでクロに話しかけている。クロも達也の不明《ふめい》瞭《りょう》な言葉を上手に真似する。「あー、ぐぐ」は達也がよく口にする言葉で、おそらくは「へえ！　面白い」とでもいう意味だと私は勝手に決めつけているのだが、クロもいつの間にか「あー、ぐぐ」としゃべっていた。そういう場面を目にすると、かつて「こういう子は怒濤のようにしゃべり出すことがある」と言われたことを思い出した。

　しっかりと羽ばたけるようになったクロを、先生は森に放つ決心をした。クロに生餌《いきえ》を与えてきたのはクロを野に放った後も、うまく生きていけるだけの力をつけるためなのだ。カラスは愛玩《あいがん》動物ではない。自然の中で生きるのがクロのためだと先生は達也に諄々《じゅんじゅん》と言い聞かせていた。彼はおそらく先生の言っていることを理解している。大好きなクロとの蜜月《みつげつ》が、近く終わりになるということを。クロとの接し方にそういう気配を感じる。愛しい者の姿形や、感触や交わりそのものを記憶に留めておこうとするみたいに、ぴったりと寄り添って離れない。

　驚いたことにクロの方も同じ感情を抱いているように見える。丁寧に達也の声をなぞっている。繰り返し繰り返し——。家の中は達也とクロとの不可解な会話で埋まっていく。

　達也は本能的に誰かと別れることを覚悟して生きているのかもしれないと思う。父と母と無理矢理引き離され、祖母とも別れた。この世に死が存在する限り、それは避けて通れないことなのだろうが、この年齢の子がそれを理解するということは尋常な有り様ではないだろう。そこまで考えて、ふと、いつか私と達也にも別れが来るのだと思った。その考えは私をうろたえさせ、胸が詰まった。なぜなのか自分でもわからなかった。

クロを保護して一か月後、その厳《おごそ》かな儀式は、先生と達也とで行われた。二人はカラスの巣があった裏の森の崖から、思い切りよくクロを放したそうだ。クロはうまく風をつかみ、翼を広げて滑空《かっくう》したという。

「飛び方はちょっとぎこちなかったですがね。一旦《いったん》崖下の木の枝にとまってこちらを見た後、羽をこう、バサバサッと羽ばたかせてね。それからぱっと飛んで行きましたよ。きっと達也さんにさよならの合図を送ったんでしょうね」

あれで達也さんの気持ちにも決まりがついたでしょう、と先生は言った。私は達也を見たけれど、彼の心の中までは推《お》し量れなかった。先生は特に達也をいたわったり、カラスの話題を避けたりすることもなく淡々と接していたので、私もそれに倣うしかなかった。

蚕の世話で、また忙しい時期がやってきていた。実際の養蚕家は、病気の検査を受けた三齢くらいの幼虫を農協などから買うらしいが、先生は卵で越冬させて孵化《ふか》した蚕に産卵させるという手法をとっている。そういうことも二年目になった私は学んだ。孵化したばかりの「けご」とよばれる一齢幼虫は目に見えないくらい小さい。達也は去年よりも喜々として蚕の世話をしているように見えた。「けご」も難なく見分けている。

桑の葉も青々と繁って、蚕の旺盛な食欲に応えていた。幼虫の排出した糞《ふん》は桑の葉のおかげでクロロフィルを多量に含んでいる。抽出《ちゅうしゅつ》されたクロロフィルは歯磨きやヘアトニックなどの製造に用いられるのだそうだ。そういうこともナンバテックの研究所でやっているらしい。だから毎日先生と達也とは、桑の葉をせっせと取り入れた。間島さんもこの時期、クワの手入れに余念がなかった。蚕が食べ残した葉で堆肥《たいひ》を作るということも手早くこなす。

「先生、ちょっと、ちょっと！」

桑畑の中から間島さんが珍しく大声で先生を呼んだ。

先生の「ほう、ほう！」という声と達也の奇声とに引かれて、帰ってきたばかりの由起夫さんまでが桑畑に足を踏み入れた。直射日光を広がった葉が吸収して、畑の中はひんやりと心地よい。間島さんと先生が、桑の葉をめくってみている。由起夫さんと達也とがおでこをくっつけるようにして葉の裏を覗き込んでいる。白い蚕とは明らかに違う黒っぽい芋虫がそこにいた。まだ幼虫だから目を凝らさなければならない上に、濃緑色にまぎれるように目立たない色だ。

「いやあ、本当に珍しい。まだこんなのが生き残っていたんですね」

先生は相当に興奮している。これはクワコという野生の蚕で、蚕の祖先にあたるものだと先生は説明した。「桑蚕」と書くらしい。

「わしが子供の頃には桑畑にはいくらもいたがね、先生。これは害虫だよ」

桑の葉を食べてしまうので、養蚕家は見つけたらすぐに駆除していたのだと間島さんは言った。どこから湧いてきたのかなあ、と植木職人は顔をしかめた。

「いや、だめだめ。こんな貴重なもの、なかなかお目にかかれないんだから。少し研究所に持っていって、あとはこのまま畑でも様子をみましょう」

そう言うと思った、と間島さんはため息まじりに首を振った。由起夫さんは家に入り、間島さんも達也もそれぞれの作業に戻った。他のクワコを探している先生のそばに立つ。

「蚕はもう完全に家畜《かちく》化してしまった昆虫なんです。あまりにも古くから人間に飼われてきましたから。人間から桑の葉をもらわなければ生きていけない。飛ぶことすらできません。でもクワコは野生児。逞《たくま》しい昆虫です」先生は見つけたクワコを葉ごと大事そうにもぎ取った。「餌を求めるためによく動くし、足の吸盤も強いんですよ。要するに生命力が旺盛《おうせい》なんですね。きっとこの桑畑でどんどん増えますよ。繭《まゆ》も作るでしょうね。これがまた……」

いかにも楽しそうに先生は言う。私に話しかけるというよりは独《ひと》り言に近い。私はそっと畑から出た。

✝二〇一六年　春

時折、思い出したように寒の戻りがあるけれど、日に日に温かさが増してきた。海の表情も柔らかく明るくなった。入り江の方を見てみる。冬の間釣りを控えていた加賀さんのご主人が、またたまにやって来るようになった。去年の秋にはメジナやアオリイカやカワハギが結構釣れたようだ。今日も釣り糸を垂れているはずだ。夫は「陸がいい」と言った言葉通り、釣りには熱意を示さない。その代わり、崖下の桟橋につないだゴムボートの中で昼寝をしている。これが今は一番気に入っているらしい。崖の上にモチノキが何本か生えている。塩分に強いモチノキは勢いよく海の上にも枝を伸ばしていて、ちょうどボートの上に影が落ちてくる。心地よい揺れに身をまかせて、加賀氏の釣りが終わるのを待っている。

夫は何を考えながら波に揺られているのだろう。どんな夢を見ているのだろう。

会社の経営は順調だ。バブル崩壊《ほうかい》の際に多くの企業が破綻《はたん》したけれど、ナンバテックはうまく生き抜いた。バブル期、誰もが経営を拡張して失敗したが、彼はその逆をいったのだ。あの時代に膨大な利益を生んでいた不動産部門や投資部門をさっさと切り捨てた。役員や経営コンサルタントは大反対したのだが、夫は耳を貸さなかった。結局狂乱の時代は夢のように去り、彼のやり方が正しかったことを誰もが知ることになる。

今では初代の社長がやっていた通りの堅実な経営で、繊維業界では揺るぎない地位を保っている。製造業に徹して消費者のニーズに耳を傾けて新しい製品を生み出す。さらに丁寧で地道な営業を良しとしている。欲張らず、利益は社員と株主に還元し、社会にも貢献している。とりわけ地元、武蔵野の自然を守る活動には積極的だ。でも夫はそれで満たされるということはない。決してない。淡々と自分に与えられた役目を果たすけれど、彼の中身は虚《うつ》ろなのだ。

彼は私のために生きているのだと思う。一人ではとても罪を背負いきれない私のために。悔悟の念に囚《とら》われ、懊悩《おうのう》し、時にうなされる私を、そばで支えてくれている。それだけが彼が生きる指標だ。

私は知っている。夫はとうに自分の生を捨てている。死に魅入《みい》られているといってもいい。夫は生ける屍《しかばね》だ。今の彼を救うのは本当の死しかない。その甘い誘惑に耐えているのは、私がいるせいだ。彼をその桎梏《しっこく》から解き放つためには、私がいなくなるしかないと何度も考えた。でも私が自死するようなことがあれば、彼はもっと苦しむだろう。さらに自分を責めるに違いない。今まで私にしてくれたことを思うと、私が彼を死なせてあげるのが一番いいのだろうけれど――。その決断は、私をこれ以上ないほど震え上がらせる。

私たちは、お互いをいたわり合い、同時に傷つけ合いながら、この世で生きていくしかない。このまま穏やかには終わらない。罪深い私たちには、それなりの人生の終わり方があるに違いないという、たった一つの慰《なぐさ》めにすがりながら。

古いクッキー缶の中身を私は何度も見直す。この中に閉じ込められている禍々《まがまが》しい過去を、私は捨てられない。これこそが、私たちを断罪する証拠品なのだ。よれよれのビロードに包まれた、鎌倉彫のブローチ。難波先生の奥様が彫ったものだ。彼女の作品は、難波邸を処分する時に、欲しい人に全部あげてしまった。随分立派なものもあったのだが、夫は惜しげもなく地元の施設や、奥様のゆかりの人に譲った。だから私の手元に残ったのはこれだけだ。そっと表面を撫でてみる。ユリに似た花。正確な名前は忘れてしまった。武蔵野に咲く花だと聞いたけれど。もう一度指でなぞってから、布で包んでしまいこんだ。

その下から、私は震える手で新聞の切り抜きを取り出す。黄色く変色した昭和六十一年八月三日の新聞だ。地方面に掲載された小さな交通事故の記事。老眼鏡をかけて読みにくい文字を拾う。見出しには『崖から車　転落炎上　二人死亡』とある。

「二日、午後四時十五分ころ、調布市深大寺〇〇の崖から車が転落した。そのまま約八メートル下の草地で炎上した。近くの住民からの通報により消防車が駆け付けて消火したが、火の勢いは強く、鎮火《ちんか》後、車の中から加藤義彦さん（四五）、石川希美さん（三六）が遺体で発見された。加藤さんが運転しており、石川さんは助手席に乗っていたものとみられる。二人は仕事で訪れた先から帰る途中で、下りの道は曲がりくねっており、警察は加藤さんが車の運転を誤ったものとみて、遺体の確認とともに原因を詳しく調べている」

もうそらで言えるくらい、何度も読み返したものだ。

私の親友が死んだことを報じる記事。これを平静な気持ちで読み返せるまでに長い年月がかかった。もう過去は動かせないと自分自身に言い聞かせるのにかかった時間でもある。

夫は事故現場の近くに住むのが辛《つら》くて、武蔵野を離れた。世田谷《せたがや》区内にマンションを買って二ヶ所に移り住んだ。そして今、私は遠く伊豆の海辺まで来た。私たちの過去からの逃避行は決して成功しないとわかっているけれど。

一九八六年　春

あれから加藤弁護士は屋敷内で出会うと、「大丈夫かね?」とか「心配なことはない?」と必ず聞いてくれる。最近はあまり希美を伴って来ない。弁護士事務所の仕事の都合だろうから、私もそれがどうしてかと問うこともなかった。希美は気楽に一人ででも訪ねて来てくれるので、特に不都合ではなかった。私は加藤弁護士が声を掛けてくれる度、達也のこと、自分の将来のことなど、思いつくままに相談した。加藤氏は、法律に関係ないことでも嫌な顔をせず、不明な事柄に関しては丁寧に調べてくれた。知識が豊富で行動力があるだけでなく、相手の思いに寄り添う優れた弁護士なのだ。事務所が繁盛しているのも頷けた。

事務手続きに難波家を訪れた帰り際、私が差し出した靴《くつ》べらを受け取りながら、加藤氏は言った。

「少し話があります」私は加藤氏を車のところまで送って出た。遠くで書斎の掃《は》き出し窓が開く音がした。振り返ると、麦わら帽子を被った先生が濡れ縁から庭に下りて蚕小屋に向かって歩いていくのが見えた。加藤氏はベンツのそばで私と向き合った。

「達也君のことですがね――」

「はい」

「あの子を養子に出す気はありませんか?」

あまりのことに私は言葉を失った。養子? そんなことは考えたこともなかった。

「知り合いの弁護士に養子縁組の手伝いをしている人がいてね。あの、こんなことを言って気を悪くしないでもらいたいんだが、達也君はここにいて幸せだろうか」

「それは――私が育てていることに対してですか?」声が震えた。

「それも含めて。私は婉曲《えんきょく》な言い方ができないから、申し訳ないと思うが。あのくらいの年の子は血のつながりよりも、安定した家庭で育てる方が大事だと思う」

「つまり、両親が揃っていて――」

愛されて、充分な教育や訓練が受けられて、借金取りに追われて住居を転々とすることもない――と心の中で続けた。同時に達也の側から今の状況を見るということがなかったことに今さらながら気がついた。あの子はどう思っているのだろう。判断力も経済力もない頼りない伯母にずっと連れ回されて。おまけに見殺しにまでされそうになった。先生に励まされて、ここで達也となんとか生きていこうと決心はしたものの、それは独りよがりだったのではないか。あの子のこれからの長い人生を考えると、迷惑な話なのかもしれない。私は暗然と加藤氏を見やった。この人は正しい。経験豊富で頭が切れて、いつも多面的、客観的に物事を見ることができる。この人の言う通りにしていれば間違いがないのだ、という思いが私の中に根付いてしまっている。

「これはあなたのためでもある、と私は思います」

「私の?」

「そう。あなたは、その、もうちょっと違う生き方ができると思うんだ。あの子を育てるということから離れれば」

私は黙り込んだ。打ちのめされたというべきか、目を開かされたというべきか、とにかくショックを受けていた。達也のこと、私のこと。別々の道があるなんて。

「自分をもっと大事にするべきですね。あなたは自分を殺して達也君を育てることに無我夢中だ。でも相当に無理をしていますね」

その通りだ。難波家に来て、たくさんの人に助けられて、今が頂点だとついこの間まで思っていた。幸せだと。でもそれは私の幸せなんだ。達也にはそうではない。どうしてそれに気づかなかったんだろう。意地になって可哀そうな甥に固執《こしつ》するのは、私の生き方を貫《つらぬ》くためだったのだ。

「考えてみます……」消え入るような声で答えた私の肩に加藤氏は手を置いた。控えめな男性用コロンの匂いがした。

「あなたはもっと我儘《わがまま》になっていいと思いますよ。まだ若いんだから」

真っ直ぐに私と目を合わす。こうして瞬きもせずに人を見詰められるのは、自信があるからだろう。この人は何でもお見通しなんだ。人の心の奥底にある繊細で柔らかな部分を探り当て、そっと揺り動かす。私が達也を本当には愛せていないこと、由起夫さんに密かな恋心を抱いていることすら見抜いたかもしれない。

有能で明晰《めいせき》な弁護士は満足そうに「では」と言い、車に乗り込んだ。ベンツが去って行くのを、私はぼんやりと見送った。

「ハコちゃん、って言ってごらん。達也。ハ・コ・ちゃん」

達也は不思議そうな顔をして私を見上げる。このところ、夜、自室に引き上げて二人きりになった時、達也に向かってむきになって言葉を教えようとしている。これは賭《か》けだ。もし達也に奇跡が起きて、私の名前を呼べたら養子のことは忘れよう。でも言えなかったら——。言えないに決まっている。つまり、もう私はこの子を手放す方に心が傾いているのだ。

加藤氏が示した新しい選択肢が、日に日に私の中で膨れ上がってきている。仕事の早い弁護士は、達也のようなハンディを持った子を引き取ってもいいと考える夫婦の会を見つけてきてくれた。彼らは意識が高く、充分な教育も施してくれる用意があるという。実際の養親が書いた手記の冊子も取り寄せてくれた。それを読むと、どの子も生き生きと暮らしているし、よりよい方向に向かっているように思える。

伯母として達也にしてやれる最良のことは、温かい家庭の中に戻してやることかもしれない、と心が動いたことは確かだ。もし決断するのなら早い方がいい。先生がクロを一か月きりで自然の中に戻したように。そう考えると、あの時達也との別離を想像して胸を詰まらせたことが、何かの暗示のように思えてならなかった。

ガシャンッ！

ぼんやりしているものだから、洗っていたお皿を落として割ってしまった。

「すみません！」

先生が鼻眼鏡のまま、のっそりとやって来て台所を覗き込んだ。私がかがんで割れたお皿のかけらを集めようとしているのを、手伝ってくれようとする。

「ああ、私がします。だから――」言っているそばから自分の指先が切れた。

「ほら、言わんこっちゃない」先生が救急箱を持ってきてくれた。

「たいしたことはありません」

ザーザーと蛇口から流れる水で指先を洗う。先生が塗《ぬ》り薬を出してきて、私を椅子に座らせた。

「先生――」つい言葉がついて出た。「達也を養子に出そうと思うんです」サージカルテープを巻いてくれようとしていた先生の手が止まった。「それがきっとあの子のためです。私なんかが育てるよりも」独りよがりでいい加減な決断でないことを伝えようと急いで付け加えた。「加藤先生が勧めてくださったんです」

「加藤さんが?」先生は両の眉を上げて私を見上げたが、またうつむいた。ぎゅっぎゅっとテープが巻かれる。「そうですか。加藤さんがね」

次の言葉を待ったが、先生は結局黙ったままだった。

先生の口からはっきりと意見を聞けなかったことで、不安が募《つの》った。だから希美に打ち明けた。本当は一番に親友に相談しようと思っていたのだった。彼女が驚くことは覚悟していた。私は、達也のことを思ってのことだと説明した。言葉にしているうちに、達也を手放すための正当性をいくつも挙げて希美を納得させようとしているような気がしてきた。そんな自分に嫌気がさす。希美も何とも答えないので、やがて尻《しり》すぼまりに会話が立ち消えになった。私たちはしばらく並んで歩いた。私の買い物に付き合うという名目で、ぶらぶらと城山を下りて来たのだ。いつも行く商店街で買い物をし、野川沿いを歩いて帰っている。

希美は何かをじっと考え込んでいるようだった。明察な彼女にしては珍しいことだった。とうとう沈黙に耐えきれず、私は言った。

「まだはっきり決めたわけじゃないの。ただね、加藤先生は親身になって私たちのことを考えてくださっているから」

その時、希美は顔をぱっと上げた。きつい視線に射すくめられる。希美は乱暴な足取りで、川岸にはびこった蛇苺《へびいちご》を蹴散らした。つぶらな赤い実が何個か飛んでいった。すれ違った自転車の高校生が、「翼《つばさ》の折れたエンジェルゥー」と流行りの歌を口ずさんでいた。

「由起夫さんにも父親代わりをしてもらって、有り難かったけど、でもやっぱり本当の家族じゃない。達也には安定した環境が必要だって、加藤先生に言われて気がついたの」

「ユキオではだめなの？　ユキオが父親で母親があなたでは？　ユキオはあなたが好きだ

から」希美はそこまで言って、はっと口をつぐんだ。「本当よ。私にはわかる」

「冗談言うのはやめて」

明るく笑い飛ばそうとしたけど、うまくいかなかった。私にはわかる——？

「冗談なんかじゃない。前にも言ったでしょう？　あなたと達也が来て彼は変わったの」

「それはそうかもしれない。達也は由起夫さんに懐いているし、私にも気を遣ってくれているわ」

「そういうことじゃないわ。ユキオは——」

「由起夫さんには好きな人がいるの。夜更けに電話で呼び出されて出て行かれるもの」

ああ——というふうに希美は吐息をついた。

「その人が誰か知っているの？　希美さん」

「いいえ。そんな人がいるのは知らない。仕事関係の電話じゃないの？　工場の中には二十四時間稼働しているところもあるみたいだから。それより確かにユキオはあなたを愛しいと思っているんだから。達也を養子に出すことも反対すると思う。あの人、本気で達也の父親になりたいと思ってるのよ」

私は力なく首を振った。ただの幼馴染みなのに、何だって由起夫さんのことがそんなにわかるのだろう。自己を持たない虚ろな由起夫さんの本当の姿を知っているとでも？

「変なことを言ってごめんなさい」素直に希美は謝った。

城山の麓《ふもと》まで来ると、どちらともなく立ち止まった。希美がもう屋敷まで来る気がないのだとわかった。由起夫さんのことをもっと聞きたかった。でも彼女は全く別のことを口にした。

「私の名前ね、『きみ』って読むんじゃないの。親が命名した時は『のぞみ』って読ませたの。でも、私はその名前が嫌いだから、自分で勝手に『きみ』に変えたわけ」

それだけ言うと、希美は「今日はこれで」と言って帰っていった。

からし色のサマーニットに白いスカート姿の希美が、野川にかかる橋を越えて、甲州街道の方に足早に消えて行くのを、私は立ったまま見送った。

希美は名前も顔も変えて生きているのだ。そして由起夫さんでない由起夫さんとつかず離れず暮らしている。由起夫さんは哀しい人だと先生は言った。あの人の哀しみの根源を希美は知っているのではないか。深夜の電話の先にいる人物にも心当たりがあるのではないか。底知れない謎に私は震え上がった。あの二人をつないでいるものは何なのか。それは男女の情愛などの甘やかなものではない気がした。由起夫さんと希美の心の底で、それは今も二人を離れ離れにせず、つなぎ止めている。まるで冷たい大西洋の深海に重々しく横たわるタイタニック号の残骸《ざんがい》のように。暗闇と水の重みとが隠す海の墓場――。そんな呪わしい場所に魂を囚われているのではないだろうか。

一度屋敷に帰って、買い物を整理してから、達也を迎えに出た。最近はかしの木園のバスは城山の下までつけてくれるようになって助かる。この辺りでかしの木園に通う子供は達也一人きりなのだ。ブルーに塗られたマイクロバスが着く。窓からちらりと見えた達也の顔が、随分陽に焼けて黒くなっているのに今さらながら気がついた。先生や友だちに手を振ってバスを降りてくる達也は、私を見てにっこりと微笑む。表情も豊かになった。

手をつないで坂道を上がった。

「ねえ、達也。希美さんはね、ほんとはのぞみっていう名前なんだって」何でも達也に対して口にする癖ができてしまった。達也に聞いてもらいたいわけじゃない。本当はこうして自分に語りかけているのだと思う。「でも希美さんは希美さんだよね」

由起夫さんが由起夫さんであるように。虚構を積み上げた人でも、希美は私にとってかけがえのない友人だし、由起夫さんは恋しい人だ。それに変わりはない。そう考えると、気持ちが落ち着いた。私も先生と同じに腹をくくるしかない。あの二人が私にしてくれたことだけに感謝しよう。

「達也、由起夫さんがほんとにお父さんだったらどう？」達也はちょっと私を見上げはするが、すぐに周囲の木々の間から聞こえる鳥の声に気を取られる。「そうだったらいいねえ」

そうなったら――もう達也を養子にやることなんか考えなくていいのだ。さっき希美が「ユキオはあなたを愛しいと思っている」と言ったけれど、あの「愛しい」は、きっと達也を含めての親愛の情を表したものだろう。それでも、由起夫さんと夫婦になって達也を育てるという夢を見るくらいは許されるだろう。達也が言葉をしゃべりだして、由起夫さんを「お父さん」と呼ぶ夢くらい。

「達也、ハコちゃんって言ってごらん」

わざと大きな声でそう言い、つないだ手をぎゅっと握ってみるが、達也はやはり上の空だった。私たち三人が寄り添い慈しんで暮らす家族になる——そんな日は永遠に来ないだろう。私はずっとこの子にとって「ハコちゃん」で、由起夫さんは雇い主だ。

「よう！ 達坊、帰ったか」

間島さんが桑畑の中から声をかけてきた。達也は間島さんの方に駆けていく。少しずつ少しずつこの子なりのスピードで環境に順応しているのだ。これでまた別の誰かに託《たく》すことが賢明《けんめい》なことだろうか。定まらない心があちこちに揺れ動いた。

達也が背伸びして、桑の葉を見上げている。間島さんが枝を引き下ろして指し示している先を、私も覗き込んだ。蚕ほどきれいに丸まらない緑っぽい繭が、桑の葉の裏にくっついている。

「ああ、これって——」

「そうそう。これがクワコの繭なんだ。次々増えるぜ。先生がこないだ探した時にはまだ幼虫ばっかりだったけど」知らないと、見逃してしまいそうな頼りなげな繭だ。繭の中で孵化したクワコは、飛んでいってしまうらしい。「先生は放っておけって言うけどさ、この繭のうちに退治しとかないと、成虫がまた卵を産んでいくらでも増えるんだから」

達也は間島さんのそばから離れない。私はリビングの隅に腰を下ろして、籐《とう》のカゴを膝に置いた。その中にはまたゆび編みの花のモチーフがたくさん入っていた。せっかく憶えた編み方なので、希美にベッドカバーをプレゼントしようと思い立ったのだ。クリスマスまでに間に合うだろうか。指に毛糸を絡めたまま、私はぼんやりと庭で遊ぶ達也を見やった。私は一度も希美の部屋に行ったことがない。ベッドで寝ているかどうかも知らない。なのに、ベッドカバーだなんて。ひとつため息をついて、指を動かした。一心にゆび編みをしていると、何もかも忘れていられる。

「カアッ！」とカラスの鳴き声がしたような気がして顔を上げた。クロのことを思い出した。どこでどうしているのか。もうこの家に拾われたことも達也のことも忘れて、自然の中で暮らしているのだろう。

達也はクロを手放し、私は達也を手放すのだ。何年も経ったら、時折思い出す程度のことになるのかもしれない。

私は決断しなければならない。

一九八六年　夏

「じゃあ、気をつけて行ってらっしゃい。雨がやんでよかったですね」

先生は、玄関まで私と達也とを見送ってくれた。かしの木園の親子キャンプに参加するのだ。奥多摩《おくたま》のキャンプ場で一泊二日の予定で行われることになっていた。昨日の昼過ぎまで降っていた雨もあがり、今日はすっきり晴れた。私は二日分の食事を作り置きし、念入りに家中を掃除しておいた。

「そんなに心配しなくても、いい大人が二人いるんですから、何とでもなりますよ」

先生はまだパジャマ姿だ。

「お薬をちゃんと服《の》んでくださいね」何度も確認した先生の薬のことや、食器や洗濯物をどうしたらいいかなど、昨日も言った細々した事柄を、私は玄関に立ったまま念を押した。先生はにこにこしながら頷いている。

「先生、窓を開けたまま寝てはだめですよ」

「はいはい、わかりました」

一度大雨の晩に書斎の窓を開けて寝ていて、奥様の鎌倉彫の作品がびしょ濡れになったことがあるのだ。

達也が先生のパジャマのズボンのポケットに何かを滑り込ませるのを、目の隅にとらえた。よく見ると、薄紙に包まれたお菓子の落雁《らくがん》だった。昨日、保育士さんが金沢《かなざわ》に行ったお土産《みやげ》だとクラスの皆に配ったらしい。薄い干菓子を、私も達也からもらって食べた。その残りの一枚を、先生のポケットにそっと忍ばせたのだ。私が先生のポケットにしょっちゅうピルケースを入れるのを見ている達也が、真似をしているのだとわかった。たしなめようとしてやめた。きっと達也なりの先生への置き土産なのだろう。そのうち先生は幼子の悪戯に気がついて、含み笑いをしながら可愛らしい落雁を口に入れるだろう。

「では、行ってきます」

私は達也の手を引いて、玄関を出た。振り返って先生に手を振るように達也に言うと、彼は足を突っ張らせて「うーいぃ、ぐりぃ！」と叫んだ。これは怒りや不安を表す時の声だ。私はふと嫌な予感にとらわれた。先生は「早く行きなさい」とばかりに手を振っている。達也を引きずるようにして坂道に足を踏み入れた。達也が手を払いのける勢いで振り向いたので、一緒に後ろを見た。先生は、青い縞《しま》のパジャマのまま、ちょっと背伸びするように手を挙げた。

それが生きている先生の姿を見た最後だった。

キャンプ場とはいえバンガローに泊まったので、特に不自由なことはなかった。川遊びでは、背中の火傷の痕が人の目に触れないよう、水着の上にTシャツを着させた。枝や木の実を組み合わせて工作をする間も、カレーの夕食を保護者と子供とで作って食べる間も、達也は不機嫌だった。キャンプファイヤーの炎からは遠ざけ、土鈴の音を聞かせたりもしたけれど、終始その態度は変わらなかった。こんな機会は滅多にないんだから、楽しませたいと思いつつも、私の心もざわざわと波立っていた。達也と二人、一つのベッドに入ってからもなかなか寝付けなかった。

だから翌日のオリエンテーリングの途中、かしの木園の園長先生と達也の担任の先生が、森の中の小径《こみち》をあたふたとやって来た時はやっぱりという気がした。

難波先生が、就寝中に狭心症の発作を起こしたのだった。朝、由起夫さんが気がついた時にはもう冷たくなっていたのだという。また感情が麻痺する、あの感覚を味わった。慌てふためくとか、悲しむとか、そういう人間的な感情が何も湧いてこないのだ。

私と達也は、園長先生の車に乗せられて、深大寺まで送られた。隣に座った達也は、焦点《しょうてん》の合わない目線を、運転席の背もたれの後ろにじっと当てていた。私は何も説明していないのに、大好きな先生がいなくなったことをもう理解している。この子にとってかけがえのない人がまた一人失われたことを。

同じことの繰り返しだ。もう私では支えきれないかもしれない。

家の周囲も中も騒然《そうぜん》としていた。警察車両が何台か来て停まっていた。病院ではなく、家での突然死は不審死扱いになるのだそうだ。検視官が書斎に入っていき、先生の死因を調べた。由起夫さんが落ち着いていたのは幸いだった。彼も感情のスイッチが鈍磨《どんま》していたのかもしれないが。警察官たちの質問に淡々と答え、事務的な手続きにも応じていた。

やがて加藤弁護士と希美がやって来た。希美は肩まであった髪の毛を短く切っていた。彼女の顔を見た途端、私は体の力が抜けていくような気がした。

「お茶を……」無遠慮に家の中を歩き回る警察官達を目で追いながら、私は台所へ引っ込もうとした。

「そんなことといいから」

達也が「ぎぎぎ」と歯ぎしりめいた呻き声を上げるのを、希美はせかして私と共に奥へ追いやった。長い一日だった。いや、短かったのか。

かかりつけのお医者様が来て死亡診断書を書いたということを希美から聞いた。お昼過ぎに警察関係者が去って、一気に閑散《かんさん》とした。私はようやく部屋から出てご飯を炊いた。お腹もすかないけれど、なぜか食事の支度はしなければと思ったのだ。おにぎりを握りながらようやく心が動きだした。涙が溢れて仕方がなかった。先生が死んだ、先生が死んだ――。その事実を自分に刻みつけようと、そんなことを呟き続けた。

おにぎりには誰も手をつけず、そのまま冷えていった。達也でさえ口を一文字に食いしばって身じろぎもしなかった。先生の顔を見られたのは、午後も遅くなってからで、希美と達也と三人で対面した。警察と入れ替わりにやって来た葬儀社の人達で、また周囲はざわついていた。先生は、昨日の朝別れた時のままの、縞のパジャマを着ていた。手を合わすのも忘れて、私はその顔に見入った。そして、枕元に亜硝酸剤の薬が置いてあるのを虚《むな》しく眺めた。

「検視官やお医者様は、眠っているうちに心臓が止まったんだろうって」後ろから希美がそっと言った。「だから薬を服む暇《ひま》もなかったのよ」

手を伸ばしたような様子もなかった。由起夫さんが発見した時は、やや顔をしかめたような表情を浮かべていたらしいが、死後硬直の解けた今はいつもと変わらず穏やかな先生だった。

「なんで私がいない時に。家を空けることなんて滅多にないのに」

「あなたがいたって、同じだったと思うわ。夜中に先生に何が起こったかなんて誰にもわからないでしょう? 同じ屋根の下にいたユキオだって気づかなかったんだから」

希美が私の背中をゆっくりと撫でてくれた。私はこんなことをされるべき立場ではない。ただの家政婦なんだから。家族は――たった一人の家族は由起夫さんだ。血がつながっていなくても、先生がそう認めたのだから。

由起夫さんに改めてお悔《く》やみを言えたのは、夕方になってからだった。由起夫さんは私や達也のことをいたわってくれた。

「こんなことになって済まない」ただぽつりとそう最後に言った。

加藤弁護士も希美もずっといてくれた。ナンバテックの社員が仕切って、駆けつけてくる弔問客《ちょうもんきゃく》をさばいてくれた。由起夫さんと葬儀社との打ち合わせには、加藤氏も同席しているようだった。近隣から手伝いに来てくれた人も多く、私はあまりすることがなかった。ただ座敷に移された先生のそばに座っていた。

先生は葬儀社の社員によって紬《つむぎ》の着物に着替えさせられて、顔には白い布がかけられていた。達也が興奮して暴れるんじゃないかとふと思ったけれど、その心配はなかった。彼は私のそばを片時も離れなかった。自分が心細いというよりは、頼りない私に付き添っているという感じだった。

私は全く茫然自失《ぼうぜんじしつ》していたのだ。母が死んだ時の方がもっとしっかりしていたと思う。

「達也、先生の書斎に行こうか」

私は達也を連れて静まり返った書斎に移動した。見覚えのない弔問客が出たり入ったりする座敷に、家族でもない私たちがいるのは不自然だった。

先生がいつもいた書斎は変わりなかった。佳世子奥様の手による鎌倉彫の家具や文具がひっそりと主の不在を訴えているような気がした。畳の真ん中に座って漆塗りの額を見上げる。小首を傾げた小鳥たちは、もう二度と佳世子奥様の愛した先生を見下ろすことがないのだ。ぐるりと書斎の中を見渡した。その時、私は違和感を覚えた。

もう一度首を巡らす。何一つ変わったところはない。何もかも先生が生きていた時のままだ。昨日までここで先生は本を読み、机に向かって調べ物をし、うたた寝をしていたのだ。まだその気配が色濃く残っている。

いったい何が私に座りの悪い思いを抱かせるのか、わからなかった。きっと混乱しているのだ。遠くでカラスが鳴いた。不吉な鳥のはずなのに、達也がぱっと顔を輝かせたのを見て、「クロもお別れに来たのかもしれないね」と言ってやった。カラスは外で何度も鳴いた。

その晩もお通夜《つや》の晩も、希美は難波邸に泊まってくれた。有り難かった。

心臓に問題を抱える患者は、就寝時に発作を起こして命を落とすことが往々にしてある。葬式の間も、「でもいい亡くなり方だったと思わないと。長患いすることもなかったんだから」という声が聞こえてきた。深大寺の在の、先生よりも年配の人々からの声だ。着慣れない喪服に身を包んだ間島さんは終始怒ったみたいに顔を紅潮させ、膝の上で拳を握っていた。私と間島さんは目でお互いの心を伝えあった。言葉は一度も交わさなかったが、それで充分だった。

藤原さんの娘さんが滋賀から駆けつけてくれていた。藤原さんもどうしても来たいと言ったらしいが、胆石の手術後、胆のう炎に罹《かか》り体調がすぐれないので、代理で参列したのだと由起夫さんに挨拶していた。先生の訃報《ふほう》を知って、ますます具合が悪くなったようだ。老いた前任の家政婦の嘆きは想像に難くなかった。あれほど注意するように言ったのに、と私を恨んでいるだろうか。いっそここに来て私を罵倒《ばとう》してくれた方が、心が凪《な》ぐような気がした。

とにかく先生は仰臥《ぎょうが》したまま亡くなったのだ。死斑が背中だけに現れていたからそれは間違いないことのようだ。同時に病死という判断を裏付けることにもなった。希美が言うように、私が屋敷にいたとしても、先生の死は避けられないことだったと思う。でもどうしても悔いは残る。結果は同じでも、先生の近くにいてあげたかったと。大変な思い上がりだとはわかっていたが、そう思わずにいられなかった。

先生は私に生きる力を授《さず》けてくれた。達也にものの見方を教えてくれた。この世に存在するすべて、一つとして不要なものはないと。自分を取り巻く森羅万象《しんらばんしょう》を観察し、驚き、感嘆し、慈しむこと。その大切さを教えてくれた。もの言わぬ達也の心の中のノートには、しっかりとそのことが書き綴《つづ》られているだろう。

私はようやく自分の身の振り方を考え始めた。いいきっかけなのかもしれないと思った。人生においての決断を下すには。

「私はこのまま、ここでお勤めさせていただいてかまわないのでしょうか」

かしこまってそう由起夫さんに尋ねたのは、葬儀からいくらも経たないうちだった。彼は、硬《かた》い面《おも》もちの私を気遣いながら答えた。

「当たり前じゃないか。今まで通りだよ。何も変わらない」

今まで通り——私は家政婦で由起夫さんという新たな当主に仕えるのだ。そんなことは言われるまでもないのに、小さな棘《とげ》がチクリと刺さったような気がした。

「ありがとうございます」

私は頭を下げた。由起夫さんが安心したように微笑んで新聞に目を落とした瞬間、私の決意は固まった。由起夫さんのそばにいるのは苦しい。このまま、由起夫さんを想いながらそばにいるのは。

全く勝手な考えだというのは重々わかっている。難波先生や由起夫さんにどれほど助けられたかしれないのだ。でもいつか由起夫さんが人生のパートナーを得るという決定的なことが起こっても、私は何食わぬ顔でそれを見届けなければならない。そんなことは耐えられない。同時に達也を養子に出す決心もついた。あの子にも新しい環境が必要だ。

その旨《むね》を、電話で加藤弁護士に伝えた。彼は「わかりました」と答えた。一度達也を児童相談所に委《ゆだ》ねなければならない。仮親の私がどうしても育てられないこと、養子に出す意志があることをじっくり確認してから、児童養護施設で預かってもらいつつ、養子先を探してくれるという。

「大丈夫。養子縁組を手伝っている弁護士には特別な計らいを頼んでおくよ。達也君のことをよくわかったしっかりした家庭に行けるように」

「よろしくお願いします」

庭で森の方を眺めている達也の後ろ姿を見ながら、私は弱々しく言った。とうとう達也は私のことを「ハコちゃん」とは呼んでくれなかったな、とぼんやり思った。


児童相談所へ行く日を決めた。達也にとって最良の方向に向かっていると思いたかった。言葉が不自由な五歳児の考えていることは知りようもない。達也はここを離れるのを嫌がるに違いなかった。ここはあの子にとっても居心地のいい場所だろうから。でも心を鬼にして連れていかねばならない。初めは馴染めず、泣いたり心を閉ざしたりするかもしれないが、いずれ温かな家庭を手に入れることができるはずだ。私には、どうしても与えてやることのできないものだ。

ところが由起夫さんは、私の考えを聞いて激しく反対した。

「君は間違っているよ。達也を手放すなんて、そんなこと滅茶苦茶《めちゃくちゃ》だ」

「由起夫さんには関係ありません」わざとよそよそしく聞こえるように言った。「私と達也の問題なんです。私は無力です。あの子にちゃんとした家庭で育ってもらいたいんです」

「ちゃんとした家庭――」

由起夫さんは絶句した。みるみる顔の色が変わる。あまりの反応に私の方がとまどう。

「達也の父親になりたかったんだ」やがて彼は小さく呟いた。「なれると思った」

　言葉を慎重に選ぶように視線を宙に泳がせる。

「君と結婚して夫婦になれば――」なぜだか辛そうな顔をして絞り出すように言う。「二人で達也を育てられたら。そしたらどんなにいいか。達也のためじゃない。僕の心からの希望だった。君も達也もずっとそばにいて欲しいんだ」

　何と答えていいのかわからなかった。嬉しいのか、信じられないのか、困惑しているのか――。そういう言葉を待ち望んでいたはずなのに、心は浮き立たなかった。

「でも――できない。君と結婚はできないんだ」

　それはあの電話をかけてくる人のせいですか、と喉元まで出かかったけれど、すんでのところで呑み込んだ。

「そう言っていただけて有り難いです」彼の言葉をすっかり無視するように答えた。そうしなければ、自分が惨《みじ》めだった。「私が無理をお願いしたんですから。達也のお父さん代わりになってくださいなんて。だから、忘れてくださってかまいませんから」

「だめだ！　こんなこと言えた義理じゃないが、達也をよそにやるなんて。いいね！　何とかするよ。僕が何とかする」

　どうするというのだろう。こんなことを言って欲しくなかった。私と結婚したかったと言ったそばからそれはできないと言う。それがどんなに私を傷つけることか理解していないのだ。心と体がバラバラになりそうだった。

由起夫さんの、いつになく激しい感情を露《あら》わにした顔を正面から見詰めた。右目の傷痕がふっと浮き立つ。これは紛《まが》い物だった——佳世子奥様が息子と認めた拠《よ》り所の刻印《こくいん》が、なぜ今目の前にいる男にあるのだろう。ひどく冷静にそんなことを思った。


「そっか。ユキオがそんなことを言ったの」

まだ難波家を去る決心を告げるわけにはいかなかったが、希美に由起夫さんとのやりとりは伝えた。

「きっと私がいけないんだと思うわ。由起夫さんの誤解を招くようなことを言ってしまったから。あの方は真面目に受け取って、それで——」

「ユキオはそれほど馬鹿じゃないわ」希美はぴしゃりと言った。「本当にあなたと結婚したかったんだと思う。純粋にそれは彼の気持ち」

「わからない。由起夫さんと結婚したいなんて、だいそれたことは思いもしないけど……」

唇がかすかに震えた。「ねえ、なぜ由起夫さんは今まで結婚しなかったのかしら」

珍しく希美は言葉を詰まらせた。

「私にもわからない。ただ、ユキオはずっと孤独だった。満たされない何かを抱えていたと思うの。難波家の息子としてよくやってきた。そろそろ身を固めてもいいと誰もが思っているはず。その相手があなたなら、私も嬉しいし、祝福したい。でもね、人間の本質なんて誰にもわからないものよ」

私ははっとして希美を見返した。彼女も、しゃべりすぎたとでもいうように口をつぐんだ。この人は――由起夫さんのただの幼馴染みなんかじゃない。私の本能がそう告げていた。彼のことを知りつくしている。そして抗えない宿運が否応《いやおう》なくこの二人を結びつけている。

もしかしたら、私は大変な思い違いをしていたのではないか。由起夫さんが難波由起夫ではないことを、本人も希美も知っているのではないか。その上でここにいるのだとしたら？　いったいそれは何のために？

海底に眠る朽ち果てた豪華客船がぐらりと身を起こす幻覚。巻き上がる砂、凍《い》てついた水――私は戦慄《せんりつ》した。顔を変え、名前を変えた希美と、他人になりすましている由起夫さんと。何もかもが作り物に思えてきた。すべては仕組まれた大掛かりな芝居《しばい》なのかも。この不条理劇にふいに巻き込まれた私が演じているのは、どんな役なのだろう。

悶々《もんもん》と思い悩むうちに、加藤弁護士に問い質してみようかとも考えた。しかし彼のような重要なポジションにいる人物に打ち明けるということは、先生との約束を破って事を公《おおやけ》にしてしまうということだ。私には、そこまでの覚悟はない。

私のささやかな疑問を投げつける相手は、間島さんぐらいしかなかった。でもはっきりと事情を説明するわけにはいかない。剪定作業の休憩時間にお茶を出した際に、世間話に紛らせて、「由起夫さんと希美さんって、どういう関係なのかしら？　私にはどうしても幼馴染みだけには見えないんだけど」と匂わせることしかできなかった。

間島さんは、ゆっくりとハイライトに火を点けて、一度煙を大きく吐き出した。

「さあねえ、わしみたいな植木屋にはさっぱりわからねえなあ」

私が予測した通りの答えだ。彼が何かを知っていると期待していたわけではない。特に失望もしなかった。間島さんは明るい夏の光に輝く深緑の庭を眺めながら、独り語りのように言葉を継いだ。

「わしは二十歳をいくらか越した年頃に日中戦争にとられてさ。すぐに大陸に送られた。昭和十五年のことだ。ひどい戦争だったよ」

姿の見えないヤマバトの遠慮深げな鳴き声がした。その森の方へ、間島さんの煙草《たばこ》の煙が流れていく。

「送られた先は河北省《かほくしょう》ってとこでさ。見渡す限りの平原地帯。貧しい農村さ。だけど八《はち》路軍《ろぐん》が――共産党の軍隊だ――そんな貧しい農民を味方につけてゲリラ戦をやるのさ。日本軍は八路軍の掃討《そうとう》作戦に躍起になった。兵士と民衆の区別をつけるなんて悠長《ゆうちょう》なことはやってられん。集落の村民全部が敵だと思えと上官から言われて――」遠い目をしつつ、いつもと変わらない穏やかな口調で間島さんは語る。「お国のため、天皇陛下《てんのうへいか》のためと自分に言い聞かせたがね。戦闘が長期化すれば将兵の心は荒《すさ》んでしまう。そんなお題目なんてどこ吹く風だ。訓練と称して中国人捕虜《ほりょ》を惨《むご》いやり方で殺すなんて日常茶飯事だ。命令に背《そむ》けば自分が殺されるんだからさあ。討伐《とうばつ》だってんで集落を襲ったもんだよ。あそこでやったことはもうとても口にできることじゃないさ。そのうち心が死ぬんだ。いや、死なせるんだ。一歩兵として、そうするしか生き延びる道がなかった」

木々や草花を撫でるように慈しむ植木職人が、こんな壮絶な体験をしていたなんて思いもしなかった。

「結局悪運が強くて、そんな修羅場《しゅらば》をくぐり抜けられた。戦争末期に南方へ送られる寸前に戦争が終わった。終戦の報を聞いたのは天津《テンシン》だ。青島《チンタオ》から復員船に乗せられた。同じ部隊の奴らと甲板にぎゅうぎゅう詰めで。お互いの顔を見るのは辛かった。皆、同じ目をしていたからな。どんな非道なことをしてでも生き延びるって決意をした者の目さ。真っ黒な汚れた面《つら》に目玉だけがぎらぎらしてよ」

ふうっと、間島さんは大きく息を吐いた。指の間の煙草はいつの間にか短くなって、ぽとりと灰が落ちた。間島さんはそれを灰皿で潰した。必要以上の強い力で。

「あの二人は、そういう目をしているのさ。何があったか知らんが、わしには詮索することも責めることもできんよ」

どんな非道なことをしても生き延びるという決意をした者――?

間島さんが示唆《しさ》した二人の関係は不可解だったが、妙に腑《ふ》に落ちた。由起夫さんは本当は誰なんだろう。希美が追いかけられたと思い込んだ人魂の正体は誰なんだろう。

かしの木園が夏休みに入る直前、書斎から達也の声が聞こえた。切羽詰《せっぱつ》まってはいない。むしろ、嬉しい驚きの声だ。私はエプロンの前で手を拭きながら書斎まで行った。先生の書斎は生前のままにしてある。達也は変わらずどこへでも自由に出入りさせてもらっているのだ。床の上に腹這いになっている達也を見つけた。

「何をしているの?」

「あがじぃぃー」達也は床を指差した。

「あらぁ! 大変だ」

床の上に蟻《あり》の長い行列ができていた。掃き出し窓から、窓際の板張りの部分と先生が寝ていた畳の部分に渡って、細くて黒い線が途切れることなく続いている。達也は四《よ》つん這いになって、蟻の行列の先を追っていく。蟻が何を求めて部屋の中に入ってきたのか、私も気になった。先生がいなくなって、ここで菓子屑《かしくず》を落とすこともない。拭き掃除も怠らない。蟻の行列の先端は、壁面の本棚の中に消えていた。一番下の段に立てられた、分厚い『原色岩石図鑑』が蟻を引き寄せているようだ。私は両手で重い図鑑を抜き取った。蟻が潜り込んだページを探し当てて開く。

そこにあった物を、私と達也はまじまじと眺めた。どう理解したらいいのかわからなかった。そこには薄い落雁が挟まっていたのだ。あの日――先生が見送ってくれた朝、達也が先生のパジャマのポケットに滑り込ませたものだ。私はそれをつまみ上げた。薄紙は破れ、落雁は崩れて細かい欠片《かけら》が薄紙の間からこぼれていた。分厚い図鑑に挿《さ》し込まれたせいだ。こんなことをするのは、先生しかいない。なぜ落雁を図鑑に挟んだりしたのだろう。達也も私の指につままれたままの落雁をぽかんと見上げていた。

死んだ時に先生が着ていたパジャマは私が洗った。洗って簞笥《たんす》の引き出しにしまった。あの時、ポケットに落雁はなかった。先生が食べたと思っていた。でもそうじゃなかった。私は視線を作りつけの本棚に戻した。ぐるりと見渡す。一度、二度。そうして気がついた。先生が亡くなった時に感じた違和感の原因を。

本棚の本の並べ順が違っている。一日一回は掃除のためこの部屋に入っていた私は、漠然とだが本の位置を憶えていたのだ。誰が本を並べ変えたのだろうか。もちろん、先生だろう。先生しかいない。落雁を図鑑に挟むために？

まさか。本を大事にしていた先生がそんなことをするとは思えない。第一、先生は本の並べ方にこだわっていたのだ。私がハタキで埃を落とす時に、うっかり本を違う場所に挿し込んでしまった時には、すぐに直していた。自分なりの規準があってこういう並びにしてあるのだと言っていた。今、こうして見てみると、並べ方は滅茶苦茶になっている。順番もそうだが、背表紙がデコボコしていて、いかにも乱暴に並べ変えたというふうだ。どうして早くこれに気がつかなかったのか。

先生ではないのだ。本を本棚から一度出して、また入れ直したのは。それも相当に焦って。

私は本棚の前の、先生が布団を敷いて寝ていた場所に目をやった。先生が命を落とした場所だ。先生はここで狭心症の発作を起こした。でもそれを誘発することはできた。先生は閉所恐怖症だったのだから。先生の衣服は乱れておらず、誰かと争った形跡もない。死斑は背中だけにあった。だから検視官は、仰臥して眠っているうちに亡くなったと判断した。不審死ではない。ただの病死だ。

不吉な映像が浮かぶ。先生が熟睡している。その体の周囲に、身動きできないほどぴっちりと密着して分厚い本を積み上げていく。いや、だめだ。本で囲んでも、体の上は空いたままだ。閉じられた空間を作ることはできない。私はまた部屋の中を見回した。達也は畳の上にすとんと腰を落としたまま、私の視線を追う。その視線は、佳世子奥様の鎌倉彫の額に吸い寄せられる。私は落雁をエプロンのポケットにしまって、机の前から椅子を持ってきた。椅子に上がって額に顔を近づけた。厚さが二センチ弱はあろうかという大きな額は、しっかりした取り付け金具に紐で下げられ、底辺は鴨居《かもい》の上に載っていた。それくらい丈夫に取り付けなければ危険なほど重厚なものだ。私は鴨居に顔をくっつけるようにして検分した。そして決定的な形跡を見つけた。鴨居にはうっすらと埃が溜まっていた。長年、鴨居の上に載せられていた額は、埃の上に痕跡を残していた。それがわずかにずれていた。この額は一度下ろされて、また上げられたのだ。

私は椅子の上で茫然と立ちすくんでいた。先生は眠っているうちに、体の周りを図鑑や学術書などの重い本で囲われ、上にこの額を載せられたのだ。真っ暗闇の中、目を覚ました先生はパニックに陥り、狭心症の発作を起こした。枕元に置いてあった舌下剤に手が届くはずもない。そう長くはなかっただろう、命を落とすまでは。

でもたった一つだけ先生がしたことがあった。ポケットを探り、達也がこっそり忍ばせた落雁を取り出して本のページに挟むこと。死は免《まぬか》れないけれど、メッセージは残すことができた。

先生は――先生は殺されたのだ。

その日一日何も手につかなかった。

警察に行くべきだろうか。だが、私が見つけた物が殺人の証拠になり得るのか。誰かが本棚の本を抜き出し、また元に戻した。額の位置をずらした。それだけで？　先生自身がやった可能性が高いと言われるのがオチだ。いや、それよりももっと恐ろしい考えに私は囚われていたのだ。

私が導き出した殺人行為を成し得るのは、由起夫さんしかいない。あの日、家にいたのは由起夫さんだけなのだから。それに先生が閉所恐怖症であるということを知っていたのは、由起夫さんと私だけ。

あの人に義理の父親を殺す動機があったのか？　疑えばどういう推理でも成り立つ気がした。由起夫さんは巧妙な手口でこの家の跡取り息子になりすました？　難波家ほどの財力と社会的地位があれば、充分に魅力的だろう。だがこの考えは、由起夫さんにはどうもそぐわない。そんな野望を持つ人なら、もっと貪欲《どんよく》で猛々《たけだけ》しい気質を持っているだろうに、彼は先生と同じで欲がなく、邪気もない。あるのは愚直さと素朴《そぼく》さだ。希美はこの性情を「中身がない」と言い、先生は「無色透明」と言った。

でも私は由起夫さんの何を知っているというのだろう。彼の素性も生《お》い立ちも知らない。間島さんは「どんな非道なことをしても生き延びるという決意をした者」だと言った。水のように淡泊な由起夫さんも、生きるために貪欲だった時期があるのか。間島さんが戦争中に体験したことに匹敵《ひってき》するくらいの苦境を過去に切り抜けてきたというのか。

もはや希美に相談することもできない。あの人は由起夫さんと深くつながった人なのだ。佳世子奥様よりも難波先生よりもずっとずっと由起夫さんを理解している。もし私が由起夫さんが本物でないと知っていること、先生の死に疑いを持っていることを希美に漏らせば、由起夫さんに伝わるに違いない。

「達也、先生を殺したのは由起夫さんかもしれない。どうしよう……。私はどうしたらいいと思う?」

もはや、真の心を打ち明けられるのは、達也しかいない。もうすぐ別れてしまう愛しい私の同志に。愚かな伯母の繰り言に、達也はじっと耳を傾ける。

「達也は先生が大好きだったんだものね。あのね、先生は達也にもらったお菓子を大事にポケットに入れていたんだよ。先生は死ぬ前に達也に何かを言いたかったのかもしれない」

私は達也の目を覗き込んだ。可奈と同じ薄茶色の虹彩《こうさい》。この瞳は、無機質なガラスになったように感じられる時がある。可奈は、他人を立ち入らせたくない時に自分の感情をさっと仕舞い込み、よくこういう目をした。動物的な勘か、欠けた能力を補うために発達した別の何かでもって、達也は真理を見極めようとしている。私は急いで言葉を継いだ。

「本当に由起夫さんがそんな恐ろしいことをしたんだとしても、私は黙っている。私も愚か者になることにしたの。達也、愚者だよ。黙って身の内に毒を持って生きていく。毒のままか、薬になるか知らないけど。すべてはつながっているんだもの。達也もそうやって生きていってね。先生から教わったようにね」

Tシャツの上から、ケロイドでガタガタした背中をさすりながらぎゅっと抱きしめた。小さな甥は、私の腕から身をよじって逃れた。硬質な瞳が冷たく私に向けられる。平板なガラスの奥にかすかに心火《しんか》が燃え立つのを認めて私は息を呑んだ。軽はずみなことを口走ったことを後悔した。私にとって由起夫さんは恋しい人だが、達也には先生の方が大切だった。都合よくねじ曲げた大人の論理など、純粋な子供には通じない。子供の明快で容赦のない感性は、「いいもの」と「わるいもの」とをひっきりなしに選《よ》り分けているものだ。とりわけ達也のような子は。私は無理矢理に達也をつかまえて掻き抱いた。

達也の中の毒――その種を今私は播《ま》いた。

佳世子奥様手作りの鎌倉彫のブローチを、ビロードの切れ端に包んで小箱に入れた。宝飾品など一つも持っていない私の大事な宝物だ。先生の形見でもあり、達也との思い出の品でもある。少しずつ身辺の整理を始めた。児童相談所で何度か面接を受けた。加藤弁護士の口添えもあって、達也を引き取ってもらえる方向で進んでいる。かしの木園には、養護施設からも通わせてもらえるように頼んでいる。そうなれば、環境が激変するというとまどいも少なくて済む。

そういう段取りが着々と進んでいることは、それとなく由起夫さんには伝えた。私はもう彼がどんな人でも許すことに決めたのだ。自分の信じることだけを拠り所にする愚者になると。達也のことが一段落したら私も彼の許を去るつもりでいる。その決意が私を強くしている。だから今は平静な、ある意味冷徹な目ですべてを観察することができる。

ここのところ、由起夫さんは常に緊張している。彼の周りの空気がぴんと張り詰めているのがわかる。まさか私が先生の死に関して疑問を持ったと勘付いたわけではないだろう。由起夫さんと希美の関係も微妙に様子が変わった。今までの印象とは逆に、由起夫さんは受け身であることをやめたみたいに見える。破滅的な何かが彼を突き動かそうとしている。そしてそんな由起夫さんを前にして、希美は全く無力に見えた。今までのように傍観者然としているのではない。危険な空気を察知した森の小動物みたいに怯えているのだ。全く希美らしくない様相だった。

先生が死んでから、加藤弁護士と希美は屋敷に来る用事が減った。だが、ただ私に会うためにだけ、希美は城山を登って来てくれる。まるで別れを惜しむみたいに、武蔵野の風情を頭に焼き付けようとするみたいに、私たちは深大寺界隈《かいわい》を歩き回った。涼しい影の切り通しや、夏草の生い茂った川岸や、青い葉がそよぐ雑木林。コゲラが逆さまに幹を下ってくるのを見上げたり、キジが唐突に道を横切るのに驚いたりしながらゆったりと歩いた。

「一つあなたに言っておきたいことがあるの」希美は並んで前を向いたまま言った。「あなたは私に助けられたと思っているでしょう」

「ええ。それは本当に感謝して――」

「そうじゃないわ」

「あなたが私を救ってくれたのよ」

私は足を止めて、つくづくと希美を見た。彼女も目を逸らすことなく見返してくる。凛《りん》とした美しさの持ち主。ショートカットも彼女によく似合っていた。ふと、希美の本当の顔はどんなだったのだろうと思った。いや、そんなことはどうでもいい。見てくれなんかにかかわらず、私はこの人が好きなのだ。誰に媚《こ》びることもなく、驕《おご》りたかぶることも卑下することもなく、ただ前を見て生きている姿勢。たわむことはあっても決して折れない心の持ち主。それでいて、どこか脆弱《ぜいじゃく》ではかない人。

「私も少しはあなたの役に立てたのかしら。なら、よかった」

きっと詳しいことを訊いても教えてはくれないだろうから、私はそう言って微笑んだ。

「あなたに会えてよかったわ」希美は照れて、わざと大きな声で言った。すぐに真顔になる。「だからね――」手術で二重瞼にしたというアーモンド形の双眸《そうぼう》に私が二人映っていた。「あなたには、幸せになってもらいたいの。そしてうんと長生きして。今までの分を取り戻すくらい」

小金井神社で「長生きなんかしたくないもの」と言った希美を思い出した。幸せに生きることを放棄した人が、私の幸せを願っている――。なぜだかせつなくてたまらなくなった。この人は、私が去る決意をしたことをもう知っているのだと思った。私たちは、どちらからともなく抱き合った。野川の瀬音が涼しげに響く土手道の真ん中で。

児童相談所で達也を引き取ると言ってきた。しばらく様子を見て、それから養護施設へ送られるのだ。達也にはもうごまかしはきかない。

「達也、ハコちゃんはもうあなたと暮らせないの。だから、新しいお父さんとお母さんを探してもらおうね。そのために他の子と一緒にしばらく生活しないといけないの。わかるわね?」

達也の両目にもりもりと涙が盛り上がってきて、頰を伝った。私はエプロンでそれを拭ってやった。私まで泣けば、この子はもっと辛くなる。笑顔を向けようとしたけど、きっとおかしな泣き笑いになっていただろう。

「ごめんね、達也。でもこれが一番いい方法なの。きっと達也は幸せになるよ。ハコちゃんのことなんか、忘れるくらいに」

そう言いながら、私自身は幸せになれるだろうかと思った。いや、幸せにならなければいけない。それでなければ、達也と別れた意味がない。希美もそれを望んでいるではないか。

加藤弁護士にだけ、家政婦をやめると告げた。まだ由起夫さんには黙っていて欲しいと断って。加藤氏は、それならいい働き口を探してあげようと言ってくれた。必要なら身元保証人になってもいいと。私が恐縮していると、「きちんと債務を返済してもらわなければ私が困る。そのためには収入を確保しておかないと」と言われた。その通りだと思う。せっかく加藤弁護士のおかげで立て直すことができた生活が、また困窮《こんきゅう》するのでは申し訳ない。

「要は心の問題なんだ。しっかり自分で自分の人生を設計していくという決意がなければ元の木阿弥《もくあみ》になってしまう。君は達也君と離れ、難波家からも離れ、しばらくは精神状態が不安定だと思う。私がしっかりサポートさせてもらうよ」

人助けを信条とする弁護士とはいえ、なかなかここまで親身になってくれる人はいない。申し訳ないけれど、もう少しだけ頼りにさせてもらうことにした。

達也の荷物はまとめてみると、ほんの少しだ。小さな段ボール箱一つ分にもならない。最後に通園カバンを入れた。彼を慰め続けてくれた土鈴がカランと鳴った。

「いいの？　それで」

いつの間にか部屋の入り口に由起夫さんが立っていた。

「はい。皆さんには達也に本当によくしていただきましたけど、もう決めたんです」

由起夫さんは湧き上がってきた感情を抑えるように、歯を食いしばった。彼の目に浮かんだものを私は見逃さなかった。瞋恚《しんい》と悲傷との混淆《こんこう》。希美と同じだ。同じ目をしている。

なぜだか怒りの感情が込み上げてきた。何もかもが隠されている。先生は亡くなり、私の周囲にいる人たちは口を閉ざす。由起夫さんは先生を死に至らしめたのか。そのことを今ここで匂わすこともできる。そうすれば、由起夫さんが抱え込んだ秘密の一端が見えるかもしれない。でも、私はすんでのところで思い留まった。恐ろしかった。由起夫さんと、おそらくは希美がここに至るまでに必死で隠匿《いんとく》しているものに触れるのが。きっとそれは陰湿でおぞましいものに違いない、という気がした。

由起夫さんの目から滾《たぎ》り立ったものがすっと消え去った。元の静謐《せいひつ》さを取り戻す。

「達也はクロと会っているよ」

「え?」

「あの、クロを拾った裏の森で。クロは達也のことを忘れていない。行ってみるといい」

そう言うと、由起夫さんは目を伏せた。あの目の横の傷にそっと触れてみたいと思った。

先生のいなくなった家の中は、どこかよそよそしい雰囲気だ。特に由起夫さんと私と達也とで囲む食卓は奇妙な静けさに満ちている。他人が見たら、両親とその子供という満たされた家族像に見えるだろうが。いつも話題の中心は先生で、先生がこの家を作り上げ、回していたのだと思い知らされる。由起夫さんもそれを感じているのか、家で食事を取る回数が減った。律儀に電話をしてきて、夕食までには帰れないと伝えてくれる。

その日も、夕方早いうちに会社から電話がかかってきた。海外からの重要な来客の到着が遅れていて、どうも今夜中待機していなければならないようだ。

「多分、このまま会社近くのホテルに泊まることになると思う」と由起夫さんは言った。

私は簡単な夕食を達也と取った。達也は以前に比べると、よく食べるようになった。そうなると多少好き嫌いのあるのがわかってきた。何でも食べる子にしておかなければ、新しいお母さんに苦労をかけるのではないかと思ったりする。先生がいたら、「食べられない物を無理に食べること、ないですよ」と鷹揚《おうよう》に言った気がする。先生の嫌いな食べ物リストは、まだ大学ノートに貼ったままだ。

戸締りを二度確認して寝床に入った。森でヨタカが寂しく鳴いた。きっと達也は、私や由起夫さんのことより、豊かな武蔵野の自然の方を恋しがるのではないかと思った。

ヨタカは忘れた頃に、「キョキョキョ、キョキョキョ」と単調な鳴き声を響かせた。いつになくしつこい鳴き方だと思って目を覚ます。

ヨタカではなかった。由起夫さんの部屋の電話が鳴っているのだ。由起夫さんが留守なのを知らない誰かが、彼を呼んでいる。私はむくりと起き上がった。絶対にしてはならないことを、私はしようとしている。

由起夫さんの部屋にそっと忍びこむ。廊下からのわずかな光が、彼のベッド脇の電話機を浮き上がらせていた。私は鳴り続けるそれをじっと見下ろした。ヨタカの鳴き声だと夢の中で思っていたのは、このわびしい電子音だった。私はそっと受話器を上げた。恐る恐る耳につける。

「ユキオ――」

暗闇の中で目を瞠《みは》った。まぎれもない、希美の声だった。

「ユキオ――。来てよ、お願い――」

今まで一度も聴いたことのない、心細げな、泣き濡れた声だ。こんな声を出す人だった
んだ。受話器を耳に当てて、小刻みに震えている希美の姿が浮かんだ。

「ユキオ――」受話器にかかる息づかいまではっきりと感じられた。

私は一言も発することなく、そっと受話器を置いた。


由起夫さんは、今日は仕事を休んだ。加藤弁護士と希美とが連れだってやって来た。由起夫さんが先生の遺品整理をしたいからと呼んだようだ。今日は下調べだと言っていた。

佳世子奥様の物もそのまま置いてあるのだから、先生の持ち物もそっくり残しておいたって不都合ではないだろう。こんなに大きなお屋敷なのだから。でも一応目は通して、先生が関わっていた団体や研究機関や学校などに寄付できるものはしたいと、由起夫さんは考えているようだ。整理しているうちに重要な書類などがひょっこり出てくることもあるのだと、加藤弁護士も時間を取って来ている。

希美は特に変わった様子はない。あの晩、電話に出たのは私だとわかっているはずだ。私もいつも通りの態度で押し通した。もう何を知っても私の関知するところではない。これ以上のことを知りたくもなかったし、そういうこともうないだろう。

お昼を食べ、少し休憩を取ってから、また作業が始まった。私は何もすることがない。達也がかしの木園から帰って来た。達也の手を引いて城山を上がって来たら、由起夫さんが庭に出ているのが見えた。向こうはこちらに気がついていない様子だ。由起夫さんは、加藤弁護士のベンツのそばに立っていた。何か工具を手にしているようだ。車の調子でも悪いのだろうか。由起夫さんは自分の車も、ちょっとした不調くらいなら直してしまう器用な人だ。

勝手口から家に入って、達也の着替えをさせた。

「達也、今日は加藤先生と希美さんが来ているのよ。大事なお仕事だから、邪魔してはだめ。先生のお部屋には行ってはだめ」

一つ一つ指を立てて言うと、達也はしかつめらしい顔で頷いた。そしてそっと庭に出ていった。私は部屋に残ってゆび編みの花のモチーフを編み始めた。こういうのを、馬鹿の一つ覚えっていうんだ、と思いながらも没頭する。果たして出来あがったベッドカバーを希美にプレゼントすることになるのだろうか。気がついたら午後も遅い時間になっていた。立ちあがって窓ごしに庭を見てみた。達也が、裏の森に続く小径からこちらへ歩いて来るところだった。こうやって遠くから眺めると随分しっかりしたものだと思う。ここに来た時はまだ、歩き方も覚束《おぼつか》ない感じだった。今は確かな足取りで、土を踏みしめて歩いている。クロと会って来たのか、満ち足りた顔をしている。

ふと私もクロの姿を見てみたくなった。今達也と会ったのなら、まだ森にいるだろう。もうこれが最後かもしれないと思った。「行ってみるといい」とせっかく言ってくれた由起夫さんの言葉に素直に従ってみたいとも思った。庭にしゃがんで遊び始めた達也に知られないよう、そっと背後を回り込んで森へ向かった。

カラスノエンドウやアザミが元気に伸びて、高い繁みを作っている。日向ではむっとするような草いきれに包まれたが、すぐにクヌギやアラカシなどの木々が小径の上まで枝を伸ばした涼しい木陰の下に入ることができた。ひんやりと湿った森独特の風が吹きぬけていく。クロが生まれた巣は、一度見て場所はわかっていた。きっとその近くでクロとの密会は行われているのだろう。木の根元は、森の中の小さな広場みたいに少し開けている。そこへ到達したけれど、どこにもカラスらしき姿はなかった。ぐるぐると草原を回って、小さな声で「クロ！」と呼びかけてみる。それでも何の気配もない。まあ、うまく会えるとも思っていなかったから、そう落胆もしなかった。

諦めて帰ろうと踵《きびす》を返した時、頭上からバサバサッと羽ばたくような音が降ってきた。見上げると、高い枝にとまったカラスが一羽、こちらを見下ろしているのがわかった。すぐにクロだと思った。クロは小首を傾げて私を観察している。もう一度、呼びかけようとしたその時、クロの方が嘴を動かした。

「アコタン!!」私はぽかんと口を開いた。

「アコタン!!」もう一回、確かにクロはそう言った。両方の翼を一度広げて整え、聞こえたか？ とでも確認するみたいにじっくりとこちらを検分した。

私はその場で凍りついてしまい、クロが枝を飛び移り、そして飛び立っていくのを唖然として眺めた。黒い鳥の影が一瞬私の上に落ちてきた。それでも動けなかった。

クロは、あの達也が育てたカラスは、「ハコちゃん」と言ったのだ。なぜか。あの言葉を教えたのは、他ならない達也だ。彼はここで「ハコちゃん」と言う練習をしていたのだ。私が繰り返し繰り返し、「ハコちゃんって言ってごらん」と達也に強《し》いていたから。だから、あの子は、この森で、クロを相手に――。

私は草を蹴散らして走りだした。馬鹿だ、馬鹿だ。私はなぜ達也を手放そうとしていたのか。あの子の幸せという大義名分《たいぎめいぶん》を掲げて、その実、自分が重い責任から逃れたかっただけではないのか。なぜ達也の本当の気持ちを察することができなかったのか。それを先生は教えてくれていたのに。あの子は私といたいと願っているのだ。達也は私を選んでくれた。それを表現する術を持たないせいで、どれだけもどかしい思いをしていたか。この森で、クロを相手にその気持ちを吐き出していたのだ。

今ならまだ間に合う。ちょうど加藤弁護士も来ているから、養子縁組の話を断らなければ。気が急《せ》いた。耳をつんざくような蟬の声。木漏れ日が眩暈《めまい》のように私の上で踊った。

森を抜けて裏庭に出た。静まり返った蚕小屋の脇を走り抜けると、駐車スペースで加藤弁護士がベンツに乗り込みエンジンを掛けるところだった。庭の向こう側にしゃがみ込んだ達也と、そのそばに立つ希美が見えた。どうやら加藤氏は希美を残して先に帰ることにしたようだ。私は息を切らしてベンツに駆け寄った。遠くで、希美が私に気づいて顔を上げた。

「お話があります!」加藤氏はウィンドウを下ろして、尋常でない私の様子を一瞥《いちべつ》した。

「二人だけでお話できませんか?」

「乗りなさい」

弁護士に言われ、私はドアを開けて助手席に滑り込んだ。ベンツはゆっくりと動き出した。達也が振り向いて立ち上がるのが見えた。私の姿を認めて駆けだそうとしている。

達也、待っていて。すぐに戻って来るからね。弁護士さんもわかってくれるだろうから。私は心の中で呟いた。おそらく城山の麓へ行くまでに話はつくだろう。玄関前を通り過ぎる時、屋敷の中から由起夫さんが飛び出してきた。後ろに流れてゆく彼の顔を見て、私ははっとした。由起夫さんは、ひどく血相を変えている。つっかけた靴の片方が、足から脱げて飛んでいくほどに。どうしてあんなに慌てているのかわからない。

達也も、希美が伸ばした手をかいくぐって追ってきたけれど、もちろん追いつくはずもない。

「アコタン!!」

達也が叫んだ。加藤氏はぐいとアクセルを踏み込んだ。

すべてが背後に消えていった。

第二章　筑豊挽歌《ちくほうばんか》

✝一九六五年　冬

「姉ちゃん、これ――」

オンボロ自転車を土間に入れていると、昭夫《あきお》があかぎれだらけの手を差し出してきた。一握《ひとにぎ》りの干したゼンマイだった。

「どがんしたと？　これ」

「スイバのおばちゃんがくんなさった。もどしてお食べち」

私がそれを受け取ると、昭夫はにっと笑って戸口に向かった。その背中に「正夫《まさお》は？」と声を掛ける。

「正夫はヒロんがたの前におるよ」

「そう。もう暗《くろ》うなるけん、呼んで来て」

昭夫は「うん」と答えて出ていった。六歳の昭夫は左足が悪い。すばしこい弟を連れて来るのには時間がかかるだろう。土間から奥の部屋を覗《のぞ》く。父は綿《わた》のはみ出した布団《ふとん》を引《ひ》っ被《かぶ》って寝ている。私はそっと手前の部屋に荷物を置いた。建て付けの悪い戸からいくらでも冷たい風が吹き込んでくる。土間で煮炊《にた》きをするためのコンロを出す。コンロといっても、ブリキの一斗缶《いっとかん》の周囲に粗《あら》く穴を開けただけの簡易コンロだ。燃料はボタ山で拾ってきた石炭屑《くず》だ。質が悪いのでくすぶるばかりでなかなか火がつかない。たいていの家ではコークスを混ぜて使っている。私は米櫃《こめびつ》代わりにしている砂糖缶を開けてみた。底が見えた。コークスを買うか、米を買うか、ちょっと考え込んだ。どっちにしても買うお金がないのだということに思い至って蓋《ふた》を閉めた。

次に生活保護費が下りるまで、どうやっても食いつながなければならない。

「ただいま」

妹の律子《りつこ》が帰って来た。どさりと肩掛けカバンを下ろす。

「お帰り。遅かったいなあ」

「勉強が遅れとるて、先生に残されちょった」

ここらでは〝先生〟を〝シェンシェイ〟というふうに発音する。中学を卒業してから都会で就職した友だちもそういう訛《なま》りでからかわれているだろうか。私は幾人《いくにん》かの親しかった友人の顔を思い浮かべた。

苦労しているかなあ、と思う。でも私は彼らがうらやましい。私もここを離れられたらどんなによかったか。その日その日の食べる物を心配し、病気の父親や幼《おさな》い弟の面倒をみるだけの生活にはうんざりだった。

二つ違いの律子は、「うちが中学校出たら大阪でん東京でん行って働いて、ものごっつお金を送るっちゃ。そんならいいしこご飯が食べらるると」と言う。そういう話を昭夫も正夫も目を輝かせて聞いているのだ。そういう妹すらうらやましい。私はぜんまいを水に浸《つ》け、ほんのちょっとの米を取り出した。制服のままの律子が歪《ゆが》んだ鍋《なべ》で米を研《と》ぐ。

「お父しゃん、今日はどげんね?」

「うちも今帰ったとこやで、わからんばい。今は寝とらっしゃる」

「ふーん」

父は二年前に三池《みいけ》炭鉱で事故に遭《あ》った。戦後最大の粉塵《ふんじん》爆発事故だ。四百五十八人が死んで、八百人以上が一酸化炭素中毒になった。父はその八百人のうちの一人だ。後遺症のために働くことができなくなり、うちの一家はこの廃鉱《はいこう》部落に移ってきたのだ。

「姉ちゃん、おかず、何にするとね? 芋《いも》?」

「いや、今日は大根のあるけん、これとぜんまいを炊くたい」

律子は「うん」とだけ答えてコンロで火を起こし始めた。「ああ、もう石炭《いし》がなかばい。明日、昭夫と正夫にボタ山に石炭拾いに行かした方がよか」

律子は黒い煙にむせた。煙は天井辺りに淀《よど》んでいたが、やがて消えた。隙間だらけの家だから、土間で煮炊きしても問題はない。

「ようできとうねえ。この家では一酸化炭素中毒にはならんくさ」

私は「しっ!」と唇《くちびる》に指を当てた。律子はペロッと舌を出して奥を窺《うかが》った。父が布団を跳《は》ねのけてむくりと起き上がるところだった。

「お父しゃん、ただいま!」

「ああ! 頭の痛か!」律子には答えず、父は大声を出した。「希美《のぞみ》、鉢巻《はちまき》取らんか! 頭がバラバラになるとやけん!」

私は黒ずんだ手拭《てぬぐい》を手に取ると、父に差し出した。父はきりきりと頭に巻く。血走った目が吊《つ》り上がる。寝巻の前がはだけて、肋骨《ろっこつ》がごつごつと薄い皮を突き上げているのが見えた。はっとしたように耳をそばだて、キョロキョロと辺りを見回した。

「今、ドーンちいうたろが」

「いいや、いわんよ。何も聞こえん」

「いや、いうたぞ。はよ逃げんば! あれが来るぞ! 黒か煙が! ああ、えすかばい、い!」

父は布団を蹴り飛ばして土間に飛び下りた。コンロを蹴り倒してしまい、やっと火がついたばかりの石炭屑がぱっと散った。

「危なか!」

私は後ろから組みつくが、この痩《や》せ衰《おとろ》えた体のどこにそんな力があるのかと思えるほどの勢いで跳ね飛ばされた。律子も加勢してくれるが、父は腕を振り回して暴れ回る。大事に使っている鍋釜やブリキの洗面器が大きな音を立てて棚から転がり落ちた。土間の隅《すみ》に立てかけておいた自転車も倒れる。

「助けてくれえ!! えすかばい!」

戸口で立ち竦《すく》んでいる昭夫と正夫が見えた。

「はよう、ユウを呼んで来て!」

昭夫が足を引きずりながら飛び出していった。すぐに長屋の端からユウが飛んで来た。

背の高いユウは覆《おお》い被さるようにして父を押さえつけた。父は大声で喚《わめ》く。まるで獣《けもの》が吠《ほ》えているような恐ろしい声だ。

「おいしゃん! そげな大けな声でおらぶと、皆がたまがるけんね」

「そうたい。静かにせんと。昭夫、戸をせいとき」

昭夫は正夫を家の中に引っ張り込むと、ゴトゴトと薄い板戸を難儀して閉めた。以前はこの大騒動が始まると、長屋の住人が何事かと見に集まって来たものだが、今はもう慣れっこになったのか、誰も覗きに来ない。だがあまり長引くと「やかましか!!」と怒鳴られ、「このひょうぐれもんが! えいかげんにせんと、こっくらすぞ!」と罵《のの》しられる。それにまた父が食ってかかってひと悶着《もんちゃく》起きるという具合だ。父は決まって黒手帳を取り出して振りかざすのだ。

「これ見てみやい! おいは大きか炭鉱の先山《さきやま》としてずうっと働いとったとぞ。国がこげして証明しとろうが。これがありさえすりゃ、炭鉱なら北海道でん、どこでん雇うてもらえるとぞ」

　黒手帳は、炭鉱離職者求職手帳といい、ただの失業証明とは違って職安でも特別扱いをしてくれたらしい。昭和二十年代には再就職の際に幅をきかせたその手帳も、今は何の効力もない。だけど、父にとっては宝物なのだろう。そのペラペラに薄い黒手帳が出てくると、皆は「あほらし」と一瞥《いちべつ》して去っていく。

　肩で息をしてようやくおとなしくなった父を、ユウが奥の部屋に引っ張っていく。よく聞くと、父の歯がガチガチと鳴っているのがわかる。まだ怖がっているのだ。今も真っ暗な坑内を煙に追われてさまよっている気がするのかもしれない。突出したガスを吸った被害者は酸素欠乏症になって、ひどい頭痛や不眠、耳鳴り、痙攣《けいれん》、妄想に悩まされる。これはもう一生治らない。今こうして苦しんでいても、医者は心因性のもので、もう後遺症とはいえないと言う。労災補償も充分には下りなかった。

「事故の時は死人や重傷者が多かもんやけ、CO患者はほったらかしばい。何時間も坑道を這《は》いずり回って、ようやっと自力で出て来たっちゅうに、ミカン一個と注射一本だけでさっさと家に帰らされたっちゃ」

　あの時によく手当てしてくれておればと悔《くや》しがった母も、父や私たち子供を捨てて出ていった。

「もう大丈夫ばい」

ユウが土間に下りてきた。父は、子供のように布団を被って啜《すす》り泣いている。

「ありがとう。すまんやったね」

「なんも」ユウは正夫の頭を撫《な》でて出ていった。

「さあ、晩飯にしんしゃい！」律子が手早く火ばさみで石炭屑を拾い集めてコンロに入れた。「ああ、鍋、かやされんでよかったばい」と米を入れた鍋をかける。怯《おび》えていた昭夫と正夫も、ようやく笑い顔になる。律子の明るさがうちの唯一《ゆいいつ》の救いだ。

「母しゃん、正月にはもんて来る？」

正夫の問いかけに、私と律子はそっと顔を見合わせた。幼い弟二人には、母は遠くに働きに行っていると教えている。

「さあ、どげんかいね。母しゃんの仕事、忙しかやけんね」

正夫はさっと顔を曇《くも》らせた。欠けた茶碗の中の粥《かゆ》といった方がいいようなご飯を、握り箸でつついた挙句、その上にぽたぽたと涙をこぼした。

「なして？　なして母しゃんはそげに働かんばいけんの？」

後はうえーんという大泣きになる。やんちゃなくせに泣き虫なのだ。でも無理はない。正夫はまだ五歳。母親が恋しくて仕方がないのだ。その横で、昭夫はぐっと歯を食いしばっている。律子と昭夫の年が開いているのは、その間に男と女の赤ん坊がいたせいだ。二人とも生まれて間もなく死んでしまった。自分が産んだ子を亡くすというのは、女にとってはつらいことに違いない。薄っぺらい白木の位牌《いはい》が二つあったのを、家を出る時に母は持ち出していた。律子は「生きとるもんより死んだ子を連れていったばい」とぼそりと言ったものだ。

母がいなくなったのは、今年の夏前だ。父があんなになった後、もう炭鉱で働くこともできず、山襞《やまひだ》に貼りつくようにして建つ廃屋同然のこの元炭住《たんじゅう》にやってきた。まさに流れ着くというのが正しい。遠賀《おんが》川に流れ込む支流域、筑豊の山奥の谷あいに隠れるみたいに二百近く群がってあった「小ヤマ」と呼ばれる中小炭鉱は軒並《のきな》み潰《つぶ》れて、今や生活保護世帯の溜まり場のようになっていた。三池炭鉱での活気のある生活とは大違いで、ここの人々は、人生に倦《う》み疲れ、何の希望もなくただ生きて息をしているだけの人のように見受けられた。

「ああ、くさくさすると。ここん人間は皆、目が死んどるたい」

と母は隣人たちを嫌っていた。父の奇矯《ききょう》な振舞いと相まって、この廃鉱部落では浮いた存在だったと思う。でも子供は別で、私たちはすぐにここに馴染《なじ》んだ。逞《たくま》しさだけが子供たちの取り得だったから。私は越して来てからの一年半、麓《ふもと》の中学校に通った。

実際のところ、この地に来たことが、母の心を折れさせたのではないかと思う。生活保護費だけではどうしたって生活できないので、福祉事務所の職員の目を盗んで働きに出掛ける者は多い。我が家では、その役目は当然母が担《にな》わなければならなかった。朝一番の汽車で北九州《きたきゅうしゅう》の工業地帯に働きに行くのだ。往復の交通費が惜しくて、二日間帰らずに働き続けるということも、ここでは珍しくない。そのまま行方をくらます——ということすら母だけに限ったことではないのかもしれない。

母の失踪が明らかになった時、私は北九州の若松港《わかまつこう》まで母を捜しにいった。港で荷役《にやく》の仕事をしていたと思っていた母は、とっくにそれを辞《や》めて、港湾労働者相手の食堂で働いていたようだった。同じ時期に姿を消した若い男の荷役がいたそうだが、母が一緒かどうかはわからずじまいだった。このことは律子にも言っていない。

「あーあ、寝てしもうた。今日は湯で体を拭《ふ》いちゃろうと思うとったとに」

正夫を抱き上げながら律子が言った。栄養が足りないうえに疥癬《かいせん》ができた肌を掻《か》きむしるので、正夫も昭夫も肌が粉をふいたようになっている。ボタ山に熱せられた地下水が湧《わ》いてくるので、ここらではそれを風呂水代わりにする。よその人は、「あげん鉱毒水だらけの水に浸《つ》かるとは！」と呆《あき》れているが。

継ぎだらけの上着だけ脱がせて、六畳間に敷いた布団に正夫を寝かせる。水瓶《みずがめ》の中からひしゃくで少しだけ水を汲《く》み、茶碗を洗った。共同水道から水を汲んで来るのは骨が折れる。なんせ朝の一時間しか水が出ないのだから。たいていは子供らが押し合いへしあいバケツを持って水を汲んでは家まで運ぶ。でもこれは昭夫には無理だ。上半身が左右に大きく揺れるせいで、大方の水がこぼれてしまう。彼はまだよちよち歩きの頃、三池炭鉱の炭住でボタを運ぶ鋼車に足を轢《ひ》かれた。

「宿題やってしもうとかんと」

昭夫と正夫とが寝てしまってから、律子がリンゴ箱の上にノートを出した。裸電球がブランブランと揺れ、妹の影が擦《す》れ切った畳《たたみ》や板戸の上を行ったり来たりした。まるで閉ざされた坑道から這い出してきた亡者のようだ、と私はぼんやり思った。

坂を自転車で一気に走り下りる。顔に冷たい風がまともに当たる。家から離れるに従って、自由で爽快《そうかい》な気分になった。この自転車を譲《ゆず》ってもらえたのは本当に幸運だった。母を捜しに何回か若松港に行った時、気の毒がった食堂の亭主が、今の働き先を紹介してくれた。最寄りの国鉄駅の近くで、歩いて行ける距離だったのは有り難《あ》《がた》かった。筑豊にはホルモン焼き屋が多い。多分、韓国《かんこく》や朝鮮《ちようせん》出身の人がたくさん住んでいるせいだろう。そこに卸《おろ》す肉を加工販売している会社だった。家の事情を話して頭を何度も下げ、ようやく雇ってもらえた。この辺の住民の中には、廃鉱部落の者を嫌う人も多い。あまりに貧《まず》しい私たちを差別して、「不潔やけん」「ろくに字も読めんちゃ」と言われることにはもう慣れっこになっていた。

雇われたといっても、加工場の掃除や雑用など下働きが主で、たいした収入にはならなかった。それでもよかった。生活保護を打ち切られないようにこっそり働かなければならなかったから。福祉行政も廃鉱部落の住人には厳しい。やれテレビを買っただの、酒を飲んだだの、牛肉を食っただのとケースワーカーや民生委員が調べ上げて、たった月一万か二万ほどの保護を打ち切ろうとするのだ。

私は貧乏だけど、不潔でもなく、字も読める。中学を出たばかりでも、そのことだけはきちんとしようと密《ひそ》かに決めている。おいしそうな肉を目の前にしてもこっそりくすねるなんてことは決してしないし、数着しかない洋服はちゃんと繕《つくろ》いもし、度々洗濯して着替えるようにしているし、鉱毒水だらけの風呂水で体を洗うし、学校の成績はよかった方だし。

最寄りの駅といっても、歩けば四十分くらいかかるのを毎日往復していたら、三輪トラックで肉を配達しているおじさんが、古い自転車をくれた。男ものの自転車で、しょっちゅうチェーンがはずれるけど、なくてはならない私の足だ。

「ユウ!」

猫背に紺《こん》のジャンパーを羽織《はお》った後ろ姿を見つけて声を掛けた。両手をポケットに入れたまま、ユウが振り向いた。

「昨日はありがとう。ユウがおってくれてよかったばい」

「うん」

私は自転車を降りて並んで歩いた。

「仕事、大丈夫ね」

「うん。間に合うっちゃ。今日は早目に出て来たばってん」

ユウはそうか、と答えて足下に目を落とす。「なしてそげん、下ばっかり向いて歩くと。つぶれ小ヤマの炭住のもんでも恥ずかしかことなかろうもん!」と彼の祖母は唾《つば》を飛ばさんばかりに怒るが、ユウは背の高いことすら恥じているみたいにうつむいて歩くのだ。

今年の春、同級生たちは揃《そろ》って集団就職でこの地を離れていった。残ったのは数人だけ。そのうちの二人がユウと私だ。私は具合の悪い父と幼い弟たちのことがあるので、どうしてもよそへ行くことができなかった。母が私を集団就職させなかったのだ。思えばあの頃から、もう母は出ていくことを考えていたのかもしれない。

ユウは特別な理由でここに残った。彼は抜群に頭がよかったのだ。中学校の先生が集団就職させるのは、あまりにもったいないというほどに。だから先生のはからいで、働きながら定時制の高校に通うことになった。廃鉱部落出身の子供が高校へ行くなんてことは非常に珍しいのだ。彼の祖母が反対するかと思ったが、先生の説得に結局頷《うなず》いた。マスという名の婆《ばあ》さんは、このところリューマチが進行して体中が痛いらしい。それでユウを手放すことを渋《しぶ》ったのかもしれない。もともとマスさんは、自分の世話をさせるためにユウを引き取ったのだ。

「寒かねえ」

下から吹き上げてくる風が冷たくて頬《ほお》が痛い。無口なユウはやはり「うん」としか言わない。三池から移ってきて、ここの中学に通った私は、もうすっかり〝つぶれ小ヤマの炭住の子〟だ。正気の時の父が聞いたら怒り狂うだろうけど。廃鉱部落の子らは団結力が強い。学校では農家の子や勤め人の子らに差別されて忌《い》み嫌われるからだ。きっと親が、口汚く閉山炭鉱の炭住に住み続ける生活保護世帯を罵っているからだろう。

そういう生徒やその親を相手に、私たちは最後のひと絞りのプライドを保つために団結する。だから総じて仲がよい。生まれた時から一緒の者が大半だから、「チーちゃん」「メグちゃん」「オサム」「トモ」「ジロウ」などと呼びかわす。もう今では会うこともかなわなくなった彼らが懐かしい。希美という名の私は親しみをこめて「ノン」と呼ばれていた。ユウの本名は中村勇次《なかむらゆうじ》だ。

ユウとマス婆さんは血のつながりがない。ユウを産んだ母親が首を吊って死んでしまったので、隣に住んでいたマスさんが自分の手伝いをさせるため、これ幸いと引き取ったという話だ。

ユウの実の母親は、小ヤマが操業していた頃に夫婦でここに移り住んできたらしい。夫はすぐに落盤事故で死んでしまったのだが、選炭婦として働いていた時に、父親のわからない子を産んだ。それを苦に首を括《くく》ったという。悲惨な話だけれども、世の中から打ち捨てられたようなこの部落では、そう珍しいことでもないようだ。部落にムチを当てる福祉事務所もこういうことには無関心だった。

ゲッテン者の婆さんに意見する者もなく、ユウは婆さんに育て上げられた。ゲッテン者とは偏屈《へんくつ》な癇癪《かんしやく》持ちのことを指す。若い時からこの辺りの小ヤマを渡り歩き、坑夫と三度結婚しても子供がなかったマス婆さんの、老後の設計がユウを引き取ることだった。蟻《あり》の巣のように縦横に広がった暗くて狭い坑道を這い回り、男に負けないほどの石炭を担ぎ出すことのできた婆さんは皆に一目置かれていた。今でも婆さんの背中には、セナという竹籠《たけかご》を担っていた時のセナ瘤《こぶ》が醜《みにく》く残っている。字の読めない婆さんの、ユウは目でもあった。

「あげな婆さんに引き取らるるとは、お前もつまらん星の下に当たったもんじゃが、そいでも飢《う》えて死ぬよりはましたい」と誰かに言われていたのを聞いたことがある。

マス婆さんは、それでもユウを育てるために苦労はしただろう。この極貧の部落のみならず、炭鉱労働者の許《もと》に生まれ落ちた嬰児《えいじ》が育たないのは珍しいことではなかった。現にうちでも二人の子を亡くしているのだから。どこの母親も栄養不足で充分に母乳が出ない。そこを頼みこんで、時には価値のある物品を差し出して母乳をもらったのだろう。ミルクなんて望むべくもない。乳が足りなければ、米のとぎ汁や小麦粉を溶いて煮たものを啜らせるしかなかったろう。今もそんな育て方をしている親を見かけるのだから、責められたものではない。

「正月には皆、帰って来るとやろか」

昨日の正夫の問いかけを思い出して言葉がこぼれた。中学の同級生は、炭住に二十人はいた。

「初めての正月やけん、もんて来るやろ」

親や故郷恋しさに一目散《いちもくさん》で戻って来られる子は幸せだ。旅費が工面できずに都会に留《とど》まっている友人もいるに違いない。三年、四年と経つうちに足が遠のいて消息が知れなくなる子も出てくるのが、今までの卒業生の常だ。

私は仲のよかった友人たちの顔を一つ一つ思い出していった。卒業写真も買えなかったから、じっと頭の中に焼き付けておかねばならない。

でも私には宝物がある。『筑豊挽歌』という写真集だ。これは廃鉱部落に住みついて写真を撮り続けているカメラマンの滝本《たきもと》さんがくれた。去年、ちゃんとした本になった写真集に私の写真が載ったせいだ。今までたまに新聞記者だとか、雑誌社のカメラマンがやって来ることはあったけど（豊かになっていく日本の底辺部分を取材しに）、滝本さんはここに住みついて生活を共にしながら写真を撮った。中三だった時、坂のてっぺん辺りにある炭住までユウと一緒に帰っている途中、いきなり滝本さんがカメラを向けてきた。私は「なんね？　ちょっと待って」と言って、ユウの頭からぺしゃんこの学帽を取って自分の頭に載せた。

写真集をもらうまで、そんなことがあったのを忘れていた。写真の中でユウは、道の真ん中で仁王《におう》立ちをしている。どんな表情をしたらいいのか迷っているといった風情だ。私は暢気《のんき》に笑って写っていた。この写真集には、他の友人たちも写っているから何度も何度も見返している。幼児を盥《たらい》で水浴びさせる年長の子、煙草《たばこ》をくわえて傾きかけた長屋の前にたむろしている男たち、よれよれの寝巻に褌《ふんどし》姿で焦点の合わない目で板間に座っている老人——ここに住んでいるからこそ撮れた写真だ。

駅に近づくとプラットホームには、働きに出る人々の群れが蠢《うごめ》いているのが見えた。ユウもここから汽車に乗って、三駅向こうの自動車修理工場へ行くのだ。高校へ行って帰って来るのは夜遅くになる。私はさっと自転車にまたがった。

「ユウ！　仕事、ようっと気をつけりぃよ」

ユウは片手を挙げて角を曲がっていった。

律子が「プロレタリヤって何ね？」と尋ねる。

「またそげわからんこつ、憶《おぼ》えてきてくさ」

そう答えると、律子はくくっと笑って離れていった。カメラマンの滝本さんのところに二か月ほど前に転がり込んできた若い男が、そういう言葉をよく口にするのだ。子供たちが面白がって真似《まね》をする。

　年が暮れ、正月が過ぎた。少しばかりの稼ぎで餅《もち》を買って食べた。母は当然帰って来ることはなかったが、拗《す》ねていた正夫もそれで機嫌を直した。

　仲のよかったメグちゃんが大阪から帰って来た。久し振りに友だちに会えたことが一番嬉しかった。メグちゃんは靴屋で住み込みで働いている。

「大阪は楽しかばい。人がたくさんおってやもんね。皆、綺麗《きれい》な服着ておいしかもん食べとうばい」

「何でそげにええ生活ができると?」

「そら、景気がええからに決まっとろ? いざなぎ景気たい」

「いざなぎ景気て何?」と聞いてもメグちゃんは答えられなかった。でも大阪に戻る日、メグちゃんは泣いていた。

　写真集を出したくらいだから、一時はえらいカメラマンかと思えた滝本さんもどこへ行くこともなく、年末年始も炭住にいたようだ。彼もここの住人とそう変わらない暮らし向きだ。酒は飲むが、たいしていい物を食べているようではない。着る物もくたびれているし、いつも無精《ぶしよう》ひげを生やしている。どう贔屓目《ひいきめ》に見ても職にあぶれた三十男にしか見えない。そこにまた似たような貧しげな男がやって来た。若いだけに少しは元気がよくて、難しい言葉を繰《く》りだしてくる。彼は「連帯と革命」だの「搾取《さくしゆ》」だの「体制に抗《あらが》う」

だのと威勢のいいことを言って、誰彼となく議論を吹っ掛けているのだ。

「えい、兄さん。そげな理屈でおまんまが食えるもんなら、なんぼでも相手しちゃるがの。あんたと話しとっても腹はふくれんばい」とからかわれたり、「どうも好かんばい。あんたはフクシのスパイじゃなかろうな？」と怪しまれたりしている。滝本さんは、それを面白がっているようで、彼を追い出そうとはしない。

「あいつはヌケガラなんだよ」と言う。三池闘争の時には大学生で、全学連から応援に来て、鉢巻をしてピケ小屋に詰めて、組合と連日討論《とうろん》をしていたらしい。滝本さんは冷静に「安保《あんぽ》と三池争議は根本的に違う。要は生活に根付いているかどうかだ。安保は学生にとってはお祭りだったかもしれんが、労働争議は首切りを撤回させるという切羽《せっぱ》詰まったものだったんだ」と真面目《まじめ》にやりあってもいた。それに対して彼は唾を飛ばして言い返すものだから、棟割《むねわ》り長屋の炭住のどこにいても議論の声が聞こえた。

三池闘争に敗れた後、彼が大学を辞めてあちこちで働いたり労働運動に加担したりしていたという身の振り方は誰にも知れた。彼は革命の夢破れ、文字通りヌケガラになってこのどん底の部落にたどり着いたというわけだ。そういうことがわかって、住民は彼のことを「ヌケガラ」と呼んだ。本名は誰も知らない。

一度、うちの父が三池炭鉱にいたことを聞きつけて訪ねてきたが、一酸化炭素中毒に侵《おか》された父にまともな会話ができるはずもなく、がっかりして帰っていったことがある。次にヌケガラが目をつけたのが、この炭住を支配している元炭鉱主との闘争だ。

小ヤマと呼ばれる個人炭鉱主経営の操業方法は悲惨《ひさん》だった。それは私たちがここへ腰を落ちつけて以来、炭住の住民から漏《も》れ聞いていた。彼らは、金に困っている〃渡り坑夫〃をいくばくかの支度金を与えて引っ張ってきては囚人《しゅうじん》か奴隷《どれい》のようにこき使うのだという。

一本の支柱もない危険極まりない切羽《きりは》や坑道で働かされるのだが、炭層の質が悪いのでたいした石炭は出ない。出なければ暴力的な制裁が待っていた。それでも払うものを払ってくれれば我慢もできようものを、給料は遅配、欠配が続く。一家を養うどころの騒ぎではない。よそへ移る資金も気力も殺《そ》がれて、人々はただの従順な使役動物になり果ててゆく。なにせ、鉱長や労務係に歯むかったり、たまに視察に来る鉱山保安監督官に訴《うった》えようとしただけで、わざと坑道を崩壊《ほうかい》させて事故を起こし、殺されるか二度と働けない体にさせられたらしい。

「ひどか監獄ヤマたい」と母が蒼《あお》ざめて言っていた。でもここらの貧弱な小ヤマは皆似たり寄ったりのようだ。だからなおのこと、父は三池でもらった黒手帳を振りかざし、母は貧しい炭住の人々に馴染まなかった。

私には難しい仕組みはわからなかったが、ヌケガラが言う搾取は続いていた。それは現実に我が家にも及んでいたから、身に沁《し》みてわかった。エネルギー政策転換による不況で小ヤマが潰れた後、元炭鉱主は、今度は高利貸しにさっさと鞍替《くらが》えした。ろくな石炭を産出しない炭鉱を閉鎖しても、倒壊寸前のような五軒長屋の炭住を（小納屋と呼ばれていたが）二十棟ばかり持っていれば、その家賃収入で充分やっていける。しかもそこに住むのは、生活保護者ばかり。雀《すずめ》の涙のような保護費では到底やっていけないから、私たち食い詰めた住人は、こっそり働きながらも高利貸しから金を借りるしかないのだ。

このヤマの元炭鉱主は竹中丈太郎《たけなかじようたろう》という男で、「鬼の竹丈《たけじよう》」で通っていた。ボタ山を後ろに控えた高台に住んでいる。吝嗇《りんしよく》なせいで、家には金をかけていなかった。一人暮らしのこの男は、六十年配で、背が高く顔は常にてらてらと脂《あぶら》ぎっていた。炭住の近くに住むのは、しょっちゅう私たちに金を貸し、それを取り立てるためだ。元の雇われ人だった坑夫たちを監視するためだとも言われている。

「竹丈はフクシとも裏でつながっとるばい」と東京に働きに行ってしまったオサムが親の受け売りを口にしていたが、あながちでたらめではないと思う。竹丈は金払いの悪い相手を脅《おど》す時に、「お前《ま》んがたの娘が北九州で働きようことを福祉事務所に告げ口するばってん、そいでんええか？」などとしょっちゅう言うからだ。

とにかくここでは蛇蝎《だかつ》のごとく嫌われているものの、竹丈がいなければ、私たちは生活できないのも実情だった。母がいなくなってから、竹丈のところに金を借りにいく役目が私に回ってきたことも嫌でたまらなかった。

ヌケガラは、このひどい搾取を行っている竹丈をやり玉に挙げて、闘争を呼びかけた。でも大人は誰も相手にしなかった。滝本さんに「よせよせ」と言われながら、竹丈のところに直談判《じかだんぱん》にでかけたヌケガラは、逆にコテンパンに殴られて帰ってきた。竹丈は暴力団ともつながっていることを、誰も教えなかったのだ。中小炭鉱に流れものを集めてくるのも、規則を破ったり働きが悪かったりする坑夫に制裁を加えるのも、半分ヤクザのような男たちだったという。炭鉱経営の時分から、竹丈はそういう輩《やから》をうまく使っていたのだ。

それですっかり骨を抜かれた形になり、ヌケガラは黙った。黙ったが、どこへも行く当てがないのか、滝本さんのところからも出ていかない。滝本さんの撮ってきた写真を、長屋の一画にこしらえた暗室で現像したりするのを手伝っているようだ。

父は時折外を歩く。平衡《へいこう》感覚がおかしくなっているため、ふらふらしながらそれでも歩く。たまに側溝《そっこう》に落ちたりする。

「うちんがたのシヅ子を知らんか?」

母の名前を出して誰彼なく問いかける。母がいなくなったことは理解しているのだ。いっそ何もかもわからなくなればいいのにと思う時もある。みっともなくて惨《みじ》めでたまらないけど仕方がない。

ここでは夫婦別れをしたり、旦那《だんな》さんがよその奥さんと逃げたり、奥さんの浮気を疑って血を見るような大喧嘩《おおげんか》をやらかしたりというような男女間のいざこざは珍しいことではない。薄っぺらい板壁に歪んだ戸、天井板も剝《は》がれた長屋では、何もかもが筒抜《つつぬ》けだ。

誰が吹き込んだのか知らないが、母の行き先は竹丈が知っていると父は一途に思い込むようになった。何度かあの覚束ない足取りで坂を上がって行き、竹丈に詰め寄ったりもした。もちろん、竹丈は否定して「そげなこつ言いに来る暇《ひま》があったら、借金返せ」と追い返された。そんな日は、ボロボロになった歯をぎりぎり鳴らして「ああ、ぐらぐらこくばい！　シヅ子を隠してから、なめちょるこつば、ゆうて！」

「父しゃん、そげなこつ、あるわけなかろう。もうそうつきまわるんやめて」

と何度言っても納得しない。というのも、竹丈が好色漢だということが知れ渡っているからだ。炭鉱を経営している時から、怪我《けが》で働けなくなった坑夫に米を与える代わりに、奥さんを自分の家に連れていって自由にするなどという無茶苦茶《むちゃくちゃ》なことをやっていたという。目の前の米欲しさに、泣く泣く言いなりになったという人は実際にいる。六十を越えた今でも似たような話を聞く。そんな夫に愛想をつかして、炭鉱が潰れた時に竹丈の奥さんは子供を連れて出て行ったというから、もうこれは病気のようなものだろう。

いつも着流しに中折れ帽を目深《まぶか》に被った竹丈が炭住の中を歩くのを見ると、ぞっとする。冬には着物の上に光沢のある黒いベルベットの羽織りを着てマフラーを巻くのが、彼のスタイルだ。

「明日は保護費の支給日ばいね。ちゃあんと金、返しにきやい」

そう声を掛けられると、いつもは威勢のいい男たちもへらへら笑って頭を下げている。ああいう姿を見ていると、私もヌケガラに加勢したくなるのだ。竹丈のような奴を「資本主義の手先」というのだろうか。あいつの憎々しい後ろ姿も『筑豊挽歌』に載っていた。滝本さんのカメラは誰にも平等に向けられる。

母はこんな吹き溜まりみたいなところではちょっとだけ目立っていた。たいして美人ではないが、色白でふっくらと肉付きがよく、まずまずの女だった。だから若松港の若い荷役と懇《ねんご》ろになったという噂《うわさ》を私は半分以上信じている。私はぎすぎすと痩せて、頬骨も高く、その頬に不細工なほくろがあるので全く違う。おまけに愛想もよくない。母に似ているのは律子だ。器量よしの律子は誰にでも好かれる。食べる物に事欠いているのに、体つきも私よりいい。

「ノンちゃんおると?」戸をガタガタいわせて向かいの菊江《きくえ》おばちゃんが入ってきた。

「雷魚《らいぎょ》の獲《と》れたとやけん、半分やるっちゃ。煮付けて昭夫らに食べさしてやりない」

見事に身をぶった切った魚を下げて来てくれた。

「あれえ、ありがとう!」

「醤油《しょうゆ》のあると?」

「うん。まだある」

男ものどてらを羽織ったおばちゃんは、ちょっと奥を窺った。父はここ数日咳《せき》が止まらない。今も陰気に咳《せ》きこんでいる。おそらく炭塵《たんじん》で肺《はい》もやられているのだ。おばちゃんは首を竦めて出ていった。

地下の坑道が崩れた跡が陥没池《かんぼっち》になっていて、ここで雷魚や鯉《こい》、鮒《ふな》、ザリガニなどが獲れる。それは炭住の住人にとって大事な蛋白源《たんぱくげん》だ。荒れた空き地をせっせと開墾《かいこん》して野菜も作る。春には山に分け入って山菜を採り、秋にはキノコや木の実採りに余念がない。大人も子供も総出である。飢えをしのぐためには何でもしなければならない。

後から越してきた私たちは、こういう恵みを頂くことはなかなか難しかった。でも母が失踪してからは（そういうことはあっという間に炭住中に広まる）、残されたCO中毒の父とその子に同情して、皆が収穫を分けてくれるようになった。欠損家族になって、ようやっと極貧部落の正式な一員と認められたのかもしれない。向かいのおいちゃんは、陥没池での魚獲りがうまい。「それだけが取り得たい。あとはなーんもせんち」とおばちゃんは言うけれど。

こうして魚を持って来てくれるようになったのは、昭夫と正夫が飢えに耐えかねて、向かいの家に忍び込み、おいちゃんが魚釣《つ》りの餌《えさ》として、中華料理店が出したゴミの中から、エビの頭をより出して持って帰っていたのを摘《つ》まんで食べていたのを見つかってからだ。菊江おばちゃんは二人からさっとそれを取り上げて、大事にとってあった米を炊いてでっかいお握りをこしらえて食べさせてくれた。その顚末を律子から聞いた。律子は「魚を盗み食いするならまだわかるばってん、魚に食わす餌を盗み食いするち、情けなか！」と二人の頭をはたいた。いつもは叱られてめそめそ泣く弟らは、腹がふくれているせいで、にこにこ笑っていた。

二〇一六年　春

私の部屋は角部屋だ。海に面したベランダとは別にもう一つ、結月の周囲に巡らされた庭を見下ろすベランダがある。広大な敷地に建つ結月には、日本庭園エリアや芝生《しばふ》エリア、花壇エリア、親水エリアなどがあり、この中を歩くだけでもいい運動になるのだ。庭園の向こうには、ここを切り拓《ひら》いた時に残した森がある。都会の喧騒《けんそう》から離れた自然豊かな場所というのも結月のうたい文句だ。

森にはたくさんの鳥が棲《す》んでいる。海の上を悠々《ゆうゆう》と滑空《かっくう》しているタカやハヤブサなどの猛禽《もうきん》類、ムクドリやシジュウカラ、エナガ、ハクセキレイなどの小鳥の姿を目にすることもある。小鳥たちが囀《さえず》る声を聞くと、武蔵野を思い出す。

カラスもよく来る。五階にある私の部屋のベランダのすぐ向こうを、羽ばたいていくこともある。姿は見えなくても、森の方から何かを威嚇《いかく》するように「カァ、カァ」と鳴く声が聞こえることもある。結月の厨房《ちゅうぼう》から出たゴミを荒らすこともあるそうだ。

　そういえば——また記憶が掘り起こされる。難波邸で達也がカラスを飼っていたことがあった。頭のいい鳥だった。確かクロという名前だった。人の顔を見分け、達也や先生、夫には懐いたのに、私たち女性二人には冷淡だった。

　私の部屋に加賀さんが訪ねて来た。彼女の顔をひと目見て、話が長くなるだろうと思った。口を真一文字に結び、額《ひたい》には血管が浮いている。ぴくぴくとした脈動が見えるほどだ。速水さんととうとう言い争いをしたのだという。その場にいなくてよかったと思った。彼女は興奮したそのまま、私に怒りをぶつける。速水さんが、看護師だった加賀さんをいかにも馬鹿にしたもの言いをしたらしい。

「まるで、あなた、看護師だった私が主人をたぶらかしたような言い方なのよ」

「まあ、それはひどいわね」

　たいしてひどいとも思わなかったが、相槌《あいづち》を打っておく。

「だいたい、看護師がどれほど献身的に患者さんと関わっているか、わかっていないのよ。地域医療にどれほど貢献しているか。速水さんのようにお気楽に奥様の座にいる人にはね」

　私がどれだけの患者さんと向き合ってきたことか、と加賀さんは唾を飛ばさんばかりに言い募《つの》る。結婚相手を見つけるためにいい会社に入ったり、裕福なおうちのご子息を狙《ねら》って入り込むのとは全く違うのよと。

私は苦笑する。加賀さんなら、私の経歴をざっと見てそんなふうに判断するだろう。その家の主人に見染《みそ》められることを期待して家政婦になったというふうに。

人の目なんか意識したことはなかったけど、夫と私の関係を、よくあること、幸運なことと認めてもらえるなら、その方がいい。真実はもっと身勝手で、卑劣《ひれつ》で残酷なものなのだけれど、それをひた隠しにしている私たちは、悪逆無道《あくぎやくむどう》そのものだ。

その後、加賀さんは自分がどれだけ苦労したかくどくどと述べ始めた。戦後の食糧難を乗り切ったこと、兄弟が多かったおかげで早くから働かなければならなかったこと、病院に住み込みで働きながら看護師の免許を取ったこと、ご主人と結婚した後も舅《しゆうと》、姑《しゆうとめ》、小姑らにいじめられたこと。

「まあ、あなただからこんなことを言うのよ。苦労のくの字も知らないで、のほほんと生きてきた人にはほんとの人生なんてわからないでしょうから」

お嬢様育ちの速水さんのことをこき下ろす。私は軽く頷き、品よく笑い返してあげた。

この人は、本当の貧しさがどんなものか知らないだろう。いなくなった母親を思って泣くこと、仲のよかった兄弟を心を鬼にして遠ざけること、生き抜くために恐ろしい決断をすること、心の底から絶望することがどんなことか——。

遠い日、緩《ゆる》い川の流れから湧き上がるように浮かんだ人魂《ひとだま》が、尾を引く球体に変わり、音もなく滑るように迫って来た様が瞼《まぶた》の裏に甦《よみがえ》ってきて、私は身震《みぶる》いした。

✝一九六六年　春

悩んだ末に、昭夫の小学校入学を一年遅らせてもらうように役所に届けを出した。足の悪い昭夫が一人で小学校へ通学するのは無理だと思ったからだ。来年なら、正夫が一緒だから何とかなると書類には書いたけれど、来年のことなんか誰にもわからない。律子も就職して家を出るだろうし、父の具合はますます悪くなっている気がする。

民生委員が家の様子を見に来た。ヤマの下の商店主だ。度の強い眼鏡《めがね》をかけた出っ歯の中年男。たまに炭住で見かけるので顔は知っている。生活保護を受けている私たちの生殺《せいさつ》与奪《よだつ》の権利を持っているとでもいうように威張《いば》りくさっている。昭夫の足を一瞥しただけで、後は無遠慮に家の中を見て回る。

「おいさん、どげんね？」

寝ている父のそばに膝《ひざ》をつこうとするが、畳が破れて中の藁《わら》がはみ出しているのを見ると、大げさに顔をしかめて「蚤《のみ》のおるとばいね」と立ち上がった。父をまたいで破れた押入れの戸をガラリと開ける。中にはろくな物は入っていない。たまにテレビを押入れに隠して見ている家があるので、それを調べたかったのだろう。饐《す》えた臭《にお》いが漂《ただよ》い出る。男は舌を鳴らして思い切り戸を閉めた。それまでぼんやりと民生委員を目で追っていた父が、その音にびくんと体を強張《こわば》らせた。

「なんか！　キサン！　人がたにずかずか上がり込んで泥棒の真似してからに！　うちには持っていくもんくさ、一つもなかぞ！　質草にもならんもんばっかりやけ」

民生委員は慌《あわ》てて出て行こうとして、畳の破れに足を取られた。父は尻餅をついた男に向かって這い進んだ。立ち上がる手間を省いたその仕草は、傍若無人《ぼうじやくぶじん》な民生委員を怯《ひる》ませた。間の悪いことに父は痙攣の発作を起こした。白目を剝《む》いて両手両足を突っ張らせて泡《あわ》を吹いた。仰天《ぎようてん》した男は小さく悲鳴を上げた。私は昭夫と正夫を両脇に引きつけて、じっと土間の隅からその様子を眺めていた。私たちには日常的な父の病状だが、町の商店主には、とても人間とは思えないほど奇怪な症状だったろう。土間に足を下ろしたものの、下駄《げた》を履くつもりで、その下駄を蹴り飛ばした。

「なーんが!!　大きなつらして威張りくさっておるばってん、ざまあなかよ！　CO中毒をおとろしがるち、情けなかジョウが！　民生委員なんち、ほんなこて、腰抜けたい！」

開けっぱなしの戸口から、それこそ雷《かみなり》が落ちるようなガラガラ声が響いてきた。振り向かなくても、それがマス婆さんの声だとわかった。民生委員は虚勢《きよせい》を張る余裕もなく、あたふたと出ていった。目で追うと、外でマス婆さんと鉢合わせするところだった。小柄だががっしりした体つきの婆さんは、押していたネコ車で男を邪魔するように立っていた。多分、いつもの屑鉄拾いに行った帰りなのだろう。働く口のない年寄りも、地面を掘ってパイプや釘、ボルトなどを集めて屑鉄屋に売り、ささやかな収入を得るのだ。民生委員はネコ車を避けてようよう走り去った。

役所から昭夫の入学猶予《ゆうよ》の通知が届いたのは、その一週間後だった。

マス婆さんは怖いもの知らずだ。竹丈すら一目置いているという噂だ。私は彼女が笑ったところを見たことがない。誰かれなく噛みつくから、この人を好いている人は少ないと思う。中学時代に何度かユウに、マス婆さんが怖くないかと聞いた。ユウの答えはいつも「好きも嫌いもなかよ。あれでん、おいの育ての親たいね」

惨《むご》いことを聞いたとも思わなかった。ユウの方も幼い頃から同じ質問をされつけていたとみえて、特に気負うことも辛《つら》がることもなかった。ここでは、生まれ落ちた境遇《きようぐう》がすべてなのだ。ユウは自分が高校に通いながら働くことで、マス婆さんの生活保護が打ち切られたことの方を苦痛に思っていた。マス婆さんが福祉事務所の職員や民生委員を嫌うのはそのせいもある。

マス婆さんの人生も悲惨なものだ。やはり炭鉱で働いていた両親に連れられて坑道に入ったのは九歳の時だったという。以来真っ暗な地底を這いずるようにして生きてきた。数え切れないほどのヤマを渡り歩いて。彼女は「なーんもかーんも忘れたばい」と多くを語ろうとはしなかったけれど。婆さんの口癖《くちぐせ》は「人はな、死ぬ前にソロバンがばちーっと合うようにできとうばい。どげこすかことしちょうち、うまかこと逃ぐるるもんか」

何でも怒鳴るように言うマス婆さんは、その面相と同じく言葉も苦い。そしてユウをこき使う。死ぬ運命だった赤子を育ててやったんだから、その権利は当然あるといった態度だ。

「勇次！　どこにおると？　勇次！」

長屋の向こうからユウを呼ぶ声が響いてくる。無骨《ぶこつ》な元女坑夫が愛情をうまく示せずにいるなどという甘い考えは、この老婆の前では見事に粉砕《ふんさい》される。ユウをよそにやらなかったのは、そのまま行方をくらますことを恐れたせいだろう。私は知らないけれど、ユウが小さい頃には容赦《ようしゃ》なく折檻《せっかん》をしていたらしい。自分が憎《にく》まれているだろうということも承知の上だ。

中学の担任だった長谷川《はせがわ》先生が、ユウを高校へやって勉強させるよう言いにきた時も、

「この子に学問さしてもいっちょんええことなか。ばってん先生、高校出たら金は儲《もう》かるもんかね。そんなら話は別たい」

と聞き返し、長谷川先生を呆れさせたほどだ。それを漏れ聞いていた菊江おばちゃん

は、「いばしい婆さんのげさくないこと！」と罵った。マス婆さんは、すぐさま竹丈のところに乗り込んで、高校へやる金を借りてきた。長谷川先生の口添《くちぞ》えで、自動車修理工場への就職も決まり、ユウは定時制高校へ通えるようになったというわけだ。

私も行けるものなら高校へ行きたかった。勉強は好きだったから。だから、時々ユウに教科書を見せてもらう。知らないことがわかるようになるのは嬉しい。ここにはびこる貧困や飢餓《きが》の根源は、無知から始まっているとヌケガラが言っていた。多分そうだろう。大学まで行ったヌケガラや、カメラマンの滝本さんは、もっともっとたくさんのことを知っている。たくさんのことを知れば、ここにいるのは嫌になるに違いない。

私はここから逃げられないのか。ここで父の面倒をみて、弟たちの身の振り方を考えてやり、やがて似たような境遇の男と一緒になって子を産むのか。

そう思うと、息が苦しくなる。いつか滝本さんのカメラで、くたびれた中年女として写される日がくるだろうか。ここには希望というものの一かけらもないのだ。なのになぜ私の親は、私に希美《のぞみ》なんて名前を付けたのだろう。

春休みに、都会の大学生がキャラバン隊を組織してやって来た。筑豊地方の忘れられたような廃鉱部落を巡回して、子供たちの勉強をみたり生活指導をしてくれるのだ。何の娯楽もなく、玩具《おもちゃ》の一つも持たない子供らは、キャラバン隊のトラックめがけて走り寄っていく。学校にあまり真面目に通わない子も多いのだ。親が怠惰《たいだ》であること、通学にかかる費用が払えないこと、家の手伝いが忙しいこと、学校でひどい差別やいじめに遭うこと。学校へ行かない理由はたくさんある。

仕事の帰りに自転車を止めて眺めていると、少し離れた場所にヌケガラが立っていた。醒《さ》めた目つきで学生たちのやることをじっと観察しているようだ。初めてヌケガラをまともに見た。髪はぼさぼさで、襟ぐりの伸びたTシャツをだらしなく着ているが、よく見ると整った顔つきだ。どことなく育ちのよささえ感じられた。それに反して刺すような鋭《するど》い目つき。恵まれた才と邪知《じゃち》とが同居しているようななんともアンバランスな——嫌な感じを覚えた。

学生たちは、しだいにヌケガラの方を気にしだした。ヌケガラは、この閉山炭住の住人とは明らかに違う雰囲気をまとっている。頃合いをみて、ヌケガラは学生たちに近づいていった。リーダーらしき人物を見つけて何やら話し合っている。私はそこまで見て家に帰った。日が暮れてから昭夫と正夫とが帰ってきた。

「姉ちゃん、カラバンの学校、スイバのおばちゃんとこの隣のうちでやることになったばい。字を教えてくれるち、言いよった」

「へえ、家の中で？　そらよかね。なんでかね？」

数日間留まるキャラバン隊は、いつもはトラックの周りにテントを張って、子供たちを寄せる。これを楽しみにしている小さな子らは、うじゃうじゃと集まっていって、紙芝居《かみしばい》をしてもらったり、字や歌を習ったりするのだ。学年が一年遅れる昭夫に読み書きを教えてくれるのなら、願ってもないことだ。寄付してもらった古着を配ってくれたりもする。

翌日、スイバのおばちゃんと昭夫が呼ぶおばちゃんから事情を聞いた。彼女は鶏《にわとり》を飼っていて、しょっちゅうスイバという雑草を採って歩いては鶏の餌にしているのだ。

「フクシがええこともしちょるばい。竹丈に空き部屋をキャラバン隊に貸さんかいうち、話持っていったと。どうせ四、五日のことばってん」

キャラバン隊が福祉事務所と交渉して、先月空いたばかりの部屋を無償提供するよう、竹丈に頼んだらしい。竹丈は大家として、被生活保護世帯を住まわせている関係上、生活扶助《ふじょ》料として役所から家賃の一部や補修費用を負担してもらっている。そのせいで、福祉事務所から言われれば嫌とは言えない。

「直接竹丈に言わんとこが頭のよかとこばいねえ。そげんこつケチくさい竹丈がうんと言うわきゃなかよ」そこでスイバのおばちゃんは心底感心したように声を強めた。「それがあんた、その知恵出したんは、ヌケガラだけん。あん人はさすがやねえ。大学行っただけあるばい！　なしてこげなとこにおるかいね」

抱えてきたスイバを持ち直して、おばちゃんはのしのしと出ていった。いったいヌケガラはどういう人なのだろう。普段は子供なんかに興味がないように知らん顔をしているのだ。学生たちに先輩風を吹かせたかっただけなのだろうか。

キャラバン隊がいる間、ヌケガラは臨時の学校に入り浸《いびた》っていた。昭夫にも丁寧に文字を教えてくれた。キャラバン隊にもらったノートにちびた鉛筆《えんぴつ》で字の練習をする昭夫は、楽しそうだった。心が痛んだ。

最終日には滝本さんのうちで、学生たちが打ち上げをやった。滝本さんが酒とつまみを仕入れてきて招待したらしい。珍しくヌケガラの声も大きく響いてきた。キャラバン隊の活動を隣でつぶさに見ていたスイバのおばちゃんの言うところによると、キャラバン隊の中にいた女子学生が、ヌケガラに恋心を抱いているらしい。

「ようっと見たら、なかなかの男前たいね」とヌケガラを見直したおばちゃんは言っていた。戸板も障子《しょうじ》も破れた長屋でのどんちゃん騒ぎは、夜更けまで続いた。

翌日、キャラバン隊は次の土地へと去っていった。空き部屋には、すぐにまた別の貧しい家族がやって来て入居した。ヌケガラがキャラバン隊の活動に触発されて、少しでも子供らの勉強をみてくれるようになればよかったのに、そうはならなかった。ヌケガラはまたヌケガラに戻った。

炭住内であちこちの写真を撮っている滝本さんにそのことを言うと、彼は人のよさそうな笑顔を浮かべた。

「あいつはちょっと人には理解できないだろうね。いろんな面を持っているから」

私が、それ、どういうこと？　というふうな顔をすると、壊れた樽《たる》の箍《たが》を転がして遊んでいる子供たちにカメラを向けながら続けた。「ある人には魅力的に映るかもしれない。でも別の人には恐怖心を抱かせるかもしれない。きっと本人にもどれが自分の本当の姿かわかっていないと思う。でも肝心《かんじん》なのは、それをヌケガラはちっとも苦にしていないってことさ。いや、逆に楽しんでいるね。そういうふうに自分を演出することを」

ますますわからない。眉《まゆ》を寄せた私を笑いながら、滝本さんは「ノンはかかわらない方がいいよ。ああいう難しい男にはさ」と言ってまたシャッターを切った。そんな男を家に置いておく滝本さんは懐《ふところ》が深いのか、軽率なのか、あまり深く考えない人なのか。おそらくヌケガラを魅力的と見た女子学生から、時々ヌケガラに手紙が届くのだと、スイバのおばちゃんが教えてくれた。ここにはプライバシーなどというものは存在しない。時々見ていたキャラバン隊の明るくて屈託《くったく》のない学生たちの顔を思い出してみる。女子学生は三人いたと思う。あの人たちは、こんな極貧の暮らしを見てどう思っただろうか。可哀そうと思っただろうか。こんな人々が存在することを放置している社会に憤《いきどお》っただろうか。それとも自分はこんな境遇に生まれなくてよかったと胸を撫で下ろしただろうか。

キャラバン隊の活動が終われば大学に戻り、好きなだけ勉強に打ち込めるし、映画を見にいくこともできる。いつまでもおしゃべりに興じることもできる。きれいな服や本やおいしい食べ物も買える。私だって馬鹿《ばか》じゃないから、そういうことはわかっている。いざなぎ景気のことも今は知っている。でもそういうすべては、ここは切り離された世界で起こっていることなのだ。

固く閉ざされた坑口を抱えたヤマは、もはや生活の糧《かて》を与えてはくれず、坑口から地底に呑《の》み込まれるようにして働いていた人々は、腰は曲がり、目は潰れ、破れ小納屋で横になるばかりだ。妻子は飢えて、わずかな生活保護と高利貸しとに暮らしを頼るしかない。ボタ山には草木の一本も生えない。坑口のそばに今もある選炭機は、赤く錆《さ》びて崩れかけている。この荒《すさ》んだ風景を、滝本さんは写真に納めてどこへ発信するつもりなのだろう。『筑豊挽歌』を見た人は、「ほう。ひどい場所もあるもんだ」と一つため息をつくかもしれないが、それが私たちに変化をもたらすとは思えない。滝本さんもヌケガラも、今は私たちに交じって暮らしているが、いずれはどこかへ行ってしまうのだろう。それにももう心は動かない。

ヌケガラに手紙を送り続けていた女子学生が会いにやって来たと、スイバのおばちゃんが勢い込んで皆に吹聴《ふいちよう》していた。

「あれは本気ばいね！　ヌケガラも嬉しそうにしちょったもん」

女子学生が恋したのは、ここに属さないヌケガラなのだ。もし二人が結ばれることがあるなら、本来自分たちが属していた社会に戻ってからだろう。

貧困よりも飢餓よりも恐ろしいものがここにはある。それは絶望だ。

　父の中毒症状は少しずつ進行している。食事を何日もとらないことがある。かと思えば、ガツガツ食べ続けて、挙句吐いてしまう。眠らないで一晩中、獣のように喚き続けることもある。隣の被生活保護家庭には、狭い家に夫婦、子供六人、おまけに祖父まで一緒に住んでいる。中風で寝たきりの父親はともかくも、祖父というのが頑健《がんけん》な元坑夫で、しょっちゅう怒鳴りこんできた。夜だろうと早朝だろうと、父が大声を上げて暴れると、煮しめたような色のランニングシャツに腹巻き姿の祖父が駆けこんで来るのだ。

「ああ、せわしか！　うちには病人がおるとぞ！　お互いさんじゃち我慢しちょったが、それにも限界ちゅうもんがあるばい！」

　彼の言うことはもっともだ。私がいれば私が、律子がいれば律子が平身低頭《へいしんていとう》して謝《あやま》った。だが、とうとう老人は腹に据えかねて、大家である竹丈に直訴《じきそ》した。彼の物事の解決法は簡単だ。ヤクザを使って脅すか、一家まるごと追い出すか、どちらかだ。情け容赦もない。代わりの貧困家庭はすぐに補充され、竹丈の懐を潤《うるお》す。ここを追い出されたらどこに行けばいいのか、私には皆目見当がつかなかった。オンボロでも屋根がある家に住めるのは、廃鉱部落だからこそだ。

　ある日、のっそりと竹丈が現れた時には凍りついた。彼は上《あ》がり框《がまち》にどっかりと腰を下ろした。いつぞやの民生委員のように汚さに怖気《おぞけ》をふるうことも、父のおかしな振舞いに怯むこともない。父は奥の部屋で身を起こし、燃えるような目つきで竹丈を睨《にら》んでいる。

「おい、そういきり立つことなかろうもん。ちっと憩《よこ》うて一服せんか」

懐からピースを取り出して、一本父に差し出す。父はたっぷり一分ほど巻き煙草を凝視した後、震える指でそれを受け取った。竹丈が火を点けた。父は煙を浅く吸い込むと、激しく咳き込んだ。

「あ、こらすまんやったね。あんたは肺がしまいになっとるげな。そいけんで、ちったあ、おとなしゅうせんね。隣のおいしゃんが口角泡飛ばすごと、腹かいとるばいね」

父の手から滑り落ちた煙草を拾いに律子が駆け寄った。それでも畳に焦《こ》げ跡がついた。

「ほう。こん娘はおっ母《か》しゃんに似とるばいね」うつむいて煙草の始末をする律子をニタニタと眺めた。「もう乳が大きゅうなって垂れとるくさ。こげんとこもおっ母しゃんとおんなじたい」

竹丈の言葉が終わらないうちに、父が吼《ほ》えた。枯れ枝のような脛《すね》が布団を越えてきたと思った途端、後ろから竹丈に組みついた。竹丈の中折れ帽が飛んで土間に落ちた。

「おまやー！　とうとう白状したげな！　シヅ子ば連れていったち！　もう辛抱《しんぼう》しきらんばい！」

律子が父を止めようとしたが、寝巻の袖《そで》がびりっと破れただけだった。竹丈は落ち着いたものだった。痩せ衰えた父を簡単に振りほどく。父はもんどりうって仰向《あおむ》けに倒れた。

「まだそげなこつゆうとるか。お前の女房はな、若か男と逃げたげな。皆知っとるばい」

「嘘《うそ》ば言うな！　シヅ子をどこに隠しとうや！」

父は諦《あきら》めない。真正面から竹丈にかかっていった。その手が届く寸前に竹丈は父の腹に蹴りを入れた。律子が叫び声を上げた。父はまるで折り畳まれたみたいに、体を曲げてすっ飛んだ。板壁にしたたかに打ちつけられて呻《うめ》く。口からげぼっと血を吐いた。

「ええか、今日はおいが一人で来てえかったと思わんか。今度はこれでは済まんど。金をたっぷり貸しとうことを忘るるな！」

竹丈は落ちた中折れ帽を拾い上げて埃をはたくと肩を怒らせて出ていった。

律子は、父を介抱することも忘れて竹丈の言うたことはほんまね？　母しゃん、どこぞの男と──」

「知らん！　うちはそげなこつ、なーんも知らん」

私は外に走り出た。通りの向こうで遊んでいる子供たちが何やら歓声を上げている。その中に昭夫と正夫もいた。家にいなくてよかったと思った。家の中からは、父がえずく苦しげな声と、律子が私を呼ぶ声がしたが、子供らとは反対の方向に早足で歩いた。

竹丈に律子が母にそっくりと言われたことがショックだった。自分の器量が悪いことは自覚している。律子と比べても劣《おと》っていることに不満はない。今さら言ってみても仕方のないことだ。母も自分に似た律子を可愛がっていた。愛嬌《あいきょう》があり、誰にでも懐く律子を連れ歩いた。「あんたはいつでん、仏頂面《ぶっちょうづら》たい。そげむくれた顔しちょったら、よか服着せても精がなか」と私によく言った。実際可愛らしい洋服が似合うのは律子の方だった。だからといってどうすればいいのかわからなかった。何の屈託もなく母にまとわりつく律子がうらめしかった。母が出て行った時、律子を連れて行かなくて心の底から安堵《あんど》したものだ。忘れかけていた暗い嫉妬《しっと》がまた渦巻《うずま》いた。私はボタ山にずんずんと登った。積み重なったボタが崩れて足が滑ったが、それでも速度を緩めなかった。

私は母が憎いのだろうか？　憎いに決まっている。でも――恋しかった。母に会いたかった。ボタ山のてっぺんで、私は声を出さずに泣いた。

家に竹丈が来てから父は荒れた。ひどく攻撃的になってしまった。元気で三池で働いていた頃、父はしょっちゅう酒を飲んでは暴れたものだ。酒癖が悪かった。母は殴《なぐ》られてよく顔を腫《は》らしていた。でもどこの家でも同じようなものだった。事故の後、父は酒を飲めなくなった。体が受け付けなくなったのだと思う。ここに移って来てからは、激しい頭痛と吐き気、痙攣発作とが父を弱らせた。その代わり異様に発達したのが妄想だ。

母が働きに出だしてから、母が浮気しているのではないかと疑い始めた。妄想にすがる父は、また母に暴力を振るうようになった。それも陰湿な形で。母を素っ裸にして体の隅々まで点検する。力仕事をしている母が、痣《あざ》でもこしらえていれば大事だ。誰にこれをつけられたのだと詰問《きつもん》する。モッコが当たったと言っても父は納得しない。

「なしこれがモッコの痕《あと》か。そげな言い訳聞きやせんぞ」

妄想に操《あやつ》られている時の父には、なぜか力が漲《みなぎ》る。いきなり母の頬を張る。ギャッと叫んで倒れた母の上に馬乗りになり、往復ビンタを食らわす。首を絞めようとする時もある。荷役で鍛《きた》えられた逞しい母は、そんな父をうまくかわす。細い腕を跳ねのけられて、父はますますいきり立つ。

「どこの男か！　言わんか!!」

言いながら母の体にむしゃぶりつく。時にはもう褌の間から萎《しな》びた男根がはみ出していることもある。

「やめない。子供が見とろうが……」

その母の言葉を合図に私たちはほっとして外に出る。小納屋で暮らす炭住一家の子供らは一様に早熟だ。親のしていることを目にするのは、かなり幼い頃からだ。父は母と睦《むつ》むことで、自分の気を治めていたのだと思う。それを母も私たちも知っていた。おそらくは、最後の頃は形ばかりで男女の交わりなんかできなかったと思うが、そうすることが一種の儀式だったような気がする。母はそういう繰り返しにうんざりしたのだろう。この絶望的な生活から連れ出してくれる者があれば、ついその気になってしまっただろう。

でもう今は父を宥《なだ》めてくれる人はいない。竹丈が母を連れ去ったという妄想が、さらに父の中で膨《ふく》らんできた。そしてその鬱憤《うっぷん》を私たち子供に向け始めた。いつもイライラしていて、機嫌の取りようがない。今までは、せいぜい家財道具や壁に当たるくらいだったのが、対象は確実に人になった。仮想の相手は竹丈、あるいは炭鉱事故の時、坑道で出会ったえすかばいものだ。敵と定めたものに向かっていく父は戦慄《せんりつ》と憤怒《ふんぬ》につき動かされている。目は血走り、歯を剝き出し、さながら鬼のような形相だ。唸《うな》り声もとうてい人間のものとは思われない。闇雲にブンブン振り回す腕を押さえようとして、私は何度も殴られた。律子と二人、組みついて倒すと、今度は肩を噛まれた。汗と垢《あか》とでゴリゴリと硬くなった布団を巻きつけ、父の息が切れるまで喚かせておく。そうして疲れ果てるのを待つのだ。

　こういう時には、隣人は息を潜《ひそ》めているばかりだ。とばっちりを受けて怪我をするのは真っ平ごめんというわけだ。私と律子がいる時はいいけれど、仕事や学校から帰ってみると、昭夫や正夫がぶたれたり蹴られたりして泣いていることもあった。その時は本当に辛かった。

「父しゃん、何したんね！　昭夫も正夫もまだこげに小まかに、ひどかことばして」

　気が済んだ父は、大鼾《おおいびき》で寝ているが、そう言わずにはおれなかった。具合のいい時は、性懲《しょうこ》りもなく竹丈のところまで乗り込んだ。その行為をもう止めようとも思わなかった。

竹丈が留守ならいいけれど、家にいることも当然ある。そういう時は大声で怒鳴り合い、挙句の果てに手下のヤクザに蹴られ殴られ、泥だらけ血だらけでヨロヨロ帰って来ることもあった。だけどそれがあると二、三日はおとなしく寝ついているので、その方がよかった。

私はしだいにこの地獄の状況を打開する方法を考えるようになっていった。

✝一二〇一六年　春

結月では季節ごとにバスハイクが企画される。行き先はその度ごとにいろいろと変わるのだが、春は河津桜《かわづざくら》を見に行くことに決まっている。私は足が悪いからあまりバスハイクには参加しない。車椅子の方だって参加するのだから、どうぞ、といつも誘われるのだけれど、あまり気が進まないのだ。けれど河津桜だけは楽しみにしている。日本で一番早咲きの、濃いピンクの花が咲き揃う眺めは圧巻だ。

二台のバスが到着した。加賀さんは少し風邪《かぜ》気味だったのだが、やはり花を見たくて参加するという。

「これを見なくちゃ、伊豆では春が始まらないって気がするわ」

車椅子専用のワゴン車も数台やって来た。私たちのそばを、車椅子を押したスタッフが通り過ぎる。

「お天気がよくて格好のお花見日和《びより》ですね」

田元さんが私を見つけて笑いかけてくれる。彼女の後ろから、渡部さんが下肢装具を着けた老人を車椅子に乗せてやって来た。老人に何かを話しかけられ、かがんで答えている。彼らが通り過ぎる時、えらく賑《にぎ》やかな音がした。渡部さんが背負ったリュックサックには、たくさんのキーホルダーやストラップ、鈴付きのお守りが吊り下げられていて、じゃらじゃらと派手に鳴っているのだ。たちまち加賀さんが眉をひそめた。

「まあ、何なの？　あれ」

「彼の思い出の品なんですって。日本国内だけじゃなくて世界中の行った先々で手に入れた——」田元さんが苦笑いした。

「ああ、じゃあ、あれが彼愛用のバックパックっていうわけね」

私の言葉に加賀さんはますます険《けわ》しい顔になる。私はリフトで車椅子をワゴン車に乗せている渡部さんの背中をじっと眺めた。

「ぞっとするわね。私には薄汚いゴミにしか見えないけど。施設の行事によりによってあんなリュックサックを背負って来ることないでしょうに」

加賀さんは見送りに出ているはずの事務長を目で捜している。渡部さんに関してまた苦情を言うつもりなのか。私は彼女の手を取って、さっさとバスに乗り込んだ。

桜は満開を過ぎ、散り始めていた。人出のピークを避けるためと、高齢の入居者のために少しでも温かな日を選ぶせいで、いつもこれくらいの時期になる。河津川の川面にピンクの花びらが流れていく風景もまたいい。バスから降りて川沿いの堰堤《えんてい》をゆっくりと歩いた。歩行器を使う人、車椅子の人、私のように杖を使う人、それぞれの歩調で桜を堪能《たんのう》している。頭の上に伸びた枝を見上げる老人たちは、無邪気《むじゃき》な顔をしている。

うららかな陽《ひ》の中、誰もが子供に返っているのだろうか。何を思い出しているのだろう。バスの中では不機嫌だった加賀さんでさえ、嬉しそうに笑っている。毎年毎年、花を愛《め》でることのできる子供時代を送った人たちなのだ。そう思うと、胸が詰まった。

私は生き永《なが》らえて、こうして桜を見上げている。あれほど生に執着しなかった私が――。

銀色になってしまった髪に花びらが数枚落ちてきて、私はそっと指で払った。

✝一九六六年　夏

父の暴力のせいで、目の周りに隠しようもない痣をこしらえたり、唇の端を切ったりして仕事に行くこともあった。仕事場の人々は蔑《さげす》んだ目で私を見ている。閉鉱ヤマの貧しい地区からやって来る私は歓迎されていない。「どぎゃんしたと?」とも声を掛けてくれない。自転車をくれた配達のおじさんも目を逸《そ》らしている。

痩せた私には、ゴムのエプロンすら重くて仕方がない。加工場のセメントの床に水を撒いて、デッキブラシでごしごしこする。肉片や血液やぶった切られた骨が流れていく。冬の間は水が冷たくて凍《こご》えた。まだその頃は慣れていなかったので、濡《ぬ》れた床でよく滑った。全身ずぶ濡れになってさらに凍える。立ち竦んでぶるぶる震えていると、主任さんに怒鳴られ、ブラシで腰の辺りを叩かれた。

夏はそういうことはないが、今度はホルモン肉の処理で出た廃棄物をバケツで捨てにいくのが大変だ。腐っているせいで鼻が曲がりそうなほどのひどい臭いと重さにふらつく。バケツの中身を加工場の床にぶちまけ、また怒られた。

勉強したいのに、学校へ行けないことは情けない。ヌケガラに会いに来た女子大生のことをまた思った。あの人と同じような境遇になぜ生まれなかったのか。何がそうさせたのか。運命などという言葉で片付けるには、あまりに大きな差だ。ここで働いている若い女の子とさえ、私は隔《へだ》たりがある。加工場の昼休み、彼女たちはラジオで音楽を聴いている。私はぽつんと離れてそれを聴く。弁当も持たない私は、一緒のテーブルにつくことがない。グループサウンズという男性のバンドの音楽なのだそうだ。

ユウに会った時、学校でどんなことを習った？　と必ず聞く。私は飢えているのだ。食べる物に不自由するより、知識に飢えている。ユウは、今は日本中で公害が問題になっていると言った。イタイイタイ病とか四日市《よっか いち》喘息《ぜんそく》とからしい。三池炭鉱の爆発事故の責任追及も曖昧《あいまい》になり、結局三井鉱山は不起訴処分になったのだという。

「そげんこつ、全然知らんやった。うちには連絡の一つもなかったばい」

とぼそりと言ったら、ユウは「ノンのとこもガス災害の患者やけん、CO被害者のための法律がでけたらちゃんと居場所ば連絡して補償してもらわないかんげな」と答えた。早々に一酸化炭素中毒患者からはずされた父の今の症状を、もう一度診断し直してもらいたい。そういう手続きもどうやったらいいのかわからない。もどかしい。もっともっと勉強して、賢《かしこ》くなりたい。せめて自分を守れるくらいに。

大学に行く自分を夢想した。キャラバン隊の女子学生と入れ替わる夢。ちゃんとした家に生まれて、ちゃんとした教育を受けられて、努力さえすれば、それに見合う将来が約束される夢。血と汚物にまみれた重たいゴムのエプロンをつけた自分が、別の誰かになる夢だ。

まもなくのこと、加工場で肉が紛失した。配達用に紙包みにして作業台に置いておいた上等の肉だ。配達時間になっても見つからないので大騒ぎになった。皆で手分けして捜したが、出てこない。社長さんが事務所からやって来た。主任さんは大柄な社長に怒鳴られて青くなった。大急ぎで、冷蔵庫から出した同じ部位の肉を処理する。女子社員は、休み時間を削られてぶつぶつ言っていた。大幅に遅れて配送に出した。

しばらくして私は事務所に呼ばれた。

「おい、肉をどこにやったんか!」社長さんにそう問い詰められてぽかんとした。「お前しかおらんばい。うちの肉を盗《と》るような奴は」

ようやく彼の言うことが理解できた。私が肉の包みを盗んだと思われているのだ。

「知りまっせん。うち、肉なんか盗っとりまっせん」

必死で否定するが、相手は聞く耳を持たない。

「だけん、ゆうたでっしょうが!」

事務服を着た社長さんの奥さんが、隣でがなりたてた。

「違います! ほんとになんも知らんとです。ほんならうちの荷物、開けて見てみてつかあさい。いっちょん隠したりしとらんばってん」

「そげなことして何になるんか！　どうせ外で誰ぞにちゃーっと渡しとろうが」

「お父しゃん、もうそげな泥棒猫、うてあわんで。時間の無駄たい」

それ以上何を言ってもとり合ってくれなかった。私は身に憶えのない罪を着せられてクビになった。一週間分のお給金も払ってもらえなかった。「お前がくすねた肉代の方が高か」と言われた。

自転車を漕《こ》ぐ元気もなく、とぼとぼと押して歩いた。炭住に続く坂道の途中に、崩れ果てた小納屋の残骸《ざんがい》がある。住人がノコギリで柱やら板壁やらを切り取っていって、自宅の修理や燃料に使うので、もう家の形体を成していない。放り出された畳が水を吸ってぼこぼこになっている上に腰を下ろした。膨らんで真っ赤になった夕日が、ごちゃごちゃした街並みの向こうに沈んでいくところだった。それがすっかり沈みきり、夜の帳《とばり》が下りるまでに、私にはこの世界の仕組みがわかった。

世界は二つに分かれているのだ。一つは経済の発展の恩恵を受けて、どんどんよくなっていく世界。オリンピックが開かれて、高速道路ができて、働いたら働いただけ豊かになって、ささやかな夢が叶《かな》う世界。

でもその下には、毎日の食べる物にも事欠いて、字の読み書きさえできない世界の住人がいる。きっとそういう世界の最下層は、全体から見たら沈殿した滓《かす》みたいなものなのだ。知る機会があってもそっと目を逸らすだけだろう。

気がつけば、辺りは真っ暗だった。静かな足音がした。

「どげんしたとね」

ツナギを着たユウが目の前に立っていた。定時制高校の帰りなのだろう。

「ユウ、うちたちは、どげんしたらここから抜け出せるとやろか？」

ユウは何も答えず、道端に倒してあった自転車を起こした。

「そげが見つかったら、一番にうちにゆうて。うち、あんたについて行くばってん」

猫背の後ろ姿に掛けた言葉にも、ユウは一言も答えなかった。後をついて歩きながら、暗闇の先にごくごく小さな光を見たような気がした。

地獄から這い出るためには、一人では無理でも二人ならどうにかなるかもしれない。

新しい仕事は見つからなかった。前に食肉会社に口ききしてくれた食堂へも行ってみたが、断られた。港の荷役にも雇ってもらえなかった。石炭産業が衰退《すいたい》していくのにつれ、若松港も仕事が急激に減っていた。石炭がエネルギーの主流だった時には、石炭は黒いダイヤと呼ばれていた。その時には父のような坑夫を何千人、何万人と地底に追いやって苛《か》酷《こく》な労働で石炭を掘らせ、燃料が石油に移ると、手のひらを返したように打ち捨てられる。

我が家はいよいよ困窮《こんきゅう》してきた。何とか律子に持たせていた握《にぎ》り飯一個が作ってやれない。

「よかよ。そげな子、他にもいっぱいおるっちゃ」

律子はそう言う。炭住の子があまりに貧しいので、学校の先生が余分に弁当をこしらえてきてくれて、それを与えてもらったりもしているようだ。有り難いと思うよりも、施《ほどこ》しを受ける悔しさが先に立った。きっと私の心は荒んできているのだ。

夏休みにまた大学生のキャラバン隊が来た時にも、そんなねじけた思いで見詰めていた。今回は初めからヌケガラに活動のやり方を仰いでいるようだ。

「あいつはオルグだからな」と滝本さんが言った。オルグとは、労働者の中で組織作りを進める活動家のことだそうだ。どういうわけかヌケガラは学生の心をつかみ、リーダーとして張り切っている。普段の炭住では、役立たずの居候《いそうろう》なのに不思議だ。いつか滝本さんがヌケガラを指して「ある人には魅力的に映るかもしれない」と言ったことが思い出された。

今度は一週間ほど滞在していくそうだ。昭夫は大喜びだ。今回も竹丈が空き家を貸したのだが、それがうちの隣の部屋だった。隣の中風の旦那さんが死んでしまい、奥さんは六人の子を連れてよそへ行ってしまった。一人残された祖父もいつの間にかいなくなった。

噂では、竹丈が追い出したのだということだ。

奇妙なことにあれほどやり合ったヌケガラと竹丈とは、酒を一緒に飲むほど仲がよくなっていた。滝本さんの所に居座っていることからしても、ヌケガラは人の懐にするりと潜《もぐ》り込む術《すべ》を身に着けているのかもしれない。

竹丈はどうしたって好きになれない。生活保護費の支給日、私は他の受給者と一緒に町役場の窓口に並ぶ。生活保護費が支給されるやいなや、大急ぎで竹丈のところに駆け付ける。そうして前月分の利子を返して、今月分の生活資金を借りるのだ。無知な人々は、竹丈に感謝すらする。だが、このサイクルにはまり込んでしまった者は、ただ高い利子を払い続けるだけの竹丈の奴隷なのだ。我々は役場でもらった金で、せっせと竹丈を養っているだけだ。それに気づいていながら、同じ行動を取らざるを得ない自分が腹立たしかった。

あいつの顔を見るのも嫌だったが、この役目は私にしかできない。律子のことを、竹丈が嫌らしげな目つきで見ているのを知っているからだ。小納屋の住民の誰彼のところへ行って、「お前とこの娘、おいの妾《めかけ》にせんね」と言ったという話が時折聞かれる。親が呆れ返っていると「冗談ばい」と笑うそうだが、実際に妻を、娘を差し出して、利子の支払いを勘弁してもらったという噂がまことしやかに流れることもある。怖気をふるう話だ。

こういう時になるとまるで人が変わったみたいにてきぱきと動くヌケガラの声が、隣から漏れ聞こえてきた。子供たちが帰った後も、夜遅くまで難しい議論をする声がした。どうやら六十年安保の時に「闘士」だったヌケガラに皆心酔《しんすい》しているようだった。父は数日前に激しい痙攣発作に襲われて、暴れる力を失っていた。

ヌケガラを慕う女子学生は、すぐにわかった。雑魚寝《ざこね》する学生たちを置いて、そっと二人で外に出て語り合っているようだった。日中に見ると、小柄で色の白い人だった。他の女子大生が硬骨《こうこつ》でいかにもボランティア活動家という見た目なのに比べて、淳良《じゅんりょう》な印象だ。私が家の用事をしていると、控えめに話しかけてくれた。私は水の汲み置きのやり方や、地熱で温められた地下水のことなどを教え、洗濯のための盥を貸してあげたりした。女子学生は栗本京子《くりもときょうこ》という名前だと言った。昭夫や正夫が懐いていることもあって、彼女は私のことを「ノンちゃん」と呼んだ。

「ノンちゃんはえらいね。家の手伝いをよくして。大変でしょう」

私はつくづく京子さんの顔を見た。きっと私とそう年は変わらないはずだ。この人は、こうやってキャラバン隊に参加し、貧しい筑豊地方を回って生活改善や学習指導をしているけれど、でも私たちとは根本的に違うと思った。もう一つの世界の住人なんだと。

私が生きるためにしている営《いとな》みが「家の手伝い」にしか映らない人。私たちがどう足《あ》掻《が》いたって行けない世界の人――。自分の世界とこちらの世界とがつながっていて、こんな手ぬるい活動でどうにか救えると純粋に思い込んでいる、優しくてかわいくて、そして残酷な人。

「どうかした？」

じっと見詰め続ける私に八重歯《やえば》を出して笑いかける京子さんに、「なんでもなか」と答えた。なぜ京子さんは京子さんで、私は私なんだろう。今こうやって隣り合って洗濯をしている同世代の私たちをこんなにまで分け隔てるものは何なんだろう。何かわからないけど、それは絶対的なものだ。どんなに望んでも、私は京子さんにはなれないのだ。

あっという間に一週間は過ぎた。昭夫はまた新しいノートをもらった。京子さんのきれいな字で、お手本が書いてあった。京子さんとヌケガラとは進展があったのだろうか。キャラバン隊が来ているうちは、しゃんとする（と菊江おばちゃんが言う）ヌケガラは、飄々《ひょうひょう》としているので、感情を読み取りにくい。ただキャラバン隊の中では、皆京子さんの幼い恋のことを知っていて、応援しているように見えた。

最後の夜は、竹丈の家で酒盛りをすると聞いて驚いた。てっきり隣の空き家でどんちゃん騒ぎをすると覚悟していたから。ヌケガラがそういうふうに掛け合ったようだ。

「ヌケガラち、竹丈にとり入っとるばい。抜け目のなかとねえ。ばってん、あのケチの竹丈が学生さんらを家に招《よ》ぶとは、お日さんが西から昇るとじゃなかかね」

スイバのおばちゃんは、そう憎まれ口を叩いた。

その晩、迎えに来たヌケガラに促《うなが》されて、皆がぞろぞろと部屋を出ていくところを見た。最後尾で、ヌケガラと京子さんとが仲良く並んで歩いていた。

電気代がもったいないので、うちは早々に電灯を消して寝入る。彼らが戻って来たのは夜中だったと思うが、疲れ果てた私は全く気づかなかった。

明け方に隣がざわついた。まだ暗いうちだったと思う。誰かの泣き声がしたような気がした。それに続いてぼそぼそ言い合う声と、時折男子学生が声を荒らげるような気配がした。

「あー、いいいしゃあしいのう！」

元気を取り戻した父が大きな声を出すと、隣の声もぴたりとやんだ。

彼らはさっさと荷づくりをして、早朝にあたふたと出発していった。京子さんが、去る前に声を掛けてくれるだろうと思っていた私は、ちょっとがっかりした。

キャラバン隊が去ってから、おかしな噂が広がった。学生たちは夜中に隣の空き家に帰って来たのだが、ヌケガラと京子さんは竹丈の家に残してきていた。竹丈との話に興が乗っていたヌケガラが、京子さんを後で送るからと言ったらしい。その後、どうしてそんなことになったか不可解なのだが、ヌケガラも席をはずして竹丈と京子さんとが二人きりになってしまった。そして京子さんは竹丈に乱暴されたというのだ。朝方の泣き声は京子さんだったのか。苦い物を口に押し込まれたような、嫌な気分だった。何も知らない昭夫は、京子さんのお手本を真似て字の練習をしていた。

しばらくして竹丈が警察に引っ張られた。京子さんが彼を告訴したようだ、と、これも噂だ。でもどうしてもわからないのは、ヌケガラがついていながら、なぜこんなことになってしまったのかということだ。ヌケガラは京子さんの恋人ではなかったのか？　少なくとも京子さんの気持ちはわかっていたはずだ。

その噂があったすぐ後、ボタ山に石炭屑を拾いに行った時のことだ。いくつもの山を登っては下り、登っては下りを繰り返した。高低いくつものボタ山を歩き回らなければ、ろくな石炭屑が手に入らない。ここまで来たのだから、背後の山に分け入ってゲンノショウコを採ってこようかと思案した。乾燥させておけば、下痢《げり》止めの薬になると母から教わって、去年まではせっせと採ってきては母に渡していたのだ。また母のことを考えている。

その時、谷の奥で人の声がした。滝本さんとヌケガラだった。炭鉱が操業中は、草木の一本も生えていなかったというボタだらけの場所にも、今は山裾《やますそ》に灌木《かんぼく》や背の高い雑草が生えていた。一本の低木の陰に二人が向かい合っていた。木はユスラの木で、梅雨《つゆ》の頃に赤くてぶよぶよした実をたくさんつけ、飢えた子供たちの腹を満たす。正夫は今年、これが熟すのが待てずに食べて腹を下した。あの時は煎《せん》じて飲ませるゲンノショウコがなくて困った。

「どうして京子さんを竹丈から守ってやれなかった？」

いつになくきつい口調で滝本さんが詰め寄っている。あのことだな、と思った。では京子さんが竹丈に乱暴されたというのは、本当だったのだ。小納屋の部屋では会話が筒抜けなので、わざわざこんなところで話しているのだろう。ヌケガラの言葉は小さくてくぐもっていて聴き取りづらい。私は姿勢を低くしてそっと近寄った。

「最近、君は竹丈と懇意《こんい》にしているようだが、あいつの性情はよく知っているだろう？」

ユスラの木までは行けず、少し離れた繁《しげ》みの中に身を隠した。

「あんなことになるとは、僕も思ってなかったんですよ。どうにも吐き気がしてたまらなかったものだから、ちょっと外で酔いを醒まそうと――」

「だからって一時間近くも京子さんをほったらかしにするなんて、不注意では済まされんぞ」

憤る滝本さんに対して、ヌケガラは強張《こわば》った表情だ。責められてしだいにうつむいた。返事に窮しているのだ。ヌケガラは馬鹿だ、と思った。竹丈のことを何もわかっていない。ここに住む者でなければあいつの奸悪《かんあく》さ、暴戻《ぼうれい》さ、それから好色さは本当には理解できないのだろうか。貧しい子供たちのために一生懸命だった京子さんに申し訳ない。きっとあの人は男性経験などない清らかな人だったに違いない。六十過ぎの薄汚い男に汚されたと思うと、胸が締め付けられるような思いがした。

滝本さんは言うだけ言って背を向けた。雑草を掻き分けてずんずんと進み、長屋に続く小径に向かう。私は残ったヌケガラを繁みの中から凝視していた。きっと彼も後悔しているに違いない。せっかく心を寄せてくれた女性を酷《ひど》い目に遭わせてしまったのだから。ユスラの木に寄りかかってうつむいていたヌケガラは、肩を震わせだした。泣いているのかと思った。

でも違った。あいつは笑っていたのだ。最初はクツクッと含《ふく》み笑いをしていたが、やがて実のないユスラの木を見上げるようにして仰向いて笑い始めた。心底おかしそうに。

私はようやくその時に理解した。ヌケガラという人を。

この人は、わざとああなるように仕向けたのだ。自分の恋人をあの獣に襲わせたのだ。いや、恋人ではない。最初から京子さんになど、何の感情も抱いていなかった。でなければそんな惨いことができるはずがない。

もしかして——冷たく恐ろしい想像に私は震えた。あの晩、竹丈と二人で申し合わせていたのかもしれない。初《うぶ》な京子さんをただ玩具みたいに弄《もてあそ》ぶために、気がある振りをして、ずっと自分に引きつけておいて。最高に面白い結末があれだった?

ドンゴロスの古い火薬袋から拾い集めた石炭屑がザラザラッとこぼれ落ちた。ヌケガラは笑いをさっと引っ込めてこちらを見た。私はゆっくりと繁みの中から立ち上がった。私たちは十メートルほどの距離で向かい合い、睨み合った。どこかで焚《た》かれている煙の匂いが漂ってきた。遠くで汽笛が鳴る。ヌケガラがすうっと目を細めた。爬虫類《はちゅうるい》のような目だった。全身が粟立《あわだ》った。

私はさっと身を翻《ひるがえ》して走った。灌木に足を取られ、枝に突かれたが、足を止めることはなかった。悪《あ》しきもの、ねじれたものから少しでも遠ざかりたかった。

竹丈は数日の取り調べの後、自由の身になって戻って来た。しらばっくれる彼の言い分が通ったのか。それとも、警察とも裏で通じているのか。とにかく罪には問われなかったのだ。ヌケガラはまだ滝本さんのところにいた。何事もなかったように、滝本さんを手伝って暮らしている。もっとも、滝本さんはこの冬にもここを引き揚げると言っているから、それまでのことだろう。早くいなくなって欲しかった。滝本さんの忠告通り、ヌケガラとは関わり合いになりたくなかった。

マス婆さんは、白内障《はくないしょう》を患《わずら》って目がだんだん悪くなってきたという。ユウの稼ぎが悪くて医者にかかれないと誰にでも吹聴して回っている。定時制高校をやめたくないユウは、休みの日には、マス婆さんがやっていたように屑鉄拾いをしている。家で父の面倒ばかりみているのが苦痛で、私もユウの姿が見えたら外に出る。

「なしてあんたは婆さんを見捨てんね？　血もつながっとらん。あげにきついことばっかり言う。さっちに面倒みるこつなかとやろ？」

ネコ車を押すユウの後ろをついて行きながら尋ねた。ユウが立ち止まった。てっきり私に返事するのだと思ったら、ごろた道の法面《のりめん》に下りて行く。車から脱落したような小さな部品が半分土に埋まっている。

「ここで前に事故でもあったげな。これ、バイクのマフラーカバーのちぎれたやつばい」

修理工場で働いているユウは、車のことには詳しい。「もっと何かあるかもしれん。その辺、探してみやい」

私はペンペン草を掻き分けて、木の棒で土をほじくった。しばらく黙ってそれぞれの作業に没頭した。ユウはマフラーカバーの切れっぱしを掘り出して、ネコ車に放り入れた。

私は、ヌケガラについて知り得たことを思いつくままユウに語った。聞いているのかいないのか、ユウはやっぱり黙ったままだ。マス婆さん手製のカギ爪《づめ》で屑鉄を探し続ける。私は早くも嫌気がさしてきた。

「どうせ滝本さんもヌケガラも、そのうち都会にもんて行くんやろ。うちらはずっとこげなことばっかしとらんといけんやろうか。皆のように都会で就職したらよかったばい」

心安いユウには、日頃考えていることを何でも言えた。

「ジロウは――」ようやくユウが口を開いた。「名古屋で大工の見習いしとったけんが、高か足場から落ちて脊髄《せきずい》やられたと」

「脊髄？」

「もう二度と歩けんごと、なってしもうたち、お母しゃんつらがっとったばい」

私は一瞬言葉を失ったが、すぐにユウに嚙みついた。

「だけん？　だけんユウはよそに行かんと？　そげんこつになるが怖かと？　婆さんにし

がみついておった方が楽かごとあるっちゃ?」振り返ったユウは悲しい目をしてこっちを見た。私はそれでも言わずにはおれなかった。「うちらはここにおるだけで泥棒扱いされて、竹丈に金借りて一生こげん情けなか生活せにゃならん。ここで育ったちいうだけでくさ! そいはうちらが選んだこつじゃなかばい!」

ユウはまた何かを見つけたらしく、うつむいて一心に土を掘った。私は立ったままそれを見下ろしていた。

「なあ、ユウ。マス婆さんは何でも金勘定《かんじょう》ばい。ばってん、こうも言うくさ。人生もソロバン勘定とおんなじじゃて。死ぬる前に帳尻ばちゃあんと合うようになっとるて。悪いこつばしたもんは報《むく》いがあるちこつかいね」

「そうたい。竹丈がごと奴は絶対ばちかぶるごとある!」

わざと子供っぽくそんなことを言うユウを、私は笑った。ユウがここに残ってくれていてよかった。一人なら、もっと早くに私はくじけてしまっていただろう。

ユウと話して少しだけ元気を取り戻して家に帰った。手に入れた屑鉄は錆《さ》びた釘が六本、短い針金が一本だけ。私はそれを土間の竹笊《たけざる》の中に入れた。たくさん溜まらないと、屑鉄屋には持っていけない。一人家にいた昭夫が寄って来た。

「姉ちゃん、お父しゃんが、さっきそこでこけたと」

戸口の外を指さして言う。奥に父の気配はない。

「どこに行ったんかいね?」

私は深々とため息をついた。出歩いたら出歩いたで人に迷惑をかける。最近は記憶障害や錯乱の症状が出て、からかい半分で声を掛けていた人々も父を避けている。

外から父の胴間声《どうまごえ》が響いてきた。

「おい、希美、こいで肉買うてこんか!」

垢じみた寝巻の懐から百円札を何枚も取り出す。

「どげんしたとね⁉　このお金!」

「ええけん、肉買うてこい!　今晩はすき焼きばい」

その時、スイバのおばちゃんの旦那さんが血相変えて飛び込んで来た。

「大ごとばい!　こん金ば、竹丈のとこから盗んで来たち!」

おいちゃんが竹丈のところに金を返しに行った時、竹丈が手提《てさ》げ金庫を持って来た途端《とたん》に、うちの父が押し掛けて来たのだという。

「あんたの父ちゃんは、『こん金は、うちの女房をたぶらかして連れていって手に入れたもんやけん、戻してもらうと』ち、竹丈が数えよる金、堂々とかっさらって持って来てしもうたと!」

おいちゃんは、「はよう返しにいかんば、竹丈が金庫片づけてから追いかけて来るぜ」と大騒ぎしている。父は落ち着いたものだ。

「なん馬鹿なこと言うか。こいはおいの金たい。竹丈にとられた金たい」と胸を張っている。私は血の気が引く思いだった。人の物に手を掛けるとは。しかもそれを自覚していない。自分のしていることがわかっていないのだ。おいちゃんと二人、父から百円札を取り上げようとするが、父は怒り狂うばかりだ。私は跳ね飛ばされて、上がり框でしたたかに後頭部を打った。昭夫が大声で泣きだした。

そこへのっそりと竹丈が顔を出した。ヤクザは連れていない。ニヤニヤしているところを見ると、父なぞを相手に本気で怒っているわけではなさそうだ。

「おい、石川。はよう金を返さんね。うちから金を盗るとはなかなか腹が据わっとるばい」

立ち上がろうとして、眩暈《めまい》がした。ぬるりと嫌な感触がする。頭の後ろが切れて血が流れているのだ。

「なにを、キサン！　うちのシヅ子を返してから言え！」

「こらえてやってつかあさい。こん人は頭おかしゅうなっとるばってん、あんたも知っちょろう！」

おいちゃんが父から百円札を取り上げて数え、竹丈に返した。父はそれには抵抗しなかったが、竹丈を燃えるような目で睨みつけている。その目に宿っているのは、尋常でない光だ。

「ああ、あんたもたいがいにせにゃいかん。今度ばっかりは見逃してやるばってん——」

竹丈が金をしまいながら言う。その言葉が終わらないうちに、父は高利貸しにむしゃぶりついた。ふいを衝かれた竹丈は戸口で体を反らせた。父の骨と皮だけでできた体が被さり、竹丈を押し倒す。

「おう！　なんばするっと！」

竹丈は怒り狂い、首から顔に向けて朱に染まった。父は竹丈の上で踏ん張り続ける。黒ずんだ破れ浴衣《ゆかた》がバサバサと揺れ動く。到底人間とは思えない奇声といい、父は妖魔のような様相だ。おいちゃんは、「こりゃ、どぎゃんするかい」とおろおろするばかりだ。

しかし、父の力は長続きしない。ろくな物を食べていないのだ。すぐに土間に転がされて埃だらけになった。竹丈はハアハアと肩で息をしていたが、やがて嫌らしく唇を歪めた。

「おう！　そうたい！　おまんがとこの女房はええおなごたい！　おいがよう可愛がってやったらくさ、ヒイヒイゆうて喜んだばい。もっともっとち言うもんじゃけ、おいもなかなか体がきつかったばいね」

父はあんぐりと口を開け、阿呆《あほう》のように竹丈を見上げていた。涎《よだれ》が垂れて顎《あご》を伝う。

「またそげなゾータンがこつ。こん人は本気にするばい」

おいちゃんは竹丈を外に連れ出そうと体を張るが、竹丈に払いのけられた。彼は嗜虐《しぎゃく》的《てき》な喜びに満ちた視線を父に浴びせた。後ろに手をついて絶句する父の前に腰を落とす。

「そやき、もうシヅ子のことは諦めやい。あいつはおまんのとこにはもう戻らんち、言いよるくさ。だいたいそげな体で女房ば抱けんごとあろうが。シヅ子はな、おいが毎晩毎晩ええ思いさしてやっとるき、安心せい。あいつは毎晩天国参りよ。おいのもんをくわえ込みとうてあそこがパクパク閉じる暇もなかとやけん！」

「もうその辺でやめとけや!!」

外から大声が飛んできた。見なくてもそれがユウの声だとわかった。いつの間にか、昭夫がユウを呼びに行ったらしい。竹丈はゆっくりと振り返り、悠然と立ち上がった。着物の襟《えり》を直す。

「おう、お前か。こん馬鹿おんしゃんがしつこいけえ、ちぃとばかしてごうて、、、やったばい」

血の気のない白い顔で仁王立ちしたままのユウは、何も答えなかった。二人は戸口の敷居を挟《はさ》んで対峙《たいじ》していた。視線を先に逸らしたのは、竹丈の方だった。

「婆ちゃん、どげんしとるっちゃ？　目の具合はどげんね？」

「知らん。出て行け」

ユウの言葉に素直に応じて、竹丈は敷居を跨《また》いだ。すれ違いざま、ユウの肩をポンと叩いた。小さな声で何やら囁《ささや》いたようだ。ユウは顔を強張らせたままだ。

私は立ち上がろうとして呻いた。垂れた血は、もう固まりかけていた。

「ひどかね。あげな口からでまかせゆうてから」

おいちゃんは父に手を貸そうとするが、父は茫然自失《ぼうぜんじしつ》したままだ。目が焦点を結んでいない。昭夫が私の肩に鼻先を擦り寄せてきた。「あ、姉ちゃん、血が――」昭夫の声にユウが大股《おおまた》に歩み寄ってきた。

「たいしたこと、なか」

それでも水に浸《ひた》した手拭を当ててもらうと、気持ちがよかった。おいちゃんに支えられ、私の横を通っていく父が「シヅ子ゆうたぞ。あいつはシヅ子てゆうたぞ」とぶつぶつ呟いていた。

父という人間が完全に崩壊したのはそれからだった。

✝二〇一六年　春

島森さんが仕事に復帰した。やっと赤ちゃんを預けられる保育所が見つかったのだそうだ。

「半年も休むつもりじゃなかったんです。だから体がなまっちゃって」

「そんなことないでしょう。赤ちゃんのお世話も大変だったでしょうに」

「いいえ、楽してました。主人の両親がすぐ隣に住んでいるものですから、いろいろと助けてくれて」

以前よりふっくらした様子の島森さんは、「またよろしくお願いします」と言った。島森さんは、別の入居者の担当に回り、私の担当は田元さんのままだ。この前雇われた臨時職員のうち一人はもうやめてしまったらしい。結月はまだ恵まれた介護現場だと思うけれど、若い人はなかなか定着しないのだという。

残って頑張っているのは、渡部さんともう一人、二十代の女性だ。彼女は介護職ではなくて、レストランや喫茶部《きっさ》での配膳作業を担当している。愛嬌のある垂れ目で、甲高い声でキャッキャッとよく笑う子だ。制服の胸には『里見《さとみ》』と刺繍《ししゅう》がしてある。これまた耳の早い加賀さんによると、栄養士の資格の勉強をするために専門学校に入ったのにくじけて、短期間のアルバイトを転々としてきたらしい。でも飲食業には興味があって、いつか自分の店を持ちたいという希望があるのだという。

「だからさ、それならせめて食品衛生責任者の資格くらいは取らないとだめよ。ここの仕事は楽なんだから今のうちに勉強しなさい」

加賀さんのおせっかいな忠告に気を悪くしたふうもなく、「そうですねえ」などと答えてくねくねと体をくねらせた。見るからに今ふうの若者だ。爪に赤いマニキュアをしていたり、突如《とつじょ》パンクっぽい刈《か》り上げ頭にしてきたりと、結月に似つかわしくない行為で皆をぎょっとさせるのも里見さんだけだ。渡部さんとはまた違った意味で上司を慌てさせている。

こういう類《たぐい》の子を嫌っていつも辛口の批評をする加賀さんは、どういうわけか里見さんが気に入っているようだ。里見さんの方も他の入居者そっちのけで、食堂でも加賀さんと長々としゃべってまた叱られる。

そういう諸々《もろもろ》を、私は夫に話す。彼は静かに耳を傾けている。私たちの会話は日常をなぞるのみだ。私たちにあるのは現在で、過去にも未来にも目を向けない。そういう生き方が身についた。

「ユキオ」と用もないのに呼んでみる。この呼び方にすっと目を上げて応える夫に、私は安堵する。この名は、私にとっては特別の意味があるのだ。偽《いつわ》りの名前だとわかっているけれど。

加賀さんのご主人が来なくても、夫は一人、入り江の桟橋まで下りて行き、舫《もや》ったままにしてあるボートに寝そべってみたりする。そのまま何時間でもそうしている。毎週来てくれるのに、私とずっと向かい合っているのは辛いのだろうか。それとも私が辛そうな顔をしているのだろうか。とにかく加賀さんのおかげで夫は一つ寛《くつろ》げる場所を得たわけだ。

私は夫が来る日は、天候がよくて波が穏やかであることを祈る。海が荒れている時には、夫は残念そうに入り江を眺めている。

✝一九六六年　秋

父は感情のコントロールができない。泣き始めると、おんおんと一日中泣き喚く。怒ると、部屋中の物を投げて暴れる。

昭夫と正夫は常にびくびく怯えて暮らしている。今や父の近くに寄ることもない。同じ屋根の下に怪物でも住んでいるみたいに全身を警戒心で張りつめている。父の頭痛ももう、鉢巻などでは治まらない。何やら妄想の虜《とりこ》になって、「えすかばい！　えすかばい！」とのたうち回る。かと思えば、泡を吹いて昏倒《こんとう》する。一酸化炭素中毒はこんなにも人格を崩壊させるものなのか。

しだいに獣じみてきた父は、私たちが自分の子だという意識さえ失ってきた。世話を焼く私には、あまり逆らわない。途切れ途切れの会話から推測するに、父が若い頃住み込んでいた大納屋の飯炊き婦と思い込んでいるらしい。衣類を取り替える時などはじっとされるがままだ。しかし体を拭いてやろうとしても嫌がるし、子供のようにお漏らしをしてしまう。父が寝起きする部屋は、異様な臭いが充満している。アンモニア臭と体臭と、黴《かび》臭さとが目に痛いほど立ち昇ってくる。

仕事はクビになっても、私にはすることがたくさんあった。菊江おばちゃんが耕《たがや》した畑をひと畝《うね》貸してくれたので、そこで野菜を作っている。屑鉄も石炭屑も遠くまで行って拾う。今は山に分け入ってのキノコ採りが重要な仕事だ。誰もが同じようにして食料を調達するので、競争のように多くのキノコを採ってきて、干して保存食にしておく。

生活費が絶対的に足りないのだけれど、なるたけ竹丈に借金をしたくないので、工夫をこらさなければならない。だからずっと家にいるわけにはいかない。昭夫と正夫とは不安がって私につきまとう。ほとほと疲れ果てた。こんな苦労を全部私に押しつけていなくなった母を恨む元気ももはや湧いてこなかった。

父が汚した浴衣や下着を洗いながら、早く父が死んでくれないかと考える。ちょっと前までは、父がいなくなったらどうしようと思っていた。親が死んだり離別したりした子供は、福祉事務所が連れていった。兄弟バラバラに養護施設に入れられるという噂だった。そこでの生活もひどいものだと、誰かが見て来たように語っていた。親がいなくなるということが、怖かった。でももう私は子供じゃない。この前の九月一日、十七歳になった。来年はもう十八だ。私一人で妹、弟を生活させていけるのではないか。

そんな父なのに、母がいなくなったことだけは認識している。竹丈におかしなことを吹き込まれてから、竹丈のところに母がいると、さらに確信したようだ。あれからもふらふら歩きまわって、往来で竹丈に出くわすこともある。見境《みさかい》もなく食ってかかるので、竹丈が父の首根っこをつかんで引きずって来たこともある。

「こげな変物《へんぶつ》を外に出すもんじゃなか！　柱にでもくくり付けちょけ！」とえらい剣幕《けんまく》だった。帰り際に、「首から黒手帳でも吊り下げてやっとら、機嫌がよかろ！」とからかうことも忘れない。そういうことの繰り返しで、父はますます妄執《もうしゅう》にとり憑《つ》かれていく。いつまでこんなことが続くのだろう。


日がだんだんと短くなってきた。荒れて栄養分のないボタだらけの土地に咲き誇るのは、セイタカアワダチソウばかりだ。寒くなった頃、隣のおばちゃんが、お古のネルの寝巻をくれた。キャラバン隊が去った後、隣には別の家族が入居した。老夫婦と五十代の寡《か》婦《ふ》との三人暮らしだ。おばちゃんには娘さんがいて、今は広島で結婚しているそうだが、その人のお下がりの服をたまにくれたりする。ネルの寝巻は何度も水をくぐっていたが、まだ充分着られる。白地に色とりどりの紙風船の模様だった。律子の冬の寝巻が擦り切れて破れも目立っていたので、譲った。

「ほんとにもろうてええの？」

喜んで手を通した律子にはよく似合っていた。奥の四畳半で、父が枕《まくら》に頭を載せたまま、らんらんと光る目でそれを見詰めていた。長屋の裏に繁茂《はんも》しているセイタカアワダチソウの中で虫がしきりに鳴くようになっていた。私たち姉弟は、二組の布団にくるまって眠る。母が出て行って、一つだけよかったことは、四人で二組の布団が使えるようになったことだ。それまでは、母と下の弟二人、私と律子で一組ずつの布団で寝ていた。

疲れた私は、横になった途端すぐに眠りに落ちる。寒くなると、一緒に寝ている昭夫がコタツ代わりだ。真夜中、低い声に眠りを妨げられた。ぶつぶつと抑揚《よくよう》のない、お題目を唱《とな》えているような声だ。また父が悪い夢に怯えて、寝言でも言っているのだろうと思った。それか、また不眠で妄想が始まったかどちらかだ。すぐ隣でトスンカタンと、控えめな音もした。

「何ね、お父しゃん、どうしたと?」律子の声。このまま律子に宥め役を押し付けて寝ていようかと思った途端、ぱっと目が醒めた。あの抑揚のない声が「シヅ子、シヅ子、よかおなごばい、シヅ子」というふうに聞こえた。がばっと身を起こして、裸電球を点けた。薄ぼんやりした光の中、父が隣の布団に潜り込んでいるのが見てとれた。律子を押さえつけ、ネルの寝巻の前をはだけようとしている。

「やめて、やめて、やめてぇ――」

律子は足をばたつかせる。すると腰紐が解《ほど》けて、さらに寝巻がはだけた。丸く形のいい両の乳房が露《あら》わになった。父が何をしようとしているのか理解して、頭の中が真っ白になった。私は父にむしゃぶりついた。

「なんばしよっと！　やめんね！」

父は私の方をちらっと見たが、何の感情も表さなかった。私は父にとって、飯炊き女でしかないのだ。筋張った腕がぶんと回されて、私の顔をまともに打った。痩せていても、一度は地下の切羽でツルハシを振るって石炭を掘っていた男だ。しかも妄想にとらわれている時は、思いもよらない力を振り絞る。今は男盛りの自分が、妻と交わろうとしている場面だ。誰にも邪魔はさせんという気迫がこもっている。

「じっとしとらんか。すぐ終わるくさ」

いや、まさか律子だとわかってこんなことをしているのか？　かっと頭に血が昇った。憎い妻シヅ子の身代わりに、娘の律子を犯そうとしている？　板戸に背中を押しつけて、布団を蹴飛ばしてじたばた暴れる律子の体にふと目をやった。いつの間にこんなに実ったのだろうか。食べ物に不自由をして体が細くなったせいで、胸の盛り上がりが強調されている。太腿《ふともも》は前よりむっちりしているような気がする。きっと本人も気づいていないだろうけど。

「姉ちゃん、助けて！」

律子の言葉にはっと我に返った。律子の上に覆い被さった父を引きはがそうと後ろから引っ張るが、欲望の塊《かたま》りになった男はびくともしない。「ぎゃっ！」と律子が叫んだ。父が、剝き出しになった乳房の片方に吸いついたのだ。素早く律子の下穿《したば》きに手が伸びる。よく見れば、初めから父は褌を解いているのだった。力なくだらんと垂れたおぞましい物が、体の動きにつれて揺れている。

「ええ思いさしてやるちゅうに、なしそげに暴れるくさ」

「違う、違う！　私はシヅ子じゃなかと！」

薄い恥毛に覆われた律子の下腹部が裸電球に照らされた。私は幼い体をまさぐる父の手を押さえようと躍起になった。もう一度顔を殴られた。唇の端が切れた。布団から押しだされるように正夫が飛び出した。眠い目をこすりつつも、尋常でない気配を感じとって大声で泣き始めた。すると父は、正夫の小さな体をつかんで放り投げた。軽い幼児は、土間まで飛んで三和土《たたき》に叩きつけられた。肩を打って、そのままの形でヒイヒイと泣いた。父に乱暴されるおかげで肩を脱臼《だっきゅう》するのが癖になってしまっている。

正夫の姿を見た瞬間に、私の頭の中で何かが弾《はじ》け飛んだ。裸足で土間に下りると、泣き続ける正夫を飛び越して流し台に取りついた。冷たいコンクリートの台の上に、へこんだ俎《まないた》と刃のこぼれた包丁が揃えて置いてあった。包丁をつかんで取って返す。律子の下腹にふにゃふにゃした陰茎《いんけい》を押しつけている父の首筋に包丁を当てた。

「さっさとどかんね！」私のドスの利《き》いた声に、父が顔を上げた。肉欲にぎらついた目に吐き気を覚える。相手は己《おのれ》の娘なのだ。「どかんと、こいで首掻っ切るけどええね⁉」

それでは私ももう娘なんかじゃない。他人の冷酷さで言い捨てた。

「そげにおなごが抱きたかなら、どこぞよそへ行きやい！　ここでそげなこつするならもう死んでもらうばい」

律子が父の下から小さな声で「姉ちゃん……」と呟いた。可愛らしい寝巻はほとんど剝かれて素っ裸に近い状態だ。私は本気だった。本気でこの男を殺すつもりだった。包丁の柄を握った手に力を込める。あとは深く突き刺して、すっと引けばいい。それですべては終わる。歯を食いしばった。

その時だった。横から昭夫が体当たりしてきた。

「殺さんで！　お父しゃんを殺さんで！」

それとほとんど同時に、父は体を突っ張らせた。両手両足が無様に伸びて痙攣している。いつも通りの痙攣発作を起こしたのだ。乱れた寝巻を体に巻きつけたまま、その場でひっくり返った。さっきまで律子の体にこすりつけていた醜い器官から失禁し、毛羽《けば》立った畳を汚した。律子がさっと立ち上がって身仕舞いを正す。その勢いで、開け放たれた隣の四畳半に意識のない父を押し戻し、ぴしゃりと襖《ふすま》を閉めた。それだけをやってしまうと、へなへなとその場にくずおれる。

布団の上では昭夫が、土間では正夫が大声を上げて泣いていた。私はのろのろと立ち上がって正夫を抱き上げ、布団に戻した。肩はやっぱりはずれている。手をだらんと垂らしたまま、それでも泣き続ける。襖にもたれて私と律子とは、弟たちの泣き声がだんだん小さくなり、しゃくり上げから啜り泣きに変わるのをじっと聞いていた。どちらも一言も発しなかった。

やがて律子も座ったままうとうとし始めた。眠った三人ともの頬に涙の筋が残っていた。私は包丁を握りしめたまま、まんじりともしなかった。隣からは父の鼾が響いてくる。

ここは——地獄だ。阿修羅《あしゅら》が子供を食らう地獄。

そして私も同じ阿修羅。悔悟《かいご》も改心もしない。一度決心したことは絶対にやり遂《と》げる。ここで思いとどまったところでまた同じことの繰り返しなのだから。夜が白々と明け始めた頃、のっそりと立ち上がった。父親の命乞いをする昭夫の声が頭にこびりついて離れなかった。

そっと戸を開けて、冷えきった外に出た。白い靄《もや》がボタ山の方から流れてきていた。同時に長屋の一番向こうの端の戸が開いて、ユウが出て来た。私が立っているのを認めて、ぎょっとしたように立ち止まる。私は突っ立ったまま、ユウが足早にやって来るのを見ていた。

「なんばしよっと?」その時、初めて自分がまだ包丁を握りしめていることに気づいた。

「何があったとね?」

それには答えず、ユウを引っ張って、長屋の裏に回った。セイタカアワダチソウの群落の中に裸足の足を踏み入れる。元気のよい外来植物は、私たちを包み隠した。

「ユウ!」

黄色い花の真ん中で、私はユウに向き合った。「お父しゃんを殺してくれんね?」

彼の手に包丁を押しつける。ユウは、ひどく冷静に私を見返した。

「あん人は、もう人間じゃなか。だけん、殺してくれんね?」

ユウは一度目を瞠《みは》り、それから射すくめるように私を見返した。

「それ、本気ね?」

うろたえもせず、詳しい事情を聞きもせず、ユウはそれだけ言った。

それで私も頭の芯《しん》が晴れた。一度握らせた包丁を取り戻す。

「本気ばい。ばってん、あんたに頼むんは間違いやった。すまんやったね。忘れて」

私はくるりと踵を返した。その私の肩をユウは押さえて自分に向き直らせた。

「ノン、おいしゃんを殺すんか?」私はこっくりと首を縦に振った。

「そんなら、お前はつかまるっちゃ。そげになったら妹弟皆困ろうもん」

「そうたい。ばってん、ユウに頼んだらユウがつかまる。そげこつまで考えとらんやった。馬鹿やね。うち」

「お前が本気なら、もうちょっと待っちょけ。おいに考えがあるとやけん」

私の方が怯んだ。

「ええき。もうええ。忘れちゃってん」

いきなりユウが私を引き寄せた。ぐっと抱きしめられる。

「おいも決めたばい！　前から決めとったばってん、決心がつかんやった。ばってんやるばい！　ええな？　ノン！」

訳がわからないけど、私は「うん」と答えていた。風がざあっと吹いてきて、黄色い花が狂ったように私たちの周囲で踊っていた。


正夫の脱臼した肩を骨接《ほねつ》ぎさんで入れてもらった。支払いは次に生活保護費が下りるまで待ってもらった。片腕を吊った正夫は、私と手をつないで歩く。何べんか同じ目に遭っているので、もう馴《な》れたものだ。元来おしゃべりな正夫は、いろいろと話しかけてくる。昨夜の出来事の意味を、幼子は理解していない。ただいつものように父が暴れて痛い目に遭ったとしか。私が生返事ばかりするので、「なーんか。姉ちゃんは、いっちょんおいの話ば聞いとらん！」と、歌うように言う。骨接ぎでも姉と二人で遠出をしたのが嬉しいのだ。

私の頭の中はユウの言ったことでいっぱいだった。いったいユウは何を企んでいるのだろう。誰の罪にもならないように父を殺す方法があるのだろうか。そこまで考えて、自分が親殺しという恐ろしいことを、いとも簡単に肯定していることに驚く。父を殺すことに、もう罪悪感を失くしている。私は実行を想定して考えを巡らせているのだ。

滝本さんは、とうとう年内に廃鉱部落を引き払う決心をしたらしい。ヌケガラも、滝本さんがいないのにここに居座る気はないようだ。律子は中学の進路指導を受けて、集団就職する意向を伝えた。長い間変わらなかったものが、少しずつ変わろうとしている気がした。小さくても何かが動けば、砂山が崩れるみたいにどっと形が変わることもある。その兆《きざ》しが、この倦んだ廃鉱に感じられた。私は静かにそれを窺う。

きっと何が起こってももう驚かないだろう。ユウにすべてを託すつもりだった。

十日あまり経って、ユウが計画を打ち明けてくれた。それを聞いた時、私はざあっと総毛立つ思いがした。今まで私が知っていたユウとは全く別人のユウがそこに立っているように思えた。

「竹丈においしゃんを殺さすばい」

短くそれだけ言って、私を真っ直ぐに見据えている男――。私は息を呑んだ。

父に竹丈が母を隠していると吹き込むのは私の役目。竹丈に父が彼の金を盗んだと吹き込むのはユウの役目。私の方は比較的容易だ。父はもう正気を失っているのだから。

「おいがほんとに竹丈の金を盗むったい。それをおいしゃんの仕業《しわざ》にする」

「そいけんが、うまくいくと？　あいつの金なんかどこにあるか知っとうと？」

口に出すと、急に不安が頭を持ち上げてきた。金に執着する竹丈は、貯め込んだ金を盗られたとなると、怒り狂うだろう。しかし以前と同じように父のことなど、本気で相手にするとは思えない。ヤクザを連れて来て、父を痛めつけ金を取り戻して、揚々《ようよう》と引き上げて行くのが関の山だ。とてもまともではない状態の父を殺して殺人犯になるのは割に合わないだろう。それにユウが盗んだとばれたらどうするのだ？　きっとユウが半殺しの目に遭わされる。いや、それよりも警察に突き出されたら、ユウは前科者になってしまう。

父を殺してくれと頼んだくせに、その考えは私を慄《おのの》かせた。

「いけんばい。やっぱりあんたを巻き込むっちゃ、うちにはできん。つまらんことゆうてごめんな、ユウ。もうやめようや」

「いや、もう決めたち。こいがうまくいきゃあ、竹丈も逮捕さるるとやが」

「うちはようしきらん」

ユウは私の腕をぐっとつかんだ。

「迷うとうと？」

「いや、一ぺんは本気でお父しゃんを殺そうとしたばい。そん気持ちは変わらん。ばってん、ユウに頼ったんが間違いたい。あんたには何の関係もなかもんね」

「ええか！　よう聞け！」

つかんだ腕を自分に引き寄せる。ユウの顔が間近に迫る。その気迫に私は圧倒された。

「おいは竹丈に復讐したか」

「なんね？　そげにあいつに怨みがあると？」

「あるばい。あいつはおいの父親たい」耳を疑った。

「——ほんとに？」声が戦慄《わなな》いた。「そいは、どういうことね？」

「おいの母ちゃんは、あいつに体を自由にされたと。金、よう返しきらんだけん、そうするしかなかったとよ。毎晩毎晩、あいつにひどか目に遭わされとったち、婆ちゃんがゆうとった。そんでおいを産んだばい。産んですぐ、首吊ったと」

「ユウ、それ、婆ちゃんからいつ聞いたと？」

「小まか時から婆ちゃんに言い聞かされとったくさ。臍《へそ》の緒《お》ついたままのおいを転がした横でぶら下がっとったち」

「——ひどか」

「なんが？」

「竹丈もひどか。ばってん婆ちゃんもひどか。そげなこつ、小まか子供に言うて」

ユウは自分を落ち着かせるように大きく息を吸い込んだ。

「だけん、竹丈は母ちゃんの仇《かたき》たい。ノンが遠慮することたなか。おいはおいであいつに復讐してやるばい」

「ばってん、あんたの父親やろ?」

そう言うと、ユウは顔をしかめて力任せに私の腕を突き離した。私はよろめいた。ユウの告白はあまりに残酷だった。

でも話はまだ続いた。竹丈は、もちろんユウが自分の子だと知っていた。マス婆さんがユウを育てている間は我関せずだった。しかし妻子に去られた後、己の血を引く子はユウだけだと思うに至った。ユウを定時制高校へやる費用を出したのは竹丈だった。マス婆さんは金を借りたのではない。竹丈を強請《ゆす》って金を出させたのだ。どうやら竹丈は、ユウを自分の後継ぎにしたいと考えているらしかった。マス婆さんもそれを承知しているという。

「おいはあいつと同じ高利貸しなんぞにならんとやけん!」

ここのところ、竹丈はユウを呼んで、自分の仕事を少しずつ手伝わせているらしい。それがこの計画を思いついた理由でもある。ユウは竹丈の金の隠し場所も知っているのだ。そしてそれを盗んで、父の仕業に見せかけることも簡単だと言った。

「ええな? ノン。こいはおいとノンとでやりさいすりゃ、うまいことといく。お前の望みも、おいの望みも叶うばい!」

私の望みは、父が死ぬこと。ユウの望みは、竹丈が殺人犯になって逮捕されること。

「な? 絶対失敗しやせん。おいがその場におってうまいことやる。見届けてやるくさ」

ユウに念を押されて、私は頷いた。

　この瞬間に私たちは共犯者になった。


　筑豊の閉山炭住の秋は、一層寂しい。農村部では実りの季節だが、ここには実りなどというものがない。それでも祭りの真似ごとのようなものはある。一番手前のボタ山の前に小さな祠《ほこら》がある。山を統治する大山祇《おおやまつみ》の神様を祀《まつ》ってある祠だ。祠に紙垂《しで》を垂らしたしめ縄を掛ける。それからボタ山の麓に御幣《ごへい》を立てる。神主《かんぬし》などいないから、元納屋頭《なやがしら》の八十を越えた爺さんが慣習でそれをやっている。昔は神輿《みこし》が練《ね》り歩いたりして賑やかだったこともあるみたいだが、そんなことはもう望むべくもない。形ばかりの祭りの残影だ。誰の心も浮き立たないし、かえって寂しさが募るような気がする。

　ユウは私に匕首《あいくち》を渡した。それを父に持たせて竹丈のところへ押しかけて行くようにしろと言った。いくら竹丈でもすぐに刃物を使うとは思えない。だが、父が物騒なものをかざして向かっていけば、逆上するに違いない。竹丈が父の手から匕首を取り上げるのなんて簡単なことだろう。竹丈は父に大金を盗まれたと思っているのだから、その上に命を狙われたとなると、ただではおかないというのがユウの目論見《もくろみ》だ。

「あいつは人を見下しとるで、あんまり腹かくこつのなかけど、いっぺん箍《たが》のはずれたら、見境がつかんようになると。自分でもわからんようになるとじゃ」

そう言われても、私は不安だった。うまく事が運ぶだろうか。思いもよらないことが起きるかもしれない。

「心配すな。おいが竹丈ばけしかけるっちゃ。あいつ、今おいの言うことば、信じるようになっとるくさ。このはんごうでいくばい」

「ほんなごつ……」

ユウに押しつけられた匕首が重くて怖くてたまらなかった。

ユウが祭りの日を選んだのは、修理工場が休みになるからだ。廃鉱部落では変わりばえのしない日でも、その他の地域では目出《めで》たい祭りの日なのだ。ユウは昼間から竹丈のところに出向いて金を盗み、その罪を父になすりつけるという細工をしなければならない。

「ユウ、うちは恐ろしか。とつけもないことになるげな気がする」

そんな私をユウは励ました。竹丈は人を殺すことなんかなんとも思っていないと言う。ここの炭鉱経営をしていた時には、反抗する坑夫や使い物にならなくなった坑夫たちを平気で殺すよう命じていたのだと。もしかしたら、ユウの母親の連れ合いが落盤《らくばん》事故に巻き込まれたというのも、仕組まれたものかもしれないと思った。竹丈が気に入ったその妻を得るために。でもそんなことは、とてもじゃないけど口にできなかった。

私は匕首を上着の下に隠してユウと別れた。以前私が持ち出した歯の欠けた包丁などとは比べ物にならないくらい殺傷《さつしよう》能力にすぐれたものだ。もう後戻りはできない。

学校も休みになったので、律子は昭夫と正夫とを連れてキノコ採りに行った。昭夫の足が悪いから、そう山奥までは行けないだろうが、夕方まで帰って来ないだろう。私はゆっくりと家に戻った。どこかの家の柱時計が眠たげに二時を打った。家の前で足を止めた。これから私は親を殺すんだ、と思った。三池にいる時はよく稼《かせ》いで一家を養ってくれていた。機嫌がいい時は、父は粗暴《そぼう》だったけど、私と律子を映画に連れて行ってくれたりもした。昭夫が足を怪我した時には、背負って医者まで走り、内科の先生なのに、「何とかせい！」と脅して困らせた。あれもこれももう過去のことだ。今この戸の向こうにいる父は、もうあの時の父ではない。三池炭鉱のガス爆発事故の時、私の知っている父は死んでしまったのだ。

私は大きく息を吸い込むと、勢いよく板戸を開けた。

「父しゃん！」ばたばたと駆け込む。「お母しゃんがおったとよ！」

上がり框に手をついて怒鳴るが、薄暗い奥の部屋にいる父は何の反応も見せない。

「お母しゃんが竹丈のとこにおるが！　うち、今見て来たばい！」

どろんと濁《にご》っていた父の目に光が宿る。「何や？」

「だけん、お母しゃんがおったち言いよろうが！　竹丈がどこぞに隠しとったごとある。今、あいつの家で泣いちょったばい。ひどい目に遭わされとやが」

「シヅ子が――？」

「はよう行って！　お父しゃん！　お母しゃんを助けちゃってん！」

父は布団の上でつんのめるように立ち上がった。

「ほうか！　シヅ子がおったとか！　ほうか！　竹丈の奴！　こん腹黒かジョウが！　許さんぞ！」

歯もちびて草履《ぞうり》のようになった下駄をつっかけた。

「ばってん危なかよ。ヤクザがおるかもしれんばい！」

「よか！　そげなこつ、どうでん、なか！」

父は血走った目でこちらを振り返った。

「こいを……」

私は父の懐に匕首を突っ込んだ。父は着物の上からそれを手で押さえ、確認した。そしてそれが何かしっかり理解した顔で私を見返した。一瞬だけ、昔の逞しく頼りになる父に戻った気がした。母を、庇《かば》ってやるべき大事な女を取り戻しに行くのだという気概《きがい》が見てとれた。

「待っちょれ！」

父が飛び出して行った後、私は土間にへたり込んだ。恐怖や後悔はもうなかった。私は自分のやるべきことをやり遂げたのだ。そして淡々と父はもうここに戻って来ることはないと思った。

父は竹丈に殺された。それがわかったのは、すっかり日が落ちてからだった。

竹丈の家は長屋の並びからは離れているし、素っ気《そけ》ない造りの文化住宅とはいえ、元炭住の小納屋などより数倍堅牢《けんろう》だ。塀で囲まれてもいる。よっぽどの騒動でなければ誰も気づかない。金を借りに行った長屋の住人が、真っ暗な家の中で倒れている父を見つけた。すぐに知らせがうちに届いた。私たちは、帰って来ない父を捜していた。律子は、「こんな遅うまでおかしか。竹丈のところにでも行ってやりおうとるとやなかか」と言ったが、私は取り合わなかった。手分けして見当違いの場所ばかり捜し回っていた。

すぐに警察がやって来た。私たちは現場には入れてもらえない。父が竹丈の家で刃物で刺されて死んだということだけ聞かされて、家で待機させられた。律子はむっつりと黙ったままだ。昭夫と正夫にはお父さんが見つかったとだけ伝えた。でも何か様子が違うと感じたようで、はしゃぐこともなく、沈鬱《ちんうつ》な表情で姉たちの様子を窺っていた。そして腹が減っているだろうに、そのまま寝てしまった。

ユウはどこにいるのだろうか。竹丈は逮捕されたのだろうか。私たちの企みはうまくいったのだろうか。何もかもわからなかった。

父との対面も叶わず、刑事だけが事情を聞きに来た。私はユウと申し合わせた通り、家を空けている間に父がどこかに行ってしまった。帰って来ないので心配して捜していたと答えた。律子の答えも同じだった。

「誰が父を殺したとですか？　どげにして殺されたと？」

私の問いに刑事は、父が鋭利《えいり》な刃物で刺されたこと、凶器は見つかっていないこと、犯人は現在捜査中であると答えた。

「捜査中て。犯人は竹丈でっしょうが！　あいつ以外におらんばい！」

律子が食ってかかると、四十年配の刑事は不快な顔を隠しもしないで、「捜査中は捜査中ばい」と吐き捨てるように言った。明らかに私たちを侮蔑《ぶべつ》していた。

竹丈は行方をくらました。国鉄の駅から、竹丈が慌てた様子で汽車に乗るところを駅員が見ていた。中折れ帽を目深に被り、お気に入りのベルベットの黒羽織りにマフラー姿だったから、見間違いようがないと駅員が証言したそうだ。手には四角い革《かわ》の旅行鞄《かばん》を提げていたらしい。だが、同じ格好の男がどこで降りたかはわからなかった。

父が竹丈の家に度々押しかけていざこざを起こしていたことは皆知っていた。警察の見解は、明確な殺意を持ってか揉《も》み合いの末に誤ってかは不明だが、竹丈が父を殺してしまい、有り金全部持って逃走したというものだった。

父の遺体が戻されたのは、翌日の午後だった。私たちは言葉もなく涙もなく、ただ茫然と冷たくなった父を迎えた。しばらくして昭夫と正夫が泣いたのは、悲しいからではなく、怖かったからだろう。

朝からずっとうちに来てくれていた菊江おばちゃん夫婦が、何もかも取り仕切ってくれた。「こげな布団におんしゃんを寝かす訳にはいかんばいね」とどこからかきれいな布団を調達してきてくれた。生きているうちに一度も寝たことがないふかふかの布団に父は寝かされた。うちで一番いい浴衣に着替えさせた。

冷たくて硬くなった父に触れる時には手が震えた。今にも起き上がって、「希美、ようもおいをこげな目に遭わしたのう！　親を殺すとは恐ろしかおなごばい！」と言ってつかみかかってくるのではないかと思った。

でももちろんそんなことが起こるはずがなかった。父はただの物体になってしまった。もう妄想や頭痛に苦しむことも、弟たちを殴ることも、律子を母と間違うこともないのだ。ただ静かに横たわる父を見ているうちに、心のざわつきは治まった。ここで取り乱すようなら、私は初めから親を殺そうなどと思わない。私は正しいことをしたのだ。

父が殺されたことは、炭住中に知れ渡っており、人々が次々とやって来た。皆一様に竹丈を罵った。その口調のどこかに晴れ晴れとしたものがあるのを、私は感じとった。自分たちを苦しめた高利貸しが犯罪人となって警察に追われていることを、心の中では喜んでいるのだった。それを誰が咎《とが》められるだろう。私はただひたすらユウに会いたかった。

筑豊では、人を弔《とむら》うことを「骨を噛む」という。なぜそんな壮絶な言い方をするのか、誰に聞いても明確な答えは返ってこないのだが、妙に理にかなった呼び方だと思う。

「さあ、石川のおんしゃんのためにええホネガミをしてやらんば」

「そうばい。竹丈なんぞに殺さるるとは、悔しいじゃろうなあ。丁寧にホネガミしてやらんば成仏《じょうぶつ》しよらんごつある」

誰が言ったか、その言葉を聞いた時には背筋が凍りついた。

父の骨嚙みは、一種の高揚感《こうようかん》に包まれていた。普段、ここの住人が死んでも坊さんは来たがらない。ろくにお布施《ふせ》を包めないからだ。だが今回は、誰かが近くの寺まで走って坊さんを連れて来た。そして短いながらもちゃんとした経をあげてくれた。私たちにお布施は出せないから、これも近所で出し合ってくれたのだろう。狭い小納屋に入りきれないほどの人々が首《こうべ》を垂れて有り難い経を聞いていた。戸口の外まで溢れた弔問客の中にマス婆さんの顔もあった。ユウは見当たらなかった。

元納屋頭の爺さんが采配《さいはい》を振るってくれて、父の遺体は町の火葬場でお骨にしてもらい、その日のうちに共同墓地に埋葬した。被生活保護世帯は、それにかかる費用は免除されるということだったので、無事にそこまで済ませることができた。弟たちは、父親が死んだことを理解できたかどうか、家に帰った時にはへとへとに疲れ果てて眠ってしまった。

ユウに会えたのは、その晩遅くだった。

律子が、「姉ちゃん、外に勇次さんが来とると」とそっと耳打ちしてくれた。急いで外に出たが、ユウの姿はない。空に大きな月が出ていた。ほとんど欠けのないまん丸の月で、思わず足を止めて空を見上げてしまった。かすかな音がして視線を落とすと、うちの前から下る坂道の途中にユウが立っているのが見えた。月が明るいので、彼の表情までよく見えた。辛さとも悲しみとも猛々《たけだけ》しさとも取れる顔だった。近寄るのが怖かった。薄ねず色の影を引き連れた二人は、離れたままじっとお互いを見ていた。

怖くても私は聞かなければならない。これはすべて私が始めたこと、望んだことなのだから。ゆっくりと私はユウに歩み寄った。

ユウは周囲を見渡して往来から逸れ、踏み分け道に入った。低い草を蹴散らすようにずんずん歩くユウからは一言もない。何か不都合なことが起こったのか。私は腹に力を入れた。どんなことを聞かされても、動じないでいることができるだろうか。

ユウが立ち止まったのはボタ山を一つ迂回《うかい》した場所で、以前、私が滝本さんとヌケガラの話を盗み聞きしたところの近くだった。そこまで来て、寒さを感じた。私たちは俄《にわ》かに出た風を避けて、灌木とセイタカアワダチソウとが交じる際に腰を下ろした。

その時になって初めて、ユウの右目の横にガーゼが当てられ、油紙と絆創膏《ばんそうこう》とで押さえてあるのがわかった。

「どがんしたと？　これ。怪我したとね？」

「なんちゃあ、ない」伸ばした私の手を、ユウはうるさそうに遮《さえぎ》った。

「竹丈は逃げたごつあるね」前に向き直り、努めてさりげなくそう言った。ユウが何とも答えないので、「ええっちゃ。そのうちどっかでつかまるたい。逃げきるるもんじゃなか」

と続けた。それでもユウはうつむいたきり、何も言わない。

「ユウ、ありがとう。これでよかったばい。うちはこれで満足たい」

「おいが考えた通りにはいかんかったくさ。竹丈はおいの思いついたことは、お見通しやった」

「えっ?」

「おいしゃんが匕首抜いてかかっていったのを、すぐに叩きのめして刃物ば取り上げた」

「うん」

「そいでおいに向かって、『金ば盗んだのはお前やろ』ちゆうた」今度は私が言葉を失った。「そりゃあ、そうたい。金庫の開け方知っとるのは、竹丈とおいだけやもん。おいしゃんにそんな芸当できるはずがなかと」

「そんで? そんでどうしたと?」

「おいの目の前でおいしゃんを刺した。三回、いや、四回」

父は肩と腹を数回刺されていた。でも結局首の動脈を切られて大量に出血したことが命取りになった。父が血まみれになってのたうち回る光景が、ぎゅっと閉じた瞼の裏にありありと浮かんだ。

「竹丈は、べっとりと血を吸うた匕首を投げ出して、『こげにして欲しかったげな。思い通りにしてやったばい』ち、おいにゆうた。そいで――」ユウはごくりと唾を飲み込んだ。「そいで、『金ば出せ。おいは人殺しやけん、逃げんばいけん。逃げるには金のいると』て」

ユウはすっかり度肝《どぎも》を抜かれて、隠してあった金を差し出すと、大急ぎでその場を後にしたらしい。きっと竹丈はその後、黒羽織りに着替えて荷作りをして逃げたのだ。返り血で汚れた別の着物が家に脱ぎ捨てられていたそうだから。

そこまでしゃべると、ユウは大きく息を吐き、身を震わせた。明るい月の光の下で見ると、彼は相当憔悴《しょうすい》しているようだった。恐ろしい殺人現場を目の当たりにしたのだ。そうしてそれをさせたのは、この私なのだ。私はユウの目の横のガーゼを指でそっと撫ぜた。

「こいは？」

「竹丈にやられた」ユウは私を見ずにぼそっと呟いた。

それきり、口をつぐんだ。きっと竹丈が匕首を振り回した時に傷つけられたのだろう。そんな目にユウを遭わせたことがいたたまれなかった。ガーゼから下ろした指を、ユウの唇に当てた。はっとするほど熱かった。

「熱かね」私は自分の体をユウに押しつけた。「うちは冷たいけん、体ば冷やしてあげる」

ユウは何も言わず、私を押し倒して、覆い被さってきた。そのままの格好で黙って私を見下ろしている。

「よかよ」

私はユウの手を取って、自分の体に導いた。背中に当たる地面は冷え切っていたが、ユウの体は燃えるように熱かった。もう離れられないと思った。今までユウに対して特別な感情を抱いてはいなかった。たまたまこの掃《は》き溜めのような場所に残った力強い味方、頼れる存在だった。でも今は同じ秘密を共有する罪深い輩《ともがら》だ。でもそれもある意味「愛しい」うちに入るのかもしれない。

私の中から冷たい水を汲み上げて飲み干すように、彼は我を忘れて私を貪《むさぼ》った。割ってくれたらいいと思った。私の体は水を満たした甕《かめ》だ。思い切り高く持ち上げて、思い切り乱暴に叩きつけて割ってくれたら、いっそせいせいするだろう。

私の中に入ってきたユウも熱かった。私たちは体をつなげて、共犯関係をより強固なものにした。私は目を見開いたまま、ユウの肩越しに見える白い月を見上げていた。

竹丈の行方は杳《よう》として知れなかった。指名手配はされたのに、ぷっつりと足取りは途絶えた。地元の警察は本気で捜そうとしていないのだという噂が流れたりもした。

父が死んだので、例の民生委員がやって来て、私たち姉弟の身の振り方をどうするかと問い質《ただ》した。私が答える前に律子が、「うちが来年就職してお金をたんと送る。だけん、それまで保護費の支給をお願いします」ときっぱり言った。

「ばってん、成人した保護者がおらねばいかんめぇも」

民生委員は渋い顔をしたが、どこへも行く当てがないとつっぱねた。この吹き溜まりのような閉山炭住には、似たような家族は他にもいた。親が出稼ぎに行って帰ってこないとか、病気で長期入院中とか、様々な事情による欠損家族は珍しくない。

民生委員は、一応親戚があるかと問うた。親戚と呼べるのは、母の妹のトク子叔母《おば》さんしか思いつかなかった。長崎で青果業を夫婦で営んでいるのだが、母が何度もお金の無心をしたものだから、向こうから縁を切られた。母が失踪した時の対応も冷たいものだった。トク子叔母さんのところも商売が厳しい上に子だくさんで、人の家の心配などしておれないのだろう。父が死んだこともまだ伝えていない。

民生委員は、一応の義務は果たしたとばかりに帰っていった。

ユウはマス婆さんのところから今まで通り、自動車修理工場と定時制高校に通っていた。右目の横の傷は、深い切り傷だった。本来なら医者にかかって縫《ぬ》ってもらうべきものだったろう。でもそれをしなかったので、ざっくり切れたままの醜い傷痕が残ってしまった。部落の誰かに聞かれたら、修理工場で怪我をしたと答えていた。それ以上詮索する人はいなかった。重い怪我を負っても医者に診せない人はここにはいくらもいた。

私もどこかで雇ってもらえないかと思いながら、日常の生活を取り戻していた。昭夫と正夫とは、あっけらかんと「父しゃんは死んでしもうたばい」などと友だちに言っている。が、親の死というものがどれほどわかっているかは定かでない。律子の気丈さと、近隣の助けが、今の私を支えてくれている。

十一月に入って寒さが一層募ってきた。筑豊の冬はことのほか厳しいのだ。初めは竹丈がいなくなって借金が棒引きになったと喜んでいた住人たちも、金を貸してくれる高利貸しがいなくなって困っている。きっとそのうち別の高利貸しが入ってくるに違いない。滝本さんは、出身地である千葉に帰る支度を始めていた。居候のヌケガラのことなど、人々は忘れ去ってしまっていた。

ヌケガラが、一緒に歩いていたユウと私とを呼び止めたのは、冬の入り口がすぐそこに迫った頃、父が死んで一か月が経った頃だった。

「ちょうどよかった。二人に話があったんだ」そう言われた時、嫌な気がした。ヌケガラに誘われるまま、滝本さんが借りている部屋に入った。滝本さんは留守だった。生活を移す準備に千葉に行っているということだった。

彼は長屋の続きの二軒を借りていて、隣は暗室に使っている。だから居候を置く余裕はあったわけだ。部屋の中には、荷物を詰めた段ボール箱がいくつか置いてあった。それを足で除《よ》けて広げた空間に、ヌケガラは座るようにと言った。

「お茶も出せないよ。もうすっかり片づけてしまっているから。僕も今月中には一度札幌《さっぽろ》の実家に帰るつもりなんだ」ヌケガラが遠い北海道の人だったとは、その時初めて知った。「荷物はそうないけど、今は滝本さんの撮り溜めた写真の整理で忙しいんだ。最後の最後までカメラのシャッターを押し続ける人だからね、彼は」

私たち二人ともが黙っているのもおかまいなしにヌケガラはしゃべり続けた。

「あの日も――」嫌な薄ら笑いを浮かべたヌケガラは、なぜか心底楽しそうだった。「あの日もね、いい月が出ているもんだから、最後に月とボタ山を撮っておこうと出ていった。いい角度に月がかかるまでねばってね。あれで結構腕のいい写真家なんだよ」

ヌケガラの言いたいことがわからない。でもいい話ではないことが、本能的にわかった。私は身を硬くした。ヌケガラは数枚の写真を取り出した。僕が焼き付けたものだと解説しながら。見たくもなかったが、ユウが身を乗り出すものだから、それに倣《なら》った。何の変哲《へんてつ》もないボタ山と月の写真だった。漠然《ばくぜん》ときれいだと思った。見慣れている寂《さび》れた風景なのに、こうして見るとまた違って見えた。

「ここ」ヌケガラが指差した。明るい月の光に照り映えたボタ山の麓に小さく何かが写り込んでいた。人物だとは思った。何かを押して歩いている人物。月の位置からしてかなり夜が更けた頃だと思った。こんな夜中に誰が何をしているのだろうと怪訝《けげん》に思った。だが、隣に座ったユウの顔がみるみる蒼ざめていくのに気がついた。私ははっとしてユウを見返した。

「あの日っていうのは、祭りの日だ」ヌケガラの言葉に、今度は私が慄いた。父が竹丈に殺された日――。不吉な予感が私を貫いた。「ほら、ここに御幣が立っているだろう。朝になるとこれは片付けられてしまう。祭りの晩だけここに立っているんだ。それも構図に入れておきたくて滝本さんはわざわざ出掛けて行ったというわけさ。何やら事件が起きたらしいとはわかっていたけど、どうしても満月とボタ山が撮りたかったと言っていたね」

舌舐《したな》めずりでもしそうにヌケガラは、私たちの顔を一人ずつ見た。

「ちょっと気になったもんだからね――」もう一枚の写真を取り出す。「この部分を拡大してみた。どうだい？　写真家の助手としての僕の腕もなかなかのもんだろう」

ユウだった。まぎれもないユウがそこにいた。ネコ車を押して。ネコ車の中からスコップの柄がはみ出しているのも見てとれた。ボタ山の麓で、どこかの家から漏れる明かりに照らし出されたユウの顔は、粒子の荒い画像でもはっきりとわかった。

「君の――」いきなり私を指してヌケガラは言った。「君のお父さんが竹丈に殺された晩に、勇次君は何をしていたんだろうね」くすくす笑う声が耳障《みみざわ》りだ。「何かを運んだんだろうね。スコップまで持って、それを埋めたのかな？」

急にユウの体がガクガク震えだした。

「どげんしたと？　ユウ。なしそげに震えるとね。こいがどがいしたち――」

「そんなら、君は何も知らないわけだ」冷たいものが鳩尾《みぞおち》にすうっと落ちてきた。

「何のこつば言いよると？」

「君のその目の横の傷はどうした？」

私の言葉を無視してヌケガラはユウの右目を指差した。

「こいは工場で怪我したと。ユウの怪我がどげんしたち、言うんかね」私の声も震えた。

「竹丈にやられたんじゃないかね？　君が――」ヌケガラは勝ち誇ったように言い募った。「君が竹丈を殺した時に」

くっというふうな呻きがユウの口から漏れた。ヌケガラは容赦がなかった。

「そうさ。君が竹丈を殺したんだ。そして死体をボタ山に埋めた。ネコ車で運んでね。奇《く》しくもこの写真はその帰りを写したものだったんだ」

さあっと全身の血が引いた。何も考えられなかった。ユウが否定するのを待ったが、彼はヌケガラを睨みつけたまま、声を発しなかった。

「この写真に君の姿を見つけた時、ずっと考えていた。ある推理は浮かんだが、それを裏付けるものは何もない」

「当たり前くさ！　そげな馬鹿なこつ――」

私の言葉をヌケガラは手を挙げて遮った。

「だから行ってみたのさ。ボタ山にお宝を捜しに。そして、見つけた」歌うようにヌケガラは言った。「竹丈の死体を。一番古いボタ山の裏側に。もう誰も行かないボタ山だ。石炭は拾いつくされているからね。でも掘り返した跡はあった。そこを僕も掘ってみた」

ガクッとユウが肩を落とした。

「心配するな。見て確認した後は、ちゃんと埋め戻しておいたよ。君がやったよりももっと巧妙にね。今は枯れ草に覆われて痕跡もわからない。もうちょっと慎重にやらないとだめだよ、後始末は。死体と一緒に凶器を埋めたりするのもよくない。あれには君の指紋がついているだろうから」

ユウが竹丈を殺した？　そんな馬鹿な。そんなことがあるものか。竹丈は汽車に乗って逃亡したのだから。

「うまく細工をしたのにもったいない。どこから綻《ほころ》びが出るかわからないよ。君は竹丈の派手な着物を着て、駅から汽車に乗ったと装《よそお》った。上出来だったね、あれは」

口を半開きにして私はユウを見詰めた。もはやヌケガラに言い返すことすらできなかった。そうだ。竹丈はユウの実の父親なのだ。こうして見ると、二人の背格好はよく似ていた。ユウが中折れ帽を深く被り、黒羽織りとマフラーで身を包んで、竹丈のように胸を反らして改札を通れば、駅員は竹丈だと思うだろう。

「この写真はまだ滝本さんには見せていないんだ。君が写ったのはこの一枚きりだから、これを抜いておけば彼もこの面白い写真のことは気づかないままだろうね」

さあ、どうしたもんかね、とヌケガラは私たちを交互に見た。蛇がちろちろと二股の舌を出す習性を連想させた。

「警察に行くと？」カラカラに乾いた口で、ようやくそれだけを訊いた。

「いや、それじゃあ、面白くないだろう」

つくづくとヌケガラを見返した。この男は、私たちが持ち合わせている通常の感覚では理解できない人間なのだ。それを私は知っていたはずなのに。恋人にだってできたお嬢様育ちの京子さんを、わざと竹丈の劣情《れつじよう》の餌食《えじき》として差し出した男なのだから。一時は学生運動にのめり込んだかもしれないが、それだってきっと信念に基《もと》づいたものではなかったのだろう。

誰かを扇動《せんどう》し、注目され、支配すること。それによって満足感を得ても、すぐに飽《あ》きる。真に熱中することなんかないのではないか。「自分を演出することを楽しんでいる」と言った滝本さんは、とうにヌケガラの本質を見抜いていたのだ。

呆気《あつけ》なくヌケガラは私たちを解放した。本人も言ったように、正義のために私たちの犯した犯罪を訴える気などさらさらないのだ。こうやって人の弱みを握ること、それによって優位に立ち、いたぶることが目的なのだ。

面白いか、面白くないか、それが彼の行動基準なのだと思うと、ヌケガラという人の存在そのものに震え上がった。

「初めにノンに話した筋書き通りにうまくいくとは思っとらんやった。ばってん、竹丈がおいの企みを看破《みやぶ》るとも思わんかったばい」

訥々《とつとつ》とユウは語った。打ち捨てられた廃屋の陰。すっかりうなだれたユウは、私の方を見ようともしなかった。竹丈が父を刺した後、「こげにして欲しかったばいね」と言ったまではユウが以前に説明してくれた通りだった。ユウが奪った金を取り戻そうとしたことも。でもユウは言うことをきかなかった。血液でべっとり汚れた着物を脱ぎ飛ばして、着替えようとした竹丈を、背後から刺した。竹丈が投げ捨てた匕首を拾い上げて。

裸だった竹丈は、油断していた。まさか実の息子に殺されるとは思っていなかったのだろう。敷きっぱなしにしていた布団の上でめった刺しにした。そして血を吸った布団にくるんで縄で縛り上げた。そのせいで、竹丈の血は畳の上には残らなかった。

「すぐにネコ車に載せて離れた繁みの中に隠したばい。そいで、竹丈の格好をして駅まで行って汽車に乗ったっちゃ。汽車の便所で着替えて適当なとこで降りた。革の鞄はこっそり窓から投げて捨てたとやが。長い間歩いて家にもんたら、もうおいしゃんの死体ば見つかっとった。大騒ぎになったと。だけん、竹丈の死体を埋めに行ったんは、夜もうんと更《ふ》けてからくさ。竹丈の家からは離れたとこやけん、誰にも見られんやった。滝本さんが撮影しちょるとは知らんやった」

ヌケガラにそれを現像されてすべてを知られるとは。運が悪かったなどとも言えなかった。そんな軽い言葉ではもうユウを救うことはできない。ヌケガラはどこに行くのか。どこへ行ってもこんな〝面白い〟ことをすんなり忘れてくれるとは思えなかった。私たちはこれからあの爬虫類のように冷血な男に弄ばれるのだ。

「おいは、警察に行くばい」

ぽつんとユウが言った。予測はしていたが、私は激しく動揺した。

「いけんばい！　絶対にそげなこつさせん！」

「ノンが後ろめとうに感じることなか。こいはおいの考えでしたことばい」

「ユウ!!」暗くなる廃屋の中で私はユウにすがりついて揺さぶった。「逃げるばい！　それしかなか！　竹丈の金を使うて、どこまででん逃げるっちゃ！」

立たせようと手を引いたが、ユウは腰を上げなかった。そしてぞっとするような声を絞り出した。

「ノンのお父しゃんの息の根を止めたんは、おいばい。竹丈ば殺して、布団で巻いちょったら、おいしゃんが呻いたくさ。死んどらんやった。ばってん、もう虫の息やった。だけん、おいが首掻っ切って——。それでんよかか？　おいと逃げるんか？」

「よかよ」一瞬の躊躇《ちゆうちよ》もなく私は答えた。「ありがとう。ユウ。お父しゃんば殺してくれて。お父しゃんはな、もう死んどったばい。炭鉱の事故の時、もう死んどったばい」

ユウは悲しげに眉根を寄せた。そうすると右目の横の傷痕の深さが際立った。

ユウは隠してあった竹丈の金を出してきた。一万円札の束がいくつもあった。そんな大金一度も見たことがなかった。その半分を私に持たせた。金を持って私は家に走った。律子が夕飯の支度を始めていた。血相を変えて入ってきた私を驚いて見た。

「ええか。律子、よう聞くっちゃ」

「どしたんね？　姉ちゃん」

「うち、ここから出て行くばい。どうしても出て行かんといけん。もうあんたらと暮らせん」

律子の返事を聞く前に、私は押入れを引き開けて晒《さら》しを取り出した。私が持って来た一万円札の束を取り出すと、律子は「ひゃっ！」と叫んだ。すぐさま律子のワンピースの前のボタンを開けて晒しに巻いた金を律子の胴に巻きつけた。律子はされるままになっていた。

「あんた、昭夫と正夫とを連れてトク子叔母さんのとこに行きなっせ。こん金を半分だけ渡して養ってもらうとよ。ええか？　半分だけやき。後の半分はどこかに隠しとくっちゃ。絶対に渡してはならんよ」律子はこっくりと頷いた。勘《かん》のいい妹は、私が抜き差しならない状況に陥《おちい》ったことを察したのだ。「トク子叔母さんは、欲の深か人だけん、金さえ持っとりゃ養《やしの》うてくれる。ええな？　うまかこつ金と頭を使うとよ」

「わかった」律子は多くを尋ねなかった。でも最後にすがるような目で「姉ちゃん」と言った。「姉ちゃん、もう会えんと？」

私は妹の目を真っ直ぐに見て、「うん、もう会えん」と答えた。寄っていって律子を抱きしめた。腹に巻いた札束が乾いた音をたてた。律子も私も泣かなかった。簡単に荷作りして、こっそりユウの家に行った。誰かに見られることを恐れて、戸口をぴったりと閉めた。

「婆ちゃん、ここに金置いちょくばってん、こいで暮らしば立つやろ」

ユウはマス婆さんの枕元に包みを置いた。婆さんは寝たまま首を巡らせてユウと私とを見た。ゲッテン者の婆さんは、目をかっと見開いた。白濁《はくだく》した両目が私たちを見据えた。

「オレを捨てるんか！　ええ⁉　お前を拾うて育ててやったち、オレだっちゃ。そいで、こいがお前のすることか！」

「婆ちゃん、すまん。こらえちゃってん。おいはここにはもうおれんくさ」

「この恩知らずが‼」

白髪を乱した婆さんは、枕から頭を持ち上げて吼えた。いたたまれなくなって、私はユウの袖を引っ張った。ユウはうつむいたまま、土間に下りた。急いでズックを履く。もう

いかけてきた。

二度と振り返ることはなかった。引き戸を後ろ手に閉める時、マス婆さんの怒鳴り声が追
「勇次、うまかこつ、逃ぐるると思うなよ！　忘れた頃にな、差し引き勘定がばちーっと合うとやが。人生はな、死ぬる前に帳尻ばちゃあんと合うようになっとるばい」

それを聞いて、婆さんはユウの犯した罪を薄々勘付いているとわかった。結局はあの途方もない金の出所を口外せずに大事に使い続けるだろうということも。

私たちは、暗い道で一度別れた。行動を共にしていると知られないためだった。国鉄の線路沿いに歩いて、私は最寄駅より一つ向こうの駅から、ユウはバスでもっと遠くの駅まで行って乗ることにした。心細く、寒さが身に沁みた。それでも何かに憑かれたように歩き続けた。一歩ずつ廃鉱部落が後ろに遠ざかった。律子はどうしているだろうか。昭夫と正夫とに言い聞かせてトク子叔母さんのところへ行く準備をしているだろうか。

鉄路の向こうに遠賀川の流れが見えた。このあたりの小ヤマが操業していた頃には、水洗選炭機にかけられた石炭のせいで真っ黒な排水が流され、ぜんざい川と呼ばれていたそうだ。今はもうそれほど汚れてはいないが、夜の川はやはり真っ黒に見えた。

ぼんやり灯った街灯の下で、私は提げてきた古びたバッグを開けて中身を確かめた。律子に渡しても、まだ充分な金が残っていた。くしゃくしゃの封筒を開けるのは怖かった。封筒の分厚さは、私とユウとが犯した罪の重さを物語っていた。私は今や盗人《ぬすっと》で人殺しな

のだ。これからどんな人生が待っていようとも、これだけはもう消しようがない事実だった。

少しばかりの着替えの下に、『筑豊挽歌』の写真集が入っていた。これだけは持って行きたかった。写真集を持ち上げようとすると、ページの間に挟まっていた手帳が底に落ちた。父が大事に持っていた黒手帳だ。急いで荷作りした時に紛《まぎ》れ込んだらしい。

「こんなもん……」

こんな薄っぺらいものにすがって生きていた父が作りあげた家族は、今晩崩壊したのだ。私は黒手帳を遠賀川に向かって放り投げた。暗闇の向こうでかすかな水音がした。

その時だった。落ちたと思われる場所から、わあっと光が湧いた。驚いて一歩二歩と後ずさった私の目の前で、光は柱のように立ち昇った。それからゆっくりと丸まって一個の光の球になって川の上で揺らめいた。

「えすかばい……えすかばい……」確かに父の声がした。

「お父しゃん――」

父が人魂になって現れたのだと思った。私が殺した父が、成仏できずに――。足下に置いていたバッグを引っつかむと私は遠賀川沿いの堰堤を駆けだした。人魂は、川の上を細長い流線型になってどこまでも追いかけてきた。

「こらえて。お父しゃん！」

怖くて怖くて足を止めることができなかった。涙が風にちぎれて飛んだ。とうとう足がもつれて転んだ。もうどうなってもいいと思った。逃げても無駄だ。父は決して私を許さないのだ。倒れ込んで、開き直ったように仰向いた私の上で、人魂はひと時ぐるぐる円を描いて飛び回っていたけれど、ふいに小さく砕《くだ》けてそれぞれが別々の方向へ飛び去った。

汽車の中で再び一緒になったユウは、私があまりに青白い顔をしているのでぎょっとしたようだった。でも何も聞かなかった。私たちは固く座り心地の悪い座席で身を寄せ合っていた。

✝二〇一六年 春

特発性大腿骨頭壊死症の経過を、結月の付属病院で診てもらっている。整形外科の先生は、もうそろそろ思いきって手術をした方がいいでしょう、と言った。

「ここでは手術ができませんから、紹介状を書きましょう。どこの病院がいいですか? 静岡県内にしますか? それとも以前かかっていた東京の病院で?」

「まだ痛みは我慢できますけど」

「ええ」誠実そうな医師は顔を曇らせる。「でも、骨壊死が先に起こるんですよ。それから痛みを感じるまでには数か月から数年かかります。もうその時には圧潰《あっかい》が進行しているとみていいでしょう」

私の疼痛《とうつう》は、時々鎮痛消炎剤を処方されるまでになっている。

「骨頭の変形が進む前に手術を受ける方が治療効果は高まります。肝心なことは、時期を逸《いっ》しないことです」

私があまり気が進まない様子なのを見てとって、「今は股関節痛《こかんせつ》だけですが、そのうち腰痛や膝痛を生じるようになるでしょう。股関節だって、人工関節を入れなければならなくなるとやっかいですよ」と半ば脅すように言う。

手術を嫌がる高齢者は多い。私もその一人だと考えているのだろう。でもそうじゃない。私は自分の体をよくしようとか、快適な生活を送ろうとかいった意欲がない。ここの入居者が一番気にしている健康にも、彼らがよく口にする生きがいなどにも興味がない。もし体のどこかに不具合が生じたなら、それは自然に受け入れるべきものだと考えている。夫も多分自分のことには無頓着《むとんちゃく》だろう。でも、私に手術が必要だと知ればそれを勧めるに違いない。しばらくは医者の見解は黙っておこうと決めた。

杖をついて、ゆっくりと病院棟を出た。サロンに入って行く速水さんが見えた。数人の取り巻きに囲まれて、晴れやかに笑っている。彼女たちと入れ違いに、加賀さんが出て来た。私が廊下の向こうから来るのを、目ざとく見つける。

「ねえ、難波さん。お茶でも飲まない?」加賀さんが私を誘う。

「ええ」

施設内の力関係などに無関心な私は、柳《やなぎ》が風に吹かれるみたいに誘われるままだ。喫茶コーナーで加賀さんの向かいに座った。里見さんは心得たもので、加賀さんには玉露《ぎょくろ》を、私にはコーヒーを淹《い》れて持って来てくれる。里見さんと加賀さんが軽口を交わしている。どうして二人の気心が合うのかよくわからないが、私が気に入られている理由も定かではないので、黙ってコーヒーを啜りながら外の景色を眺めていた。

「私たち、同郷なのよ」

退屈そうにしていると思われたのか、加賀さんがふいにこちらに向いた。

「そう? どちら?」

「九州ですたい」里見さんがおどけて言う。

ソーサーに置きかけたカップがカチャンと鳴った。少しだけコーヒーがこぼれた。

「そうなの。熊本。火の国の女なのよね、私たち」

「あ、もしかして難波さんも九州だったりして」

「いいえ……」一瞬言葉に詰まる。「私は東京。下町の出なの」

「そうなんですか。東京出身の人ってうらやましかったけど、今は田舎《いなか》があってよかったなあって思います」

ひとしきり加賀さんと熊本の名産品の話で盛り上がった後、里見さんは離れていった。

「あの子、今度はお店なんか持つのやめて結婚したいなんて言うのよ。いったい何考えてるんだか」と言いつつ、加賀さんは楽しそうだ。「好きな人でもいるのかしらねえ。近頃の娘さんは何を基準に結婚相手を決めるのか、全くわからないわ」

私が話題に食いついてこないので、加賀さんも黙り込んだ。

「あなた、よくそんな濃いコーヒーを飲むわね。胃が悪くならない？」

ふと思いついたように加賀さんが私のカップを見下ろす。日に何度かブラックコーヒーを飲まずにいられない私に、何度も同じことを言う。

「いいえ、若い頃からこれだけはやめられないのよ」

私はそっとカップを手で包み込む。きっとカフェイン中毒なんだわ、と続けると、加賀さんは首を竦めた。

部屋に帰って海を見た。水平線の向こうに、熟《う》れ過ぎた果実のような太陽が浮かんでいた。滴《したた》り落ちた果汁さながらに、波の上に夕日を映して赤い斑《まだら》の道が伸びていた。その赤が血の色に思えて、私はそっと目を逸らした。海の表情はどれも好きだが、唯一この時間だけは心が揺れた。

＊

私の親友が自動車事故で死んだ日のことは、昨日のことのように憶えている。

私のそばには達也がいた。森の中から彼女が走り出てきた時、達也はすぐに気がついた。彼女が車を出そうとしていた加藤弁護士に駆け寄るのが見えた。なぜあんなに焦っているのか、私にはわからなかった。弁護士はドアを開いて彼女を助手席に乗せた。動きだした車を追って達也がぱっと走りだした。私は止めようと手を伸ばした。でもその手をすり抜けて達也は駆けた。駆けながら叫んだ。

「アコタン！」

私はすぐさま悟《さと》った。あの子は「ハコちゃん」と言ったのだ。初めて意味のある言葉をしゃべった。叫びながら車の後を追う達也の背中を、私はぼんやりと眺めた。突っ立った私の背後からユキオが飛び出してきた。彼も必死で車を追う。すぐに達也を追い抜いて、坂道に消えた。呆気にとられた私は一歩も動けずにいた。ただ、ベンツが駐まっていた場所に黒い染みがポツンとあるのをじっと凝視していた。

オイルの染みだ。不吉なその染みから目が離せなかった。そこから何かを読み取ろうとして、頭を目まぐるしく回転させた。でも全体像をつかむことを、私の脳は拒絶していた。ただ体は反射的に動いた。走りだして、達也をつかまえた。腕を振り回して抵抗する小さな子を無理矢理家に連れ込んだ。家の一番奥、彼らの居室に入って思い切り達也を抱きしめた。

「うぎゃぎゃぎゃ——っく！」

達也は涙や鼻水でくしゃくしゃになった顔で暴れた。でも離さなかった。

遠くでサイレンの音が聞こえた。何台も何台も、城山の麓めがけてやって来る。ガクガクと体が震えて仕方がなかった。それでも達也を押さえつけたまま、私は動かなかった。

やがて達也もくにゃりと力を抜いた。そして黙って涙だけを流した。

どれくらいの時間が経ったか。ユキオが戻ってきた音がした。汗まみれの私たちを見つけて、そのそばにぺたんと座った。それからしばらく黙ったままだった。

「何があったの？」

ようようユキオにそう声を掛けた。ユキオはぞっとするほど虚ろな目で私を見返した。

「ベンツが崖《がけ》から落ちた。ブレーキがきかずに」

それが何を意味するのか、私にはよくわかっていたはずだ。なのに問わずにはいられなかった。

「乗っていた二人は？　助かったんでしょう？」

ユキオはゆっくりと首を振った。途端に達也が喚き声を上げ、また私は押さえつけねばならなかった。

「二人とも？」

私の体の下で達也がしゃくり上げている。

「ベンツは地面に激突して火を噴いた。すっかり燃えてしまったんだ。骨組みしか残らなかった。逃げる暇がなかったんだ——二人とも」

私は耳を塞《ふさ》いだ。死んだ？　ハコが死んだ。私のこの世でたった一人の友だちが。

自失する私に、ユキオがすり寄ってきた。痛いほど、私の腕をつかむ。

「僕なんだ。僕が殺した。ベンツに細工をしたのは僕なんだ。加藤だけを殺すつもりで。ハコさんが一緒に乗って行くなんて思いもしなかった」

沈黙が部屋に満ちた。自分たちの業《ごう》の深さを思い知る。罪はいくらでも積み重なる。もう達也は泣いていなかった。私の腕の中から、私たち二人を見上げている。これ以上ないというほど醒めた冷たい目で。まるで嵌《は》め殺しの窓のような瞳だった。

一切の感情を遮断《しゃだん》した目に射すくめられ、私は達也を突き放した。怖かった。もしかしたら、この子は先生を殺したのもユキオだと思っているのではないか。それが誤解だと語る術を私は持たない。先生とハコと。達也の大事なものを私たちは奪ったのだ。

怒濤《どとう》のようにやってきたその後のことを思い出すと、頭が痺《しび》れたようになる。

まず、そうだ。玄関の呼び鈴が鳴ったのだ。警察官だった。現場に立ち会って、加藤弁護士の車だと証言したユキオにもう一度事情を聴きに来たのだった。

「乗っていたのは加藤弁護士と秘書の女性だと思われるのですが、何せあの燃え方でしょう。遺体も損傷が激しいのです」

玄関でのやり取りが漏れ聞こえてくる。きっとあの時、警察が勘違いをしなかったら、ユキオも私もこの方法を思いつかなかっただろう。卑怯《ひきょう》で無情で身勝手なやり方を。再び私たちは阿修羅になる道を選んだのだ。いや、ずっとあのまま変わらなかったのだ。私たちの本質は、人ではない。人の姿をした鬼畜《きちく》だった。

ずっとずっと私は、ユキオがうらやましかった。新しい戸籍を手に入れ、全くの他人になってしまったユキオが。

私も誰か違う人になりたい、別の人生を手に入れたいとは何度も彼に言っていた。整形手術を受けて顔を変えてもみた。だけど、こんなことを狙っていたわけじゃない。誓って私はハコを陥《おとしい》れたりしていない。私たちは純粋な友情で結ばれていたのだ。私たちはお互いを信じ合い（それぞれに抱えた事情があるとは知りながら）、孤独だった心をおずおずとだが開いて通じ合っていた。しまいには、かけがえのない存在にまでなった。ハコがいてくれることで、私がどれだけ救われたか、人間らしい気持ちを取り戻せたか、おそらく本人も知らないだろう。

そのことはユキオもよく理解していたはずだ。でももう彼女の死が動かしがたい事実となった時、ユキオは即断した。

「ハコさんはもうどんなことをしても生き返らない。希美や僕にとっても、達也にとっても惨い出来事だ。すべての罪は僕が被る。だから——だから彼女にもう一回だけ助けてもらおう」

あの日、ユキオは加藤を殺そうとした。それにハコは巻き込まれてしまった。ユキオのせいじゃないよ、と私は言った。十七歳で最初の人殺しを頼んだのも私だった。ユキオが加藤を殺す決心をしたのも私のせいだ。だから、ハコは私が殺したのも同然だ。

私たちは口をつぐんだ。捜査員の勘違いを正さなかった。私はそのまま、難波家に留まった。胃が痛くなるような二日間、外部との交流を断ってじっと息を潜めていたのだ。

もう一つの偶然が私たちの企みに加担した。炭化するほど焼け焦げた遺体の身元確認に、歯型が用いられた。石川希美の保険証から、最近かかった歯科医がわかった。ハコが私の振りをして行った上野の職安の近くの歯科医だ。あの頃はまだＤＮＡ鑑定は一般的ではなく、前年に起こった日航機墜落での身元確認も主に歯型が頼りだった。そこに残されたカルテとの照合により、助手席の遺体は、石川希美だと断定された。

石川希美として柩《ひつぎ》に入って戻ってきた遺体を、斎場で経をあげてもらい、荼毘《だび》に付した。ユキオと私だけが立ち会った。

その日、石川希美は死に、私は香川葉子として生きることになった。

＊

夜になって辺りが真っ暗になると、私は少しだけ窓を開ける。波の音が聞こえる。見えない海からの音。単調で豊かな太古からの繰り返しだ。その音を聞くと落ち着く。達也が、私が買ってあげた土鈴の音に耳を澄ましていたように。

私がハコになりすました後、達也は児童養護施設に預けた。そのまま、どこかの家の養子になったと聞いた。

怖かった。あの子は言葉を取り戻しかけていた。ユキオと私の犯した罪を、そのうち大きな声で断罪するのではないか。そう思えた。だから、手放すしかなかった。

ハコには達也以外身寄りがなかった。誰も事故で死んだのが実は難波家の家政婦ではないかと不審を抱いたりしなかった。近所にも親しい人はいなかった。だが、たった一人だけ、ハコと私の入れ替わりを看破れる人物がいた。

庭師で植木職人の間島さんだ。頻繁に難波家に出入りしていた彼は、すぐにこのからくりに気がついた。私は具合が悪いという口実で、間島さんの前に出ないように気をつけてはいたが、いつまでもごまかせるはずもない。家の中にいるのが、実は加藤弁護士の秘書だった石川希美で、おそらくは事故死したのがハコだと悟っただろう。

しかし彼はそれを暴露しなかった。一度、難波家に来た間島さんとまともに鉢合わせしたことがある。彼はじっと私を見詰めた挙句、ふっと目を逸らした。気づかれた、と思った。なぜ間島さんがそのことを自分の胸の中だけに納めたのか、全くわからなかった。石川希美が死んだことに対して、加藤弁護士事務所は冷淡だった。私が加藤の愛人だったことは、事務所の中では暗黙の了解だったから。弁護士の車に同乗していて一緒に事故で死ぬことは、当然といえば当然の成り行きだった。主を失った事務所はやがて閉鎖され、雇用されていた人々も散り散りになった。大きな寺の納骨堂に納められた石川希美の骨に、花を手向《たむ》けに来る事務所関係者は誰一人なかった。

そのうち、ユキオは深大寺を離れることを決意した。難波先生が愛したあの屋敷を壊すことは忍びなかったに違いないが、私たちの犯罪を完璧に隠ぺいするにはそうするのが一番だった。彼が買った高層マンションの一室に、私も移り住んだ。もう離れられないと思った。今までのようにつかず離れず知らん顔して暮らすことはできなかった。ここまで恐ろしい秘密を共有してしまっては、それぞれが新しい知り合いを作り、生活を立て直すなんてことはできなかった。私とユキオとは籍を入れて夫婦になった。

私は以前にも増して、不安と恐怖と罪の意識とに苛《さいな》まれた。夜うなされると、ユキオが抱きしめて慰《なぐさ》めてくれた。そうして辛い夜を乗り切るのだ。離れていた時にも、そんな時には、ユキオが駆けつけてきてくれた。私たちは冷たい抱擁《ほうよう》を交わし、ただくっついて夜明けを迎える。どんなに密着しても、お互いの冷たさを伝えあうだけだったけれど。ユキオは私の兄弟以上の幼馴染《おさななじ》みであり、冷酷無比な共犯者。そして私の醜い半身だ。もう決して離れられない。

クッキー缶の中身を全部取り出して、一番底にあるものを引っ張り出した。長いこと手にすることのなかった写真集。薄くて古い。タイトルは『筑豊挽歌』。昭和三十九年刊行となっている。

真ん中辺りのページを開く。そこにある白黒写真に見入る。男女の中学生が並んで写っている。学校の帰りに撮られた一枚だ。黒い学生服に身を包んだ男子中学生はズボンのポケットに両手を入れ、やや上目づかいにカメラを見ている。無愛想だが、照れも垣間見える。写真を撮られることに馴れていない田舎の中学生という印象。男女の中学生に対して女子中学生の方は、天真爛漫《てんしんらんまん》な笑顔だ。男子中学生が被っていた学生帽を取り上げて、自分の頭に載せている。痩せた体に制服の寸法が合っていない。スカートの丈も長すぎる。この子の身の周りを気遣ってくれる人がいないことが知れる。なのに、馬鹿みたいに満面の笑みを浮かべているのだ。突き出した右の頰骨の上にほくろが一つ。

これがユキオと私だ。

あんなに酷い地獄にいたのに、一瞬を切り取ると、こんなにあっけらかんと写るものなのか。あそこから這い出せるなら、何をしたっていいと思っていた。それなのに、カメラを向けられると無邪気にポーズをとる。アンバランスで支離滅裂《しりめつれつ》で、一途だった頃。

ここに写っている中村勇次と石川希美は、長い間他人に擬態《ぎたい》して生きてきた。身元が知れないように慎重にお互いを「ユキオ」「葉子」と呼び合い、生まれた土地が知れないように、きれいで癖のない標準語をしゃべって。

ひところは、いつ化けの皮が剝がされるかと気が気でなかったが、今はもうそういうこともない。ユキオと私は平明な心で待っているのだ。

私たちが力ずくで曲げ、こねくり回し、塗り固めて作りあげたからくり仕掛けのバネが撥《は》ね飛んで、虚構の王国が崩壊する瞬間を。

とりわけユキオは、人生のおしまいに帳尻がぴったりと合って、厳《おごそ》かに冷酷に断罪されることを渇望《かつぼう》している。彼の祖母が予言した通りに――。

第三章　伊豆溟海《いずめいかい》

ブローチに刻《きざ》まれた花の名前を思い出した。ムサシノキスゲだ。かつては武蔵野一帯で見られた黄橙《きだいだい》色の花だ。四月から五月に咲くというこの花の実物を私は見たことがない。きっと佳世子奥様が小さい頃には深大寺でも見られたのだろうが、今は府中《ふちゅう》市の浅間山《せんげんやま》公園にのみ自生しているらしい。丁寧に彫られた六枚の花弁をそっと指先で撫でてみた。このブローチを着けたハコは、達也の手を引いてかしの木園の入園式に臨《のぞ》んだのだった。

ハコと出会ったのは、上野の職業安定所だ。ハローワークがまだ職安と呼ばれていた頃だった。石川と香川という私たちの名字から、職員が二人を取り違えたことがきっかけで口をきくようになった。でもそんな偶然はどこででも起こり得ることだ。なぜハコに興味を持ち、彼女を難波家の家政婦に紹介したりしたのか、今まで何度も自問してみた。もしあの時、ただの顔見知り程度で別れていれば、ハコは死なずにすんだのだ。

長い間、私はユウ以外に親しく交わる人を持たなかった。別にそれでよかった。いや、誰とも深く関わらないように細心の注意を払って生きていたのだ。

なぜそれを貫かなかったのか。そんな境遇が寂しかったのか。心を許せる友が欲しかったのか。見るからにみすぼらしく、心細げなハコに同情したのか。それとも彼女が連れていた達也に、昭夫や正夫の面影を見出したのか。いや、そのどれも違う。

今ならわかる。私はハコに自分を重ねてみたのだ。私が筑豊で、本当に助けが欲しかった時、誰も手を差し伸べてはくれなかった。だから私とユウは、自力であの地獄から抜け出すしかなかった。思いつく限りの恐ろしいやり方で。私は〝もう一つの世界〟へ行きたかったのだ。

ハコは、あの時の私に似ていた。誰かがそっと力を貸しさえすれば、きっとうまくやってゆけるはずだった。私は過去の自分を助けるつもりになった。ハコはもうこちらの世界の住人なのだから、それは簡単なことのように思えた。なんらかの事情を抱えているらしいのはすぐに見てとれた。まずは仕事がなく、生活が困窮《こんきゅう》していた。甥《おい》である達也の養育のこともある。あの子は口をきかないし、誰にも心を開かなかった。

それだけではなく、びくびくした態度や国民健康保険にも加入していないところから、暴力夫か借金取りから身を隠しているところだろうと見当がついた。でもそれを本人が黙っている以上、私は知らん顔をするしかない。そんなことは些細《ささい》なことだ。私が通り抜けて来た道を思えば、ハコが陥《おちい》った苦境なんてどうってことはない。

ああやって特定の人間と交流することは危険なことだったのかもしれない。罪を犯《おか》し、故郷を捨てた私たちは、ひっそりと息を殺して生きていくべきだった。ふと知り合ったハコに深入りするきっかけは、彼女が同い年で、生まれた日も同じだと知ったせいだ。自分自身の過去はもう書き換えることはできないけれど、今目の前に現れた自分の分身は救えるかもしれない。そんな淡い幻想にとらわれたのだ。

ハコを幸せにしてやりたかった。ただそれだけだったのに――。

現実は全く逆になった。ハコは命を落とし、私はまた逃げた。

＊

十七歳のユウと私は、筑豊を後にして東京へ出た。大勢の人にまぎれていた方が安心できた。都会の雑踏に身を潜《ひそ》めていると、人とのつながりは薄れ、同時に自分自身の存在も影のように希薄になる気がした。誰の目からも隠れていたかった。

世の中は高度経済成長期の真っただ中だった。あの悲惨な筑豊の廃鉱部落が存在する一方で、日本という国がこんなに発展を遂《と》げていることが信じられなかった。東京駅に降り立った日、私とユウとは、その日どうするかも考えず、大きな電器店の前で長い間立ってカラーテレビを見ていた。画面の中では、その年来日したビートルズの映像が繰り返し流れていた。もちろん、ビートルズなんて知らない。私は、食肉加工場の女子社員が聴いていたグループサウンズというのは、この人たちなのだろうかとぼんやり考えていた。竹丈から奪った金でなんとか古いアパートの一室を借りることができた私たちは、明日というものを考えなければならなかった。逃げることに精一杯で、その先まで気が回らなかったのだ。

幸いなことに東京は人手不足で、働く先には困らなかった。ユウは初め高速道路の建設現場で日雇い労働をしていたが、すぐに自動車修理工場に働き口を見つけた。筑豊での経験が生かせる職場だった。私はレストランに皿洗いで雇われて、そのうちホール係に変わった。東京でよかったことは、誰も私たちのことを、潰《つぶ》れ小ヤマの炭住の子と蔑《さげす》まないことだった。毎日毎日わき目もふらずに働いて、夜は泥のように眠る。何も考えずに、ただ機械のように同じ日を繰り返した。

一つ変化があるとしたら、私たちは体を重ね合わせることをしなかったことだ。ユウが父を殺してくれた晩、ボタ山の麓で初めて一つにつながった。二人の人間を殺したユウの激情と、私の狂おしさとが招いた交情だったと思う。東京に出て来て、二人で暮らし始めて、もしユウが私を求めるなら、それを拒《こば》む気はなかった。でもユウはそうしなかった。いや、できなかった。時に肌を合わせても、彼は最後までやり遂げることができなかった。それをどういうふうにとらえたらいいのか、私もわからなかった。

幼い男女の性ゆえか、ユウが共犯者の私に対してもう欲情しなくなったのか、別の相手とならうまくいくのか、困惑《こんわく》はしたけれど、ユウに問うことはなかった。彼もうまく説明する言葉を持たなかった。

ユウは竹丈殺しをヌケガラに暴かれてからすっかり投げやりになってしまった。警察に自首しようとしたのに、それを私は無理矢理逃避行に連れ出した。あれが彼を変えたのだと思う。ユウはもう貪欲に稼ごうとも、生活を充実させようとも、あるいは家族を持とうとも思わなくなっていた。ただ私が生きているからそのそばにいようと決意したみたいに見えた。

きっぱりと別れてしまった方がユウのためになるのではないかと、何度も思った。でも怖かった。一人で重い罪を背負って生きていくのが。何もかもわかってくれているユウがそばにいてくれることを私は望んだ。もしかしたら私の一番の罪は、そうやってユウをつなぎ止めておいたことかもしれない。

いつまた父の人魂《ひとだま》が現れて、私に迫って来るかと怯《おび》えた。夜中にあの時の夢を見てうなされた。苦痛の呻《うめ》き声を上げる私を、ユウはそっと後ろから抱きしめてくれた。それ以上のことはできなかったし、私もそれ以上のことは望まなかった。私たちは、罪深い半身を共有するシャム双生児《そうせいじ》だった。冷たい魚のような体を押し付け合い、傷口を舐《な》め合って、男女の区別もなく、ただ慰め合う胞《はらから》になった。

ユウが私だけではなく、誰に対しても男性機能を失っていると気付くのは、ずっと後になってからだったけれど。彼もそうやって自分を罰していたのかもしれない。

東京で初めてコーヒーという飲み物を飲んだ。クリームや砂糖を入れるということも知らなかった私は、あまりの苦さに顔をしかめた。でももう一口飲んだ時、これは私に合った飲み物だと思った。父を殺したのは、ユウではなく、実の娘である私なのだ。それを心に刻みつけておくために、これ以降、和《なご》んだり幸せを望んだりしないよう、自分を諫《いさ》めるための飲み物。ろくな食べ物も口にしないで、ブラックコーヒーの味に馴染んだ。二か月ほどで田舎出の娘は、しっかりカフェイン中毒になってしまった。

私は自分を変えることに取り憑かれた。筑豊弁を直すのは苦労したが、ユウと二人、標準語を会得するのに心を砕《くだ》いた。これは重要な作業だ。私たちは決して出身地を知られてはならなかったから。

「私をノンって呼ばないで、ユウ」ぎこちない標準語で私は言った。「ずっと前から希美っていう名前は嫌いだった」

私は「のぞみ」ではなくて「きみ」というふうに名前の読みを変えた。

私たちは、東京での生活に慣れるとともに、本来の自分を少しずつ脱ぎ捨てていった。筑豊を懐かしいとは思わなかったが、律子と昭夫、正夫がどうしているだろうとは時折思った。でも連絡を取ることは憚《はばか》られた。彼らと接触することはできない。

あの晩、律子と抱擁《ほうよう》して別れた時、もう決して会うまいと決めたのだ。どこから糸をたぐられて、ヌケガラに見つけられるかもしれない。あいつはユウと私の犯した所業を知っている。その証拠も握っている。一度逃げた者は、いつまでも逃げ続ける宿運を背負っているのだ。

しっかり者の律子のことだ。きっと私の意を汲んで、うまく生き抜いていると信じるしかなかった。

＊

庭園を見下ろすベランダには、小さなテーブルと椅子が置いてある。日陰になる時間が長いので、そこにいることも多い。以前もらった毛糸で花のモチーフを作り続けている。初めは島森さんの赤ちゃんにおくるみを作ってあげようと思ったのだが、いつの間にかおくるみにくるまれる時期を過ぎてしまった。それに今時のお母さんは、赤ん坊をおくるみなんかで連れ歩かないのだろう。

それでも田元さんが、指の運動はいいことだからと励ましてくれるので、惰性《だせい》で編み続けている。色とりどりの花のモチーフは、何に使うということもなく溜まっていった。それを籐《とう》のカゴにいれたまま、ベランダに置いておいたら、森から飛んで来たカラスにいたずらされた。

カゴから毛糸の花が床にこぼれただけだと初めは思っていた。風のせいだろうと。でもそうじゃなかった。カラスの仕業《しわざ》だった。ある日、ベランダでゆび編みをしたまま、部屋の中に入ると、外で何かの気配がした。そっと覗《のぞ》くと一羽のカラスが来ているのだった。濡れたような黒い艶《つや》のある羽を畳《たた》んで、しばらくベランダの手すりにとまっていたのが、ついとテーブルの上に跳び移り、嘴《くちばし》で毛糸のモチーフをつまむと、さっと飛び去っていく。観察していると、何度も同じことを繰り返していた。

カラスの習性を思い起こした。武蔵野でクロがまだ拾われる前に、難波先生と達也は、裏の森でカラスの巣を見つけていた。崖《がけ》の下に立つコナラの木に掛けた巣で、中がよく観察できるのだと喜んで二人は森に足繁く通っていた。カラスの夫婦が産卵したと聞いて、私とハコも一度、先生について見に行ったことがある。巣を見て仰天《ぎょうてん》した。カラスの巣は針金ハンガーの寄せ集めでできていたからだ。ご丁寧に黄色いグラスウールが敷き詰めてあって、その中に青白い卵が四個並んでいた。

先生は、カラスの巣材には人工物も結構あると教えてくれた。棕櫚《しゅろ》縄や針金ハンガーや農業用シートの切れはし、ビニール紐《ひも》、テフロンテープなどを失敬してくるらしい。頭のいいカラスは、自然の物を苦労して集めるより、人間が捨てた物の方が手に入り易《やす》いと学んだようだ。

それから先生はこうも言っていた。カラスは個性というか、こだわりのようなものがあって、たいてい同じ素材だけで巣を作りあげるのだと。彼らは細かくえり好みをし、針金ハンガーなら針金ハンガーだけの巣ができあがる。巣を観察していたおかげで、先生たちは巣から転落したクロを早目に発見して保護することができたのだろう。

毛糸の花を盗んでいくカラスも、巣材にこれを使おうと思ったに違いない。きっと結月の周辺にある森のどこかに巣があるのだ。よく観察していると、やって来るカラスは二羽いると気づいた。おそらくは夫婦なのだろう。私は勝手にオスとメスとを判別した。毛糸の花をベランダに放置していると、彼らは容易に手に入る巣材を求めて、何度も飛来した。私は部屋の中で気配を消して座り、一羽ずつやって来るカラスの夫婦を観察した。彼らは一度手すりに止まり、誰もいないことを確認する。部屋の中に人影が動くのを認めると、警戒して身を乗り出し、暗い部屋の中を覗き込むような仕草をする。それからおもむろに、テーブルの上にちょんと跳び移り、花に満たされたカゴの中に首を伸ばす。どういうわけか、オスのカラスは黄色やオレンジを好み、メスの方は水色やピンクの淡い色を好んだ。

高い木の上の緑の葉の奥に掛けられた巣が、明るい色の花のモチーフで満たされる様子を想像した。その中に、青白い卵が転がっている様を。カゴを片づけてもカラスは未練がましくやって来ては、庭木の枝や電信柱のてっぺんから、こちらを窺っている。よっぽどこれが気に入っているのだろう。

そういえば——ハコが亡くなった後、彼女の部屋には編み溜めた花のモチーフがたくさんあった。親子教室のバザーに出すモチーフを、私も手伝ってこしらえた。そのせいで、今でも同じ物を編むことができるのだ。でもバザー用に編んだ物は、親子教室に届けたと言っていたはずだ。ハコがその後も続けてゆび編みをしていたなんて、知らなかった。モチーフは落ち着いた色調でまとめられ、つなげて広い布状にしてあった。未完成のそれを見ながら、私の親友は何を作ろうとしていたのだろうかと考えた。考えるのは辛かった。中途で断ち切られたハコの人生の、無念さや悲しさを突きつけられている気がした。ひたむきに生きていた私の分身。幸せにしてあげたいなどと、なんて驕《おご》り高ぶった考えだったのか。毛糸に顔を埋めて泣いた。その時にはもう達也はいなかった。

最期の日、ハコが加藤弁護士の車に乗せられて去っていく時、達也は「アコタン！」と叫んだ。

ハコが自分のことを「ハコちゃん」と呼ばせたがっていたのは知っていた。最後の最後に叫んだ達也の言葉を、私の親友は聞いただろうか。達也がしゃべらなかったのは、精神的なショックのせいだった。ハコが死んだことによって、また新たな何かが彼の中を変えたのか。以降、達也は順々に言葉を取り戻していった。

達也は賢い子だった。すべてを見抜いていた。言葉を操《あやつ》らない間も、自分の周囲で起きたことを観察し、物事と物事をつなげ、考察を加え、一定の真理を見出していた。そこから的確な予測を導き出すことすらしていた。多分、加藤氏のベンツにハコが乗った瞬間に、何が起こるか彼にはわかったのだろう。だからこそ、車の後を追ったのだ。ベンツが走り去った後、地面に残った不吉なオイル漏れの跡。私でさえ、恐ろしい予感に震《ふる》え上がったのだから。

達也を養子に出すことを、ユキオは反対した。彼はあの子の父親になろうとしていた。ハコは死んだけれど、いや、だからこそ、達也を引き取って自分のそばで育てようと言った。それに強固に反対したのも私だ。達也をそばに置けば、いつか私たちが加藤やハコを殺した張本人だと訴えるに違いない。達也は時折、私とユキオを冷え冷えと冴《さ》え渡ったガラスのような目で見た。仮借《かしやく》なく責められている気がした。達也は決して私たちを許さない。身が竦《すく》む思いだった。あの子の成長を見届けるなんて、とてもできなかった。

私たちは誰も彼も踏みつけにして、自身を守ってきたのだ。律子や弟たちと同じように、達也も養親の許で幸せになっていると祈るしかない。

＊

東京に来た私たち二人が、食べる物や着る物を我慢してでもこだわったことがあった。それは勉強を続けることだ。都会では、誰でも望めば勉学の機会が与えられる。東京の住民には当たり前のことが、信じられない僥倖《ぎょうこう》に思えた。無学で無知であることがどれほど人格を損ない、生きる意欲を殺《そ》ぐことになるか、私たちは嫌というほど知っていた。

ユウは、働きながらまた定時制高校の授業を受けて高校を卒業した。私も何度か挫折《ざせつ》した挙句、通信制高校を卒業した。ユウはそれだけに留まらず、整備士の学校にも通って資格を取った。彼の働きぶりを気に入った自動車修理工場の社長さんが、夜間大学にも行かせてくれた。それは、ユウを自分の娘と結婚させて後を継がせようという考えからだった。

その意図を知ったユウは、迷うことなく修理工場を辞めて、社長をいたく怒らせた。ユウは、自分は誰とも結婚できない、女性と睦むことができないと私に言った。彼が性的不能者であるとはっきり知ったのは、その時だった。修理工場の社長は、ユウが私と住んでいることを知り、不快感を露《あら》わにした。ユウが女性と住んでいると知っていれば、娘との結婚を画策したりはしなかったと。図《はか》らずもユウは、女にだらしないというレッテルを貼られたわけだ。ひどい皮肉だ。彼は女を抱くことができないのだから。

その出来事をきっかけに私はユウと暮らすのをやめた。その頃には、私も都内の結婚式場に正社員として勤めていた。竹丈から奪った金が底をついても、自分の稼ぎで生活できるようになっていた。初めは結婚式場のホールスタッフだったが、しだいに責任ある仕事をまかされるようになっていった。怠惰《たいだ》な同僚たちが嫌がる仕事も引き受けたから、人の二倍は働いた。その頃は、一日に何組ものカップルが式場で結婚式を挙げていた。分刻みで行われる式と披露宴とを滞《とどこお》りなく取り仕切らなければならなかった。現場のチーフにまで指名され、忙しい毎日だった。働きながら、私は放送大学の講座を履修した。好きなことが勉強できるなんて夢のようだった。休みたいとも遊びたいとも思わなかった。

町工場然とした自動車修理工場を辞めたユウは、自動車の解体屋に雇われた。廃車にされた車を引き取ってきては解体し、屑《くず》鉄にして売る商売だった。筑豊にいた時、屑鉄拾いをしていたことを思い出した。きっとユウも同じことを思い出しただろうが、いつの間にか二人の間で筑豊でのことは口にしなくなっていた。

そのうち彼は同種のもっと大きな会社に移った。そこでは、車の部品を取り出して、東南アジアやアフリカへ輸出する仕事に携《たずさ》わることになった。日本製の車は丈夫なので、中古でもそういった国々では重宝されているのだった。修理のための部品も必要になる。夜間大学では経営学を学んでいたし、もともと優秀なユウは、すぐに英語も現地の言葉も覚えたうえ、整備工としての腕も持っているので会社では重要なスタッフとなった。海外出張も何度もしていた。

私たちは過去から逃げおおせたのだろうか？　答えは否《いな》だ。

私たちの生活が安定し、少しずつ豊かになるにつれて、怯えは強くなった。幸せだとは一度も思えなかった。遠い過去に追いやろうとしている私とユウの「父親殺し」という業は、黒く暗鬱《あんうつ》な重しとなって被《かぶ》さってきていた。それは月日が経つに従い、軽くなるどころか、重量を増した。

やがて押し潰される日が来るなら、早く来て欲しい。いつしか破滅が唯一《ゆいいつ》の救いのような気がし始めていた。

どこまで行っても安住の地はなかった。ユウは、自分たちで会社を起こさないかという同僚からの誘いを断って、会社にこき使われる生活に甘んじていた。私は何人かの男性と付き合った。そういうことも流されるままだったので、時には不倫関係に陥ることもあった。でも真剣にプロポーズされると、即座に断った。詳しく報告することもなかったが、ユウにはたいていのことはわかっていたと思う。私を自堕落《じだらく》だと責めることも、身を固めるべきだと勧めることもなく、ましてや嫉妬《しっと》するということもなくただ傍観《ぼうかん》していた。

私たちは決定的に別離を選ぶことなく、緩《ゆる》くつながって都会を浮遊していた。

破滅は突然やってきた。

私は時折ユウの部屋を訪ねていた。唐突にやってくる不安症候群は、ユウの顔を見ることで霧散《むさん》させるしかない。彼の目の横にある傷は年月が経つにつれ、奇妙にねじれ、盛り上がってきた。絶対に消えることはない。あの醜《みにく》い紋章を目にして、決して幸せなんかを求めてはならないと自分に言い聞かせる。濃いブラックコーヒーと、彼の傷がもたらす苦さに身をさらしていることが私の習慣になった。

ある日、ユウのマンションの外階段を二人で下りていた時、下から上がってくる人物と出くわした。

「やあ、やっと見つけた」

相手は軽い調子でそう言った。私たちはその場で凍りついた。決して忘れることのできない男がそこに立っていた。ヌケガラだった。筑豊を後にして十年以上が経っていた。彼は弁護士になっていた。あれから大学の法学部に入り直して司法試験に合格し、三十半ばも過ぎたその時点では大きな法律事務所に雇われて働いていた。ヌケガラの本名を初めて知った。彼から渡された名刺を、私は茫然《ぼうぜん》と見詰めた。誘われた近くの喫茶店で向かい合って座っていた。彼の名前は加藤義彦といった。

体中の力が抜けていくのを覚えた。もう終わりだと思った。

「君らが一緒にいるだろうとは思ったよ」

ヌケガラは言った。筑豊にいた時とは全く別人に見えた。上等のスーツに身を包み、いかにも有能な弁護士という風情《ふぜい》だった。もうヌケガラではなかった。

「別に君たちを断罪しようなんて思っていないから安心しなさい」落ち着いたもの言いも身に着けていた。「捜そうと思えばいつでも捜し出せたんだから」

弁護士の権限を使えば戸籍や住民票をたどるのはわけないことなのだ。私たちは、全く別々の土地に本籍を移し、その上で住所も転々と変えていた。が、そんなことは何の障害にもならなかったろう。ユウはパスポートを取得するということもしていたのだから。

「さて、そこで相談なんだが――」

加藤はテーブル越しに微笑《ほほえ》んだ。弁護士が浮かべる職業上の笑みとは違っていた。ボタ山の上から吹き下ろす風を感じた。蔑まれ続けた因業《いんごう》の深い土地の匂い――。ヌケガラに対して持ったあの感覚が甦《よみがえ》る。

薄皮に丁寧に包まれた邪《よこしま》なものとねじれたものへの嫌悪。私は観念して目を閉じた。

「君を――」ユウの方を向いて加藤は言った。「ある人物に仕立て上げたいと思うんだが、どうだね？」

ユウは一言も言葉を発しない。ただ強い視線をはずすことなく、弁護士と向き合っていた。何を企んでいるのだろう、この男は。今度はどんな面白いことを思いついたというのだろう。弁護士という知的職業に就いたとしても、私は全く彼を信じられなかった。人間の本質なんてそうそう変わるものではない。そんな私の思惑なんてお構いなしに加藤は言葉を継いだ。

「君にとってもいい話だと思うよ。ある大きな会社を経営する、裕福なうちの息子になってくれればいいんだ」

どうだ？　というふうに加藤は片眉《まゆ》を上げた。ユウはやはり何も言わなかった。加藤はそんな態度は想定済みだとでもいうように、淡々《たんたん》と説明を始めた。

深大寺にある旧家で、当主夫婦が後継ぎを捜している。夫人と先夫との間にできた子で、離婚とともに離れ離れになって久しいのだという。夫人の父親である先代社長が亡くなってしまい、会社の経営もまかせようと思っている。息子の捜索を加藤は託されたのだ。

「本人を捜せばいいじゃない」

たまらなくなって私は横から口を挟《はさ》んだ。加藤は気味悪くにやりと笑った。

「いいね。すっかり都会人だ。誰だって東京に出てくれば必死で方言を直そうとするものだ」

彼のペースに巻き込まれていると感じた。油断してはならない。こいつはこうやって人の懐《ふところ》に潜《もぐ》り込む。かつて滝本さんにも竹丈にもそうだったように、おそらくは今の雇い主にも、依頼人にも。

「もちろん捜したさ」ユウに視線を戻して彼は続けた。「だが死んでいた。シンナー中毒になって頭がいかれて、収容された先で、自分の名前も言えずに――」

沈黙が下りた。静かな喫茶店の隅、誰も私たちに気を配る様子はない。カウンターの向こうで貧相なマスターが小さく欠伸《あくび》をした。私の前のコーヒーは手をつけられることなく冷えていった。加藤はひと口コーヒーを啜《すす》った。彼の左手の指に結婚指輪がはまっているのを、何の感慨もなく私は見詰めた。

「でもこのまま引き下がるのは惜しいのさ。だってそうだろ？　夫婦は人を疑うなんてことをしないんだ。長い間、引き離されて暮らしていた息子だ。偽者だって誰もわかりゃしない。産んだ本人でさえ」

あまりに人を馬鹿《ばか》にしている。それに稚拙《ちせつ》な計画だ。

「滅茶苦茶《めちゃくちゃ》だわ。そんなことが成功するわけない」

黙り込んだユウが歯がゆく、彼の代弁をするつもりで私は言い返した。加藤はカップを置くと、幾分身を乗り出した。囁《ささや》くように言う。

「二十年以上別れていた母親が覚えていた息子の身体的特徴というのが――」いかにも楽しいことを口にするようだった。「右目の横に切り傷があるってことなんだ。刃物でつけられた傷が」

ああ――と私は思った。これなんだ。これが私が長年待っていた天罰なんだ。この男にいいように操られ、弄《もてあそ》ばれ、自由を失うことが。怖気《おぞけ》を振るうと同時に、どこか納得した自分がいるのもわかった。罪深い私たちは、落ち着くべきところに落ち着くのだ。

「断る」初めてユウが口をきいた。私ははっとして彼の横顔を眺めた。「お前なんかに与《くみ》する気はない。もう僕たちにかまうな」

それだけ言うと、ユウは腰を上げかけた。

「まあ、そう焦《あせ》るな」加藤は顔色のひとつも変えない。「お前が――」ややぞんざいなもの言いをした。「お前が埋めた死体のことだが――」

私はちらりとカウンターの中を見やった。マスターは流しでカップを洗っているようだった。さっきまで入り口付近にいた二人連れの客の姿はなかった。ユウはまた椅子に腰を下ろさざるを得なかった。

「あのボタ山がどうなったか知っているか?」

私もユウも力なく首を振るしかなかった。ユウの拒絶で一度戻りかけた力が急速に失われていく。

加藤の説明によると、近年、野ざらしのボタ山は次々に崩《くず》されて道路工事の資材になっているという。顔から血が引く思いだった。ユウの横顔を見る勇気もなかった。ユウが竹丈の死体を埋めたボタ山が切り崩されたら――白骨死体の身元が知れる。誰だって十一年前の殺人事件と結びつけるに違いない。あの時犯人と目された男が死んでいたとわかったら――？　ヌケガラは、匕首《あいくち》も一緒に埋まっていたと言わなかったか？　ユウの指紋がついた匕首が。十年以上経ってもそれは検出されるものなのだろうか。それともヌケガラが掘り出して、しまっておいたのだろうか。私たちを縛り付ける道具として。同時期、不可解な失踪をした事件当事者に近しい二人がいたことはすぐに調べ上げられるに違いない。

「心配しなくていい」色を失って惑《まど》う私たちは、もう加藤の手中にあった。「あの山に手をつけられる前に、ブツは掘り出してきちんと処理した」

そういうことを請《う》け負う輩《やから》がいるのだと軽い調子で彼は言った。後になって、加藤は裏の組織とも深いつながりがあると知った。法の番人である弁護士が非合法な集団と関わり合いがあるなんてどういうことなのかわからなかった。そう思った私はまだ何も知らなかったのだ。

私たちは加藤の言いなりになるしかなかった。一度は自首しようとしたユウなのだから、加藤の馬鹿げた申し出を蹴って、何もかも白日の下にさらされたってよかったのだ。そうしなかったのは、やはり私のためだろう。

加藤に会った日から、私はすっかり生きる気力を失った。せっかく築きあげたささやかな生活も放り出した。仕事を辞めて誰とも会わなくなった。竹丈の死体をどうしたのか、どこかに隠してあるのか、それとも絶対に見つからない方法で処理したのか、そういうことも知りたいとも思わなかった。とにかく、自分たちが悪徳弁護士に首根っこを押さえられたことだけはわかった。

加藤は容赦がなかった。木偶《でく》の坊のようになった私たちは、もう彼の思いのままだ。ただ一つ、ユウとだけは離れないでいたいと強く願った。こんな情けない状態になった私を、ユウも放っておけなかったのだと思う。私はまたユウの足枷《あしかせ》になってしまった。

加藤は、ユウにレクチャーを始めた。難波家とナンバテックの詳細をしつこく頭に叩き込んだのだ。難波家の現当主、難波寛和氏は、妻の実家である難波家に養子に入ったのだが、二人の間には子供ができなかった。佳世子という名の奥様は再婚で、前夫との間にできた一人息子を引き取りたいと考えている。依頼された加藤が探偵社を使い、八方手を尽《つ》くして捜した結果、群馬県前橋市に住んでいたはずの本人は、家出した挙句、たった一人の親族だった祖母も知らないうちに死亡していた。万事休すだ。だが、加藤は一計を巡《めぐ》らせた。なぜなら、奥様がしっかり憶えていた目のそばの傷を持ち、年格好もよく似た男に心当たりがあったからだ。

「難波家は相当な資産家だ。重ねてナンバテックは、今後株式の一部上場も見込める優良な会社だ。そこの跡取りに苦労もせずになれるんだ。お前の身の上からしたら、夢みたいな成り行きだろ?」

ユウの顔からは、何の感情も読み取れなかった。ユウはもう昔のユウじゃない。自分の裁量で充分に稼げるのだ。何もそんな他人の資産なんかに頼らなくても彼は学問もキャリアも積んでいる。難波家に取り入り、ナンバテックという後ろ盾《うしだて》が欲しいのは、加藤本人なのだ。その意図に、ユウも私もすぐに勘付いた。でも抵抗することはできなかった。この広い東京で見つけ出され、恐れていた過去と再び向きあわされたという現実にすっかり打ちのめされていた。

「黒田由起夫だ。いいな？　前橋市で生まれ育った黒田由起夫。多分すぐに難波由起夫となると思うが。お前の新しい名前だよ」

ぼんやりしているユウにそう加藤は言った。私には、こいつの近くにいたいなら、絶対に名前を間違えるなと命じた。由起夫——ユウはその日からユキオになった。

加藤は抜け目なく、ユウを由起夫の祖母が入信した宗教集団に一旦潜り込ませた。そして孫の顔も認識できなくなった祖母のそばにいさせた。教団関係者には金を握らせて口裏を合わせさせたと思う。ユウは言われるまま難波家の息子に成りすました。

ユキオ、ユキオ、ユキオ——ユウと呼んではいけない。私は心に刻みつけるようにその名を呼ぶ。ユウが新たに持った名前は、私にとっても特別な名前だった。いや、名前なんてどうだっていい。ただ彼と一緒にいたかった。たとえ男女の仲になれなくても、足枷になろうとも。絶対に離れないと決意した。私たちが二十八歳になった年のことだ。

難波夫妻のことは忘れようとしても忘れられない。

偽のユキオが潜り込んだ先が、難波家ではなく、ただプライドの高い金持ちの家だったなら、私たちはまた絶望の淵《ふち》に追いやられていたことだろう。難波先生は中学校教師を定年退職する寸前だった。ユキオを一も二もなく自分の子供として受け入れた。どうしてこの人たちは、人を疑うことをしないのだろうと不思議だった。

難波家の内情を知ると少しは理解できた。夫人の佳世子さんは子宮癌を患い、余命を宣告されていたのだった。死ぬ前にどうしても実の息子に会いたかったのだ。無理矢理引き離されていたユキオに会えて、燃え尽きようとしていた彼女の命がまた燃え上がったように見えた。どうしてもユキオに家督《かとく》と会社を継がせようと必死だった。無駄な抗癌剤治療を拒否して、最後まで息子に寄り添い、一日一日を慈《いつく》しむように生きた。先生もそれを支えた。

ユキオに変化が生まれたのはその時だ。加藤に再会した時には、私同様、心を挫《くじ》かれ、無気力になったように見えた。中村勇次という自己を捨てた時、人間としての芯《しん》まで抜かれたようだった。そうしないと他人と自分とをすり換えるという企みを実行するなんてできなかったろうから。しかし、一度空っぽになった彼は、難波家でかりそめの両親と暮らすうちに、難波由起夫という人になり切ることに傾倒《けいとう》した。何がそんなに彼を駆り立てるのか、私にはわからなかった。

最初は、単純に死を目前にした佳世子奥様の願いを叶えようとしただけだと思う。一年に満たない月日を病人の思いのままに息子を演じてあげようと。

「俺たちは人助けをしているんだ」と加藤はうそぶいた。「いい気分だろ?」

けれどもそんな実のない言葉に追従したわけではない。

多分ユキオは、母親の死後は難波氏に本当のことを告げてあの家を後にするつもりだったと思う。その間に加藤から逃れる方法も思いつくかもしれない。でも奥様が亡くなった後もユキオは難波家に留まり続けた。会社の運営にも生真面目に取り組んだ。それはユキオにとってはそれほど難しいことではなかったろう。優秀で努力家で、それなりの成果を上げることは今までの彼のキャリアからしても容易なことだった。むしろ、男としてそういうやりがいのある機会を与えられたことは誇らしいことだったと思う。奥様が望んだように、立派な跡取り息子になった。

難波先生は、妻を亡くした後も態度を変えることなく、息子にすべてを託した。そして驚いたことにユキオは先生とずっと暮らすことを選んだ。佳世子奥様のために息子を演じていたはずのユキオは、形を変えた自分を受け入れたのだ。

筑豊にいた時、彼にはゲッテン者のマス婆さんしかいなかった。肉親などというものをずっと知らずにいた。そして罪を犯し、私と逃亡生活に入った。彼は長い間自分の居場所やアイデンティティーを持ち得なかったのだ。武蔵野に居心地のいい場所を見つけたとして、私には彼を責めることはできない。寛容《かんよう》で無心で清廉《せいれん》な難波先生に真実を告げる勇気もない。ユキオは加藤を恨むこともせず、すべての感情を押し殺して流れに身をまかすことに決めたのだ。

それは加藤にとっては計算通りのことでしかなかった。ユキオを難波家に潜り込ませることに成功し、絶大な信用を得た彼は、雇われていた法律事務所を辞めて独立した。難波先生が一切関与しないナンバテックはユキオの、ひいては加藤の思いのままになる会社だった。加藤はナンバテックの顧問弁護士になった。彼は変容し続ける社会に打って出るために、確固たる足場が欲しかったのだ。

司法研修所を出た若い弁護士は、仕事がない。どこかの法律事務所に入ってイソ弁やらノキ弁と呼ばれる雑用係のような弁護士になるしかない。事務所のボスの下で十年、十五年と下働きを重ね、ボスに認められたらようやく独立して事務所を開設するという流れになっていた。だが加藤はそういった悠長な期間を一足跳びに跳び越したかった。力関係の下の立場に長く身を置くことなど、彼には我慢できなかった。それには堅実な企業の顧問弁護士になるのが一番の早道だ。定期的に受け取る顧問料収入は、安定した事務所経営を支えた。おそらく加藤義彦弁護士事務所は、法外な顧問料をナンバテックから受け取っていたに違いない。

それから数年の後、ユキオはナンバテックの代表取締役社長として認められ、会社の株式も上場を果たした。世の中は狂乱の時代が訪れようとしていた。株価が上昇する気配を見せ、個人投資家がマネーゲームにはまり込んだ。地価も異常だった。土地投機の前触れが起こっていた。加藤のような人間には、面白くてたまらない時代の到来だったと思う。彼は別に金だけに固執《こしつ》する亡者ではなかった。人を操り、緻密な策略を講じて支配する。それらがうまくいくかいかないかで、ぞくぞくするような興奮を味わい、興味がなくなれば切って捨てる。そんなゲームに没頭するのに、ナンバテックとユキオとが必要だった。

バブルとは、資産価値が理論的価値を越えて大幅に上昇することだったと、後で総括されたが、まさに加藤の生き方そのものだと思う。実態のないものを虚構で固め、粉をまぶし、大仰《おおぎよう》に掲《かか》げる。人々がそれに食らいつくのを冷たく見やったのち、叩き割る。人間の感情さえ彼を増長させる原資でしかなかった。しかし加藤の一番恐ろしいところは、そんな冷酷で無情な人間には到底思えないよう、巧妙《こうみよう》に自分を見せかけることができることだった。加藤は親切で公平で、腕はいいが正義感の勝ち過ぎるきらいがある弁護士のように自分を装《よそお》った。全く真逆な自分を演じることに長《た》けていたし、それを楽しんでいた。

ナンバテックにユキオを送り込んで意のままにできる立場になった加藤は、税理士や会計士、社会労務士を抱き込んで好き放題をしていた。小金井の工場と共にあった本社機能を都心部に移した。研究所に通って来る先生から経営を遠ざけておくためだ。加藤は投資部門と不動産部門を新設して、繊維業界の重鎮だったナンバテックを全然別の会社に作り変えた。

頭のいいユキオにはもちろん加藤の本質はわかっているはずだった。先生にそのことを忠告することだってできたはずだ。ただ加藤はナンバテックと難波家を利用しているだけだと。しかしユキオは何も行動を起こさなかった。ただ彼は先生の息子を演じ続け、淡々と与えられた職務をこなすばかりだった。

彼の静かな諦念《ていねん》や安堵《あんど》の念に触れて、私は一人悄然《しようぜん》と立ちつくすしかなかった。見捨てられた気がしたし、うらやみもした。別人格を手に入れたユキオを。彼は私を置いて〝もう一つの世界〟へ行ってしまった。そんな身悶《みもだ》えするような感情にとらわれた。

希美という名前の読みを変えただけでは満足できなかった。そんな私の心情を巧《たく》みに読み取ったのは加藤だった。私は忘れていた。あいつがどんなに人の脆弱《ぜいじやく》な部分を嗅《か》ぎつけ、そこをうまく衝いて利用するかということを。ユキオに対する私の複雑な思いを逆手に取って、自分に引きつけようとした。ユキオや彼が入り込んだ難波家の近くにいられるよう、加藤弁護士事務所で雇ってやると言った。孤独の念に苛《さいな》まれていた私は、その提案に飛びついた。ユキオとの絆《きずな》が切れたら、たった一人で際限なく漂《ただよ》ってしまう気がしたのだ。

弁護士事務所ではたいした仕事は与えられなかった。ただ加藤について回るだけ。それでもびっくりするほどの手当てをもらえた。住むマンションも用意してもらえた。家賃は事務所の経費で落とされた。加藤には、家柄のいい美しい妻と二人の娘がいた。事務所の彼のデスクの上には、寄り添った家族写真が飾ってあった。

「加藤弁護士事務所をトップクラスに押し上げるのが俺の夢なんだ。顧客も一流なら、手数料も一流。そこで俺の秘書として働くんだから、一流のものを身に着けてもらわなくちゃ困るね」

私を高級なブティックに連れていって洋服からバッグ、靴までスタッフが勧めるままに買った。支払いは加藤のカードで済ませた。初めて不安がよぎった。翌日、その服を身に着けて出勤した私を加藤はじっくりと点検し、「いいだろう」と言った。「だが――」私の顎《あご》をぐいとつかんだ。「このほくろは気に入らないな」

もう私は加藤に従属する奴隷《どれい》でしかなかった。両手両足をもがれた人形――。事務所内では加藤の愛人だと認識されていたと思う。

雇い主の命令で、私は美容外科に行き、ほくろを取ってもらった。

「どこか他に直したいところはないですか？」

美容外科医は、私の顔を見映《みば》えがよくなるようにあれこれとシミュレーションしてみせた。多分、あの時の私は心が病んでいたのだと思う。美しくなりたいとは思わなかった。

だが、別の人物になりたいと思った。長い間忘れていた感情が湧いてくるのを覚えた。十七歳の時、憧《あこが》れていたもう一つの世界――その住人である女子大生たち。青春と自由を謳歌《おうか》し、気まぐれに極貧部落を訪れて可哀《かわい》そうな子供たちに心底同情する。どうにか子供たちの生活を改善できないものかと心を砕くが、元の生活に戻れば明るく笑って大学の授業を受け、アルバイトに勤《いそ》しみ、デートをする。

私は医者に向かってまくしたてた。「目を二重《ふたえ》にしてください。この頬《ほお》骨も嫌い。頬骨を削ってください！」

あどけない栗本京子さんの顔がいきなり私の脳裏《のうり》に浮かんできた。なぜ京子さんは京子さんで、私は私なんだろうと、あの時思ったことを。

でも結局私も京子さん同様、加藤の玩具でしかなかった。憑かれたように顔を変えようとする私を、加藤は面白がっていくらでも費用を出してくれた。続けて目頭を切開し、歯並びも矯正した。ユキオは――彼は痛々しく私を傍観するしかなかった。もう私たちは自覚していたのだ。私たち二人ともの体に、加藤という人間の皮を被ったケモノの爪《つめ》がしっかり食い込んでいるということを。加藤は私をいたぶることに無上の喜びを感じているようだった。私の部屋に来ては、私が犯した罪状を言い募《つの》る。

「お前が父親を殺してくれとユキオに頼んだんだろ？　それであいつは決心したわけだ。罪な女だな。一人でやればよかったのに」

「竹丈はユキオの実の父親なんだってな。竹丈本人から聞いたよ。お前たちは揃って父親殺しってわけだ。尊属殺人が刑法から無くなってよかったじゃないか」

「CO中毒の父親には手を焼いただろ？　だが殺したいほど憎んだのはなんでだ？」

「お前の母親はどこへ行ったんだろうな。案外竹丈に言い寄られていい気になったのかもしらんぞ」

ありとあらゆる言葉で私を苛んだ。全身を映す鏡の前に全裸で立たせて、変わり果てた自分は満足かと問い、今度はどこを変えたいか無理矢理言わせた。言葉で嬲《なぶ》るだけの時も、ベッドに押し倒してセックスに及ぶ時もあった。彼は女を犯すことよりも、相手が怯えて許しを乞《こ》う様が見たいのだ。

嗜虐癖《しぎゃくへき》はしだいにエスカレートした。私が抵抗しないで言いなりになっているとつまらないのか、次々と趣向を変えた。ある時は錆《さ》びた匕首をブリーフケースから取り出した。私が息も止まらんばかりに狼狽《ろうばい》するのを見て楽しんだ後、これはユキオが使った物ではないと告げた。付き合いのある暴力団関係者から手に入れた物だと。私をベッドに押し倒した挙句、顔の横に匕首を突き立て、私を犯した。極上の悦《よろこ》びに昂《たか》ぶり、すっと熱を冷まして帰っていった。愛する妻子の待つ家へ。

今なら加藤のような人間を一言で言い表わす言葉を知っている。彼は正真正銘のサイコパスだった。知的で頭の回転が速く自信満々。恐怖心も罪悪感も共感する心も抜け落ちている。他者の感情に関心を持つことがないくせに、自身は感情豊かな振りをする。

私の精神は持ちこたえられずに崩壊寸前までいく。夜中、加藤が帰った後に、私はユキオに助けを求めた。彼は何を放り出してもやって来て、ただ私を抱きしめて「大丈夫だ」と言ってくれた。それ以上の何もしてもらえなかったが、それで充分だった。ユキオの中に巣くう懊悩《おうのう》と嘆《なげ》きを感じとって私は安堵のため息をつく。一種儀式とも思える行為を繰り返しながら、こういう罰を受けることが妥当だとも感じていた。私たちは索然《さくぜん》とした哀しみをまとって共に生きていた。

ハコに出会ったのは、あやういバランスをとる生活がそれでも定着してきた頃だった。

＊

盗人カラスが飛んでいく方向を見ていると、だいたいの巣の位置がわかった。海の青や森の緑に溶け込まない明るい色の毛糸をくわえているので、黒い鳥を目で追うのはそれほど難しいことではなかった。彼らが営む巣は、結月の背後の森の中のそう深くはない場所にあるようだと目星はついた。そこまでわかると、巣の在《あ》り処《か》をつき止めたくなってくる。

廊下で渡部さんに会ったので、双眼鏡を買ってきてくれるように頼んだ。

「鳥を観察したいの」と言うと、「バードウォッチングですか」と訊かれた。

「まあ、そこまで本格的じゃないんだけどね」

渡部さんにカラスが持っていく毛糸のことを話して、巣を見つけたいのだと言った。渡部さんは、にわかに興味を抱いたようだ。

「カラスだけじゃなくて、あそこの森にはたくさんの鳥が巣を作って繁殖しているんです」多くの鳥の名前を挙げる。「シジュウカラの巣材も多彩で面白いですよ。獣毛や樹皮を糸状に裂《さ》いたものなんかを敷くこともあります。綿や毛糸を使うこともあるし。キツツキの古巣穴をちゃっかり頂いてしまうことだってあるんですよ」

「へえ！　そうなの」

ぼうっとしているようで案外物知りだ。

「それじゃあ、かなり倍率の高い双眼鏡がいいでしょうね。普通のバードウォッチングより――」

渡部さんはすぐに双眼鏡を買ってきてくれた。使い方に疎《うと》い私に焦点の合わせ方を丁寧に教えてくれる。途中で田元さんが用事でやって来て、彼女もついでに双眼鏡を覗いてみたりした。そうしているうちにも、ベランダにカラスがやって来る。出しっぱなしにしている毛糸のモチーフに嘴を伸ばす。私たち三人が息を詰めて見ている前で、毛糸の花をつつく。青や緑を除《よ》けて下から黄色い花を引っ張り出している。

「ほら、あのオスは寒い色は嫌いなのよ。メスはパステルカラーが好きなの。きっと巣の中は素敵な色あいでしょうね」

「カラスは人間よりも視覚が敏感なんですよ。紫外線の領域まで感じとれる視細胞があって。だから人が七色にしか見えない虹がカラスは十四色に見えるって言いますよね」

言っているそばからオスのカラスは黄色の花をくわえて飛び去った。

「あら、でもカラスって黄色が嫌いなんじゃないの？　うちの地区のゴミ袋は黄色なのよ。あれ、カラス除けだって聞いたけど」田元さんが口を挟む。

「それはカラスが黄色を嫌いなんじゃなくって、紫外線をカットする特殊な顔料を入れ易いのが黄色だからです。紫外線をカットする顔料を入れられたら、カラスはゴミ袋の中に食べ物があるかどうかわからなくなっちゃうんですね」

「まあ、よく知ってるわねえ」

田元さんが感心した。私は双眼鏡でカラスを追跡するが、すぐに見失ってしまった。まあ、あせることはない。時間はたっぷりあるのだ。

「奥様はバードウォッチングで、旦那様は釣《つ》りでお楽しみなんですね」

田元さんがシーツを交換してくれながら言った。渡部さんがそれを手伝う。

「主人はボートで昼寝しているだけよ。釣りの方はさっぱり。加賀さんのご主人がせっかく誘ってくれたのに、海に出ると言ってはあんなことばっかりしているの」

「そうなんですか。いつも加賀さんと桟橋《さんばし》に下りていかれるからてっきり釣りに没頭されているのかと。でもボートの上で波に揺られて昼寝っていうのもなかなかいいものでしょうね」

田元さんは取り繕っているのか、よくわからないもの言いをした。私は日暮れまで双眼鏡を膝に置いて待機していたが、その日はそれきりカラスは来なかった。

＊

加藤は個人事務所をトップクラスの事務所にすると豪語したが、それを着実に実現していった。あの時代、高い契約料で顧問弁護士を雇っている企業はいくらもあった。実際にはビジネスそのものには疎い弁護士がほとんどだったが、名のある弁護士を雇っているという企業側の看板に近いものがあった。いい時代だったのだ。

だが、加藤は実務にも優れていた。企業法務という分野を広くとらえて、経営やマーケティングの専門家、税理士、会計士、弁理士などを駆使して、企業経営への総合的なコンサルティングをした。今でこそ浸透《しんとう》した考えだが、あの当時としては進歩的だった。彼の事務所では、税務、財務、人事、労務、知財、法務までカバーして評判になった。顧問弁護士になって欲しいという企業が多く現れて、顧問料という経常的な収入は莫大《ばくだい》なものだ

った と思う。そういうことを加藤のそばにいる秘書としての私は知り得た。

一切の感情を持たず、よってそんなあやふやなものに左右されることのないサイコパスは、人生の成功者である確率も高いと、何かの本で読んだ。企業の最高責任者や、弁護士、外科医、報道関係者などの中に実はサイコパスはまぎれている。研ぎ澄まされた知性、大胆不敵さ、非情さ、カリスマ性、集中力――それらは彼らに富と力と地位を与え、社会の上流階級に落ち着かせる。家庭を持っても孤独で無情だが、それを苦にもしない。加藤の家族のことは知らないが、愛情深い夫や父親像を演じているのは容易に想像できた。彼は感情を機械的に処理できるのだ。その反面、私のことはぞっとするような目で見た。捕食者そのものの、爬虫類《はちゅうるい》のような視線だ。瞬《まばた》きの回数が極端に少ない直視は、サイコパスの特徴だ。

一定の地位を築き上げた加藤は、ナンバテックの資金力をバックに、めぼしい会社を乗っ取らせた。資金繰りが厳しいところに資金援助を申し出る。その際、融資条件として株式の譲渡《じょうと》を条項内に入れておくのだ。相手は何がなんでも融資が欲しいから、それを呑む。まだ経営が安定しないうちに融資の引き揚げをちらつかせて同条件の履行《りこう》を要求するという手口だ。そういうことを合法的に穏便にできるのも彼の手腕だった。

ナンバテックは、やがて多くの子会社を傘下に置く多角経営の会社に変貌した。ユキオは名ばかりの社長だったが、それでも彼なりの事業を展開していた。小金井にある工場には手を着けず地道に本来の製造業を守った。彼の義父である難波先生が通う研究所がある工場は聖域だと思っていたのかもしれない。工場近くの小金井カントリークラブの会員券は、億を越える金額で取引されていたけれど。彼の唯一の生きる指標が難波先生の息子であることだった。

加藤義彦弁護士事務所は、加藤が望む通りに一流の弁護士事務所になった。彼は自分の事務所も、一番の顧客であるナンバテックもいかがわしい事業とは無関係にしておいた。その頃には、汚れ仕事を引き受ける別会社や組織を作ったり、そうした組織と懇意にしたりしていた。ナンバテックの不動産部門も投資部門も健全に運営されていた。私にはよくわからない金儲けの細工がしてあることだけはわかった。頭のいい加藤にかかれば、表と裏を使い分けるくらい簡単なことだった。

一九八六年の東京都心部の地価上昇率は、七割に達していた。加藤のような人物のところには、嫌でも金が集まってくるようになっていた。加藤は家族を都心部の億ションに住まわせ、ベンツを乗り回し、ブランド品で身を固めたが、当時よく見かけたバブル紳士のような目立った派手さは嫌った。間違ってもパテック・フィリップやピアジェの腕時計をしたりはしなかった。

それらは彼の自己演出からははずれていたのだ。

彼の弁護士活動は、主に企業の事業投資や株主総会対策、決算書や各種経理業務、事業計画、人事、労務など、企業経営に必要な業務を代行することだった。連携する各分野の専門家をブレーンにして広範囲なサポートが可能だった。政治家の選挙違反や贈収《ぞうしゅう》賄《わい》事件、企業間の経済取引に伴う紛争も得意としたが、これらは膨大《ぼうだい》な報酬を生みだすものだ。また立ちゆかなくなった会社の民事再生や破綻処理も素早く行い、会社の命運も自在に操った。

当時、弁護士の中にも毎晩銀座で飲み明かしたり、別荘やクルーザー、競走馬を所有したりする輩はいた。そういう人々には怪しい紹介屋や事件屋が近づいて来るものだ。そんな事情もよくわかっていた。彼は闇の社会との付き合い方もきちんとわきまえていた。多くのバブル紳士が身を滅ぼすのを尻目に、彼は冷徹さと精神の強靭《きょうじん》さを武器に生き抜いていた。

もしかしたら加藤は、あの狂乱の時代が早くに終焉《しゅうえん》を迎えるということを見抜いていたのかもしれない。皮肉にも、それを目にすることはなかったが。

初めて職安に足を踏み入れたのは、弁護士事務所の仕事で資料を受け取りに行った時だった。気まぐれにいくつかの求人票に目を通してみた。すると東京に出てきた時、好きな勉強ができることが天にも昇るほど嬉しかったことを思い出した。その思いは私を内側から揺り動かした。加藤に支配され、ユキオにすがりつきながらも、私は時折上野の職安に通った。夥《おびただ》しい求人票を一心に繰りながら、そこから魔法のように私の正しい居場所が現れてくることを祈った。いい就職先は見つからなかったが、私はハコと出会った。子供ハコが達也と一緒に難波家にやって来た後も、私は加藤について深大寺を訪れた。子供らしさのない不思議な子供、達也を連れてハコと武蔵野を歩くことが、私を少しずつ変えた。しだいに職安からも足が遠ざかった。

東京に出て以来、同年代の友人を作ることなど諦《あきら》めていた。そういうことをする資格がないと思い込んでいた。顔を変え、名前を変えた私は、最後の力を振り絞った。誰かと心を通わせることに。ユキオ以外の誰かと接触することは新鮮だった。

加藤弁護士事務所を通して見る社会は、バブルのせいで極彩色に目まぐるしく変わる、欲と金にまみれた世界だった。そんな虚構の世界は恐ろしかった。でもハコは違った。あの人は三十五歳の等身大の女性だった。アースカラーの服がよく似合う、すんなり伸びた手足。伏《ふ》し目がちの顔に掛かるパーマっけのない髪。職安で会った時には頼りなげだったのに、難波家では、くるくる働いて手早く家事を片づける様子が小気味よかった。彼女と武蔵野の自然が、かすかな狂気に支配されかけていた私を現実の世界に引き戻してくれた。早い時期に、私はハコに自分が整形手術を受けていることを告白した。なにより自分が驚いた。

ハコが難波家の家政婦になるまで、私はあの家の人々にはたいした興味も抱かなかった。加藤の依頼人の一人という受け取り方だった。ユキオが自分を偽《いつわ》って入り込まされた先だけれど、深く関わるまいと思っていた。もし何かのはずみでユキオとの深く忌《い》まわしい関係が知れたらと思うと怖かった。亡くなった佳世子奥様とも難波先生とも、老いた家政婦の藤原さんとも素っ気《そけ》ない表面的な付き合いしかしてこなかった。特に藤原さんは、ユキオと幼馴染みだという私に警戒心を抱いているようだったので、ユキオとの接触には気を配った。普段よそよそしい関係を装っていても、加藤にいたぶられた後、ユキオを夜中に呼ぶという行為をしている私には後ろめたさがあった。

ユキオも私もナンバテックや弁護士事務所で働きだしてから、金銭的には恵まれた。着る物にも食べる物にも不自由はしなかった。でも必要以上にお金を使うということはしなかった。欲しい物なんてなかった。ユキオが達也に三輪車を買ってやったと聞いて笑った。ハコといる時、時折自然に笑ったりする自分にとまどう。

長い間、私はユキオと厭《いと》わしい運命でつながってきた。ピンと張りつめた糸で。そして加藤に出会ってしまった。萎縮《いしゆく》したまま、加藤の思いのままに虐《しいた》げられて生きるしかなくなった。平和で穏やかで十全な生活なんて望むべくもなかった。そういうものから自分を遠ざけていなければならないと思っていた。苦い飲み物を飲み下すように。

甥を引き取って育てているハコは、複雑な感情を抱えて悩んでいた。弱さや狡《ずる》さや狭量《きようりよう》さ、愚昧《ぐまい》さを恥じている姿が人間的で清々《すがすが》しかった。「すみません」「ごめんね」が口癖の彼女は、世間に遠慮しいしい生きているという感じだった。あなたはもっと胸を張って生きていいのよ、と言ってあげたかった。人の道を踏み外したわけではないのだから、と。もう引き返せない道を選んだ者として。

まっとうで順当な人生に戻れる道がハコにはまだ残されていた。初めはハコの中に過去の自分を見出して、気まぐれに救済の手を差し伸べたくなっただけだった。が、しだいに生まれた日が同じ薄倖《はっこう》な女性と自分とを重ね合わせて意地になった。

でもそれすらも傲慢《ごうまん》な考えだと、気づかされた。ハコと近しくなればなるほど、安らぐ自分を覚えた。シェルターのような武蔵野での生活で和んでいくハコを見ていると、私の頑《かたく》なな心も解けていった。一度も味わったことのない不思議な感覚だった。彼女に教わったゆび編みをしている時、たわいのない話をしながら並んで歩く時、偽りで固めた自分でも、この瞬間ハコという友を得た幸せな人間に思えた。私が彼女に与えているのではない。親友からもらうものの方が多い、と素直に感じた。

「あなたはハコさんに助けられましたね」

ある時、難波先生にそう言われてはっと見返した。先生はさりげなく真理を言い当てる。

私とユキオ、加藤とでがんじがらめになった人間関係に先生やハコが入り込んできて、にわかに緩い動きが生まれたのだった。体中に力をこめて、常に構えていた私はハコと過ごすうちに愚《おろ》かな鎧《よろい》を脱ぎ捨てた。彼はハコから「達也のお父さん代わりになってください」と頼まれたのだという。ハコがユキオに恋に似た気持ちを抱いているのはすぐにわかった。彼女は隠しているつもりなのだろうけど、表情や態度の端々にそれは現れていた。ユキオはといえば、達也の父親になることの方に心惹《ひ》かれたようだった。佳世子奥様が生きていた頃、息子になりきろうとしていたように。中村勇次から難波由起夫になった時、彼は虚《うつ》ろな器になったのかもしれない。誰かのために役を引き受けることを自分の使命だと位置づけたのか。

ハコがユキオと結ばれたら、と私は想像した。ユキオは達也の本当の父親になるのだ。二人ともの望みが叶う。でも想像したそばから暗澹《あんたん》たる気持ちになった。ユキオは決してそれを望まないだろうし、女性と結ばれることは不可能なのだ。ユキオは一生家庭を持つことはないだろう。その残酷な現実を改めて噛みしめた。理由を作ったのは私なのだ。しかも加藤に支配されている私には、ユキオの支えが必要だった。私はなんと罪深い人間なのだろうか。

あの鋭《するど》い嗅覚《きゅうかく》の持ち主は、ハコの葛藤《かっとう》も容易に読み取っていた。

加藤が研究所に行くという先生を乗せて愛車のベンツを運転していた時のことだ。城山の下り道で、脇の森から飛び出して来たハコを見つけた。ハコの顔は蒼白でひどく怯えていた。でも素早くベンツから身を隠した。先生は何かあったのではないかと心配して、少し行き過ぎたところで車から降りたのだそうだ。達也の姿がなかったのも気になった。先生は待たなくていいと言ったらしいが、加藤はしばらくそこに留まった。よろめくように坂を登って行くハコを、バックミラーで見ていたという。

「いや、違うね」先生が入院した後、ユキオから事情を聞いた加藤はすぐさま言った。「あの女は、森の中に達也を置き去りにしたんだ。森で迷えば凍《こご》えて死んでしまいかねないことをわかった上で。でなければなんで一人で森から出て来る？　さっさと屋敷に逃げ帰る？　あの家政婦は厄介《やっかい》払いがしたかったんだ。無理矢理押しつけられた子供をさ。難波氏はそれを察して達也を探しに行ったのさ」

私もユキオも黙ったままだった。加藤の言うことが正しいと半分は認めていた。ハンディを持つ達也や亡くなった妹との関係で、ずっと葛藤を続けていたハコが衝動的に起こした行動を誰が責められるだろう。でもそこに至るまでのハコの心情をこの男は理解できないのだ。心のないサイコパスには。

「愉快《ゆかい》じゃないか。まるでヘンゼルとグレーテルだ。継母《ままはは》に森の中に捨てられた子供――」

歌うように加藤は言った。彼は他者の弱点を的確に嗅ぎわける。獲物を狙う捕食動物のように。それを一番知っているのは私だ。吐き気がした。

「で、あのチビを森の中で追いかけまわしているうちに、難波氏は発作を起こしたわけだ。馬鹿な家政婦のせいで大事な顧客を失くすところだったよ」

「そうじゃない――」力なくユキオが反論した。「朽《く》ち木の洞《うろ》に入り込んでしまって狭心症の発作を起こしたんだ。珍しい粘菌を目の前にして自分が閉所恐怖症だということを失念してしまっただけだ。達也のせいじゃない」

「閉所恐怖症だって？」

「そうさ。自分でも反省していたよ。窮屈《きゆうくつ》な場所に閉じ込められると必ず発作を起こすんだって」

加藤はふんと鼻で笑った。

＊

カラスには、ぽつんぽつんとしか毛糸のモチーフをやらない。多く与えて巣が完成してしまったら、もう彼らは私のベランダには来なくなるだろう。一つずつ明るい色のモチーフを放置しておく。カラスは律儀《りちぎ》にそれを取りに来た。飛び立ったカラスを双眼鏡で追う。

一週間ほどで私は彼らの巣を突きとめた。森の入り口に立つキリの木にそれはあった。初夏には薄紫色の筒状の花をつける喬木《きょうぼく》だ。キリを選んだのはメスの方かもしれない。まだ花のない、重なり合った緑の葉の奥、分かれた枝の間に彼らは巧妙に営巣していた。一度見つけると、好きな時に観察できた。巣の外側は小枝で組み上げてあるのだが、倍率を上げるとオレンジ色の毛糸の端っこが飛び出して見えた。きっと巣の中に敷き詰めてあるのだ。でもあんなに小さなモチーフだからまだまだ足りないだろう。

毛糸を出していないのに、ベランダに飛来して、ねだるように首を伸ばしていることもある。時にはカツンカツンと嘴で手すりを叩いて催促《さいそく》する。夫が来ている時にそれをするものだから驚いていた。私はその理由を説明した。メスのカラスだから、ピンクの毛糸を一つ出してやる。カラスはさっとそれをくわえて飛び去った。すぐさま、夫に双眼鏡を渡す。彼は熱心にカラスを追っている。その横顔に私は見入る。年月を経た右目の横の傷はもう不穏さを宿していない。年相応にたるんだ皮膚《ひふ》にまぎれている。

「ほらね、あの子は卵を産むための寝床を作るのに、私の毛糸を選んだのよ」

巣をじっと眺めている夫に幾分得意げにそう言った。

「オレンジか黄色か、それか水色とピンク。その色だけを持って行くの。不思議でしょう?」

「クロは――」私の言葉に覆《おお》いかぶせるように夫が言う。「クロはきらきら光るものが大好きで集めていたんだ」

　ゆっくりと双眼鏡を目から離して私を見る。

「憶えている？」

「ええ」

　ハコのことに話が及ぶ前に、私は短く答えた。夫はまた双眼鏡で森を眺め始めた。それぞれの思いにふける。

　クロは私を嫌っていた。カラスが飛び回る部屋に入るのを、私が嫌がったせいだ。頭のいい鳥は、人間も選ぶ。一度、私が飲んでいたコーヒーのカップの中に上から王冠《おうかん》を落とされたことがあった。飛沫《しぶき》が飛んで、白いブラウスがだいなしになった。いじわるまでする高等な頭脳の持ち主だった。

　渡部さんは臨時職員のまま頑張っている。雑用係から、入浴介助ができるくらいにはステップアップした。島森さんは、根気よく渡部さんを指導している。

「神野《かんの》さん、お風呂の時間ですよ」

　廊下を歩いていると、渡部さんが一人の老人に声を掛けていた。廊下のソファで一休みしていた足の不自由な老人を立たせようと四苦八苦《しくはっく》している。ソファから歩行器に移らせようとしているのだ。太った老人は渡部さんに寄りかかろうとして体勢を崩した。彼のTシャツをつかんだまま、倒れかけた。力一杯つかんで離さないので、渡部さんのTシャツが脱げそうなくらいまくれ上がる。

遠くからその様子を見つけた島森さんが「キャッ」と叫んだ。一瞬立ち止まったが、気を取り直して走り寄って来た。すんでのところで神野さんは島森さんに支えられ、倒れずにすんだ。が、壁で頭をしたたかに打った。

「す、すみません」

渡部さんが歩行器を寄せてつかまらせた。老人は、ふうっと一息ついた挙句、「何だよ、お前、痛いじゃないか。俺を叩いただろ?」と結構大きな声を上げた。少し認知症の出た人だった。私は渡部さんがこちらに気がつく前に杖をついてその場を後にした。島森さんは、私に追いついて来て囁いた。

「まだ体のご不自由な方の扱いには馴れていないんですよ。でも一生懸命だから、彼。さっきのことは内緒にしておいてください」

「ええ、大丈夫。きっと上手になるわ。そのうちね」

夫にもそのことは言わなかった。

＊

城山の森の中に達也を置き去りにした一件以来、加藤はにわかにハコに興味を抱いた。彼女が心の中に隠し持っていた歪んだ感情に気がついたせいだ。親を亡くし、言葉を失った達也は頑なで難しい子だった。仕方なく引き取ったものの、ハコは甥を持て余していた。身内としての情け深さや親愛の奥に巧妙に隠された、達也に対するとまどい、憤《いきどお》り、嫌悪、時に殺意にまで変換される感情を、加藤は嗅ぎつけた。それこそ、あいつを肥《こ》え太らせる栄養素だった。ユキオや私の犯した罪を暴いた時のように、鼻歌でも歌いそうに楽しげだった。

後で知ったのだが、その頃ハコのところに借金の取り立て屋が来た。まったく不幸なことにその場に加藤が居合わせたのだ。彼女が多重債務者であることは、私も薄々は気づいていた。妹夫婦がかなりいかがわしい連中から借りていて、その保証をさせられ、二進《にっち》も三進《さっち》もいかなくなって逃げていることを先に知ったのは、加藤だった。

当時の金利はおそらく七十%ほどあったのではないか。出資法で上限金利が二十九・二%に決められた現在からは考えられないほどの高金利だ。高利貸しならそれ以上のものを取っていたと思う。とにかく加藤は、先生やユキオには内緒で彼女の債務を処理してやった。

ハコは私にも何も言わなかった。きっと自分を恥じ、真実を知られることを恐れていたに違いない。馬鹿なハコ。そんなことで私が友だちを見下すなんてことは決してないのに。竹丈が貸していた金利など、一年借りるとその金利は元本以上になっていた。でも、悲しいことにそこまで告白し合うことなく私たちは悲劇的な結末になだれ込むことになる。ちょっとした行き違いや気持ちのずれ、誤解がそれを呼び寄せたのだ。もうどんなに嘆いても取り返しのつかないことだけど。

加藤は彼女にはまっとうなやり方で和解したとでも説明しただろうが、実際はそうではない。表の顔とは裏腹に、加藤は反社会勢力とも深く結びついていた。やり手の弁護士の仕事には非合法な組織の力が不可欠だった。ノンバンクの代理人として、経営に行き詰まった会社から焦《こ》げ付いた分を回収するのも得意だった。倒産絡みの債権回収などは、表向きは和解だが、その裏では整理屋が動いている。仕手《して》集団に株を買い占められた会社に頼まれて、手を引かせたりするのも、もちろんそういう方面の顔がきくからだ。

もしかしたらそういうやり方を、加藤は竹丈から学んだのかもしれない。手っ取り早く事を始末するための必要悪を。ヤクザのフロント企業からの顧問料も年に一億を下らなかったと思う。だからハコを震えあがらせた高利貸しと裏取引をするなんて、簡単なことだったに違いない。

彼はそうやってハコの心にするりと滑り込んだ。世間知らずで純朴なハコが、加藤に感謝の念を抱き、頼り切るようになったとしても彼女を責められない。かつて栗本京子さんを手玉に取ったように、加藤はおぞましい触手を伸ばしてハコを絡め取った。

しかし欺瞞《ぎまん》は時に自分の足もすくう。あいつはハコの心を弄ぶことに夢中になり過ぎた。達也に対する複雑な気持ちをさらに揺さぶるために、達也を養子に出す提案をしたのだ。悩んだハコはようやく私にそれを告げた。彼女から甥を取り上げるという計画の真の目的に私は思い当たった。背筋が凍りついた。

加藤は私の身代わりを見つけたのだ。心の中で警鐘が鳴り響いた。加藤は私をいたぶるのに飽きた。そして新しい獲物に目をつけた。新鮮な桃色の肉を裂き、血を滴《した》らせることのできる手頃な獲物を。私はすべてを打ち明けて、彼女に忠告すべきだった。でも唯一の親友が驚愕し失望し、離れていくことの怖さに二の足を踏んでしまった。

ハコから同じように相談を受けた難波先生の方がよほど力になった。初めて先生は加藤弁護士に疑念を抱いた。教育者だった先生もハコの悩みや苦悶には気づいていたのだろう。迷いながらもひたむきに達也と向かい合うハコを見守っていた先生は行動を起こした。加藤弁護士事務所の背景を調べ始めたのだ。疑いの目で見れば、あいつが顧問弁護士としてナンバテックに入り込み、好き勝手をしているのはわかったはずだ。

その過程で、ユキオを探し出してきた探偵社の連中と加藤とが今も緊密につながっていることを先生は知った。もともと何でもこなす合法すれすれの探偵社だったのを、加藤がその腕を見込んで解散させ、便利屋、雑用係として弁護士事務所でうまく使っていた。彼らは汚れ仕事を引き受けて、相当な報酬を得ていたはずだ。もっと詳しく調べれば、あの探偵社の経営者が、ナンバテックの秘書室長に納まっていたこともわかったろう。

加藤は焦った。なんといっても先生は大株主なのだ。ナンバテックのような中堅・中小規模の上場会社では、創業者一家だとか大株主の意向は経営判断に大きく反映される。先生は短期間のうちにナンバテックがもはや繊維業界からはみ出し、バブルに踊るオバケ企業に作り変えられていることに気づいたに違いない。その年の株主総会で、先生の意を汲んだ古い株主たちが、会計監査に関して疑問を呈し、新しい監査法人を入れることを提案した。新しい監査法人に監査業務や不正調査をやられると、加藤は大変まずい立場に追いこまれる。

「やばいことになったな」

いつも自信たっぷりの加藤が唇を噛んだ。あいつは、ユキオと私の前でせかせかと部屋の中を歩き回った。加藤弁護士事務所の所長室の中。加藤が恐れているのは、赤の他人のユキオを難波家の跡取り息子に据えたことが先生にばれることだった。すべてはそこから始まった。加藤が難波家やナンバテックを騙《だま》してうまく利用していたことまで明らかになる。そうなればもう加藤弁護士事務所はおしまいだ。あいつがやってきたことからすれば、弁護士の資格は剝奪《はくだつ》、へたをすれば告訴されて裁判にかけられるだろう。築き上げてきた地位も名声も失ったうえ、逮捕される可能性も大きかった。

「それならそれでいい。どだい、滅茶苦茶なやり方だったんだ。他人に成りすますなんて」

今や経営者としての風格も身についたユキオは落ち着きはらっていた。

「いいか――」こんなシチュエーションは加藤の最も嫌うところだ。支配し、操っていたはずの輩に侮《あなど》られることが。「お前にそんな口をきく権利はないはずだ。いつでもお前が人殺しなのは証明できるんだからな」

ユキオは黙った。その時点で竹丈殺しは時効が成立していた。破滅を甘受して、もうこんな茶番はおしまいにすべきだと私も思った。でも黙り込んだユキオを見て、その考えが揺らぐ。驚いたことにユキオは逡巡《しゅんじゅん》し怯えていた。

守りたい大事なものができたのだと思った。それはハコと達也なんだ。義父である先生や、とりわけハコに過去の自分を知られるのが怖いのだ。この人は今、本当にハコを愛しいと思い、達也を二人で育てたいと思っている。その事実を私は静かに受け止めた。

もう私たちは別々の道を歩むべきだ。どんなことをしても、ユキオに家族を持たせてやりたかった。今まで私のために生きてきてくれたユキオに対する、せめてもの罪滅ぼしだった。

「くそ、なんであの時、心臓発作で死ななかったんだ?」

加藤は我を失って毒づいた。感情に左右されない強さを持つこの男は、実はそここそが弱点ではないか。善悪、愛、恐怖、憂《うれ》い、喜び、悩み、何一つ理解することのできないサイコパスは、他者が豊かな感情に心を動かされていることを察することができない。ただスリルや混乱を楽しんでいるだけ。成功したように見えて、その実ごまかしや不正行為に罪悪感を持たない彼は不幸そのものだ。それに気づきもしない邪悪なエリートを、私は醒めた目で見詰めた。もうそれほどこの男を恐れてはいなかった。

加藤にとって、状況はますます悪くなっていた。ナンバテックの下には、いつの間にかたくさんの子会社や関係会社が連なっていた。株式交換で手に入れたり、仕手筋にしゃぶりつくされた会社を引き受けたりしたものだ。これらは架空循環取引に使われたり、「ハコ企業」として活用してインサイダーや相場操縦などで不正な利益を得るのに使われたりした。詳しいことはわからないが、当時、銀行やノンバンクからじゃぶじゃぶ流れてくる金を、投機や土地転がしの資金に当てていたはずだ。財テクによる営業外収益といえば聞こえはいいが、勝手な資金流用、返済される見込みがない関係会社への貸し付けなどはとんでもない額だったと思う。ナンバテックは監査法人を受け入れるという方向で動いていた。何食わぬ顔をしている先生の主導だった。

加藤は先生にへつらい、様子を窺ったが、ポーカーフェイスの先生からは何も読み取ることはできなかった。

「あの狸《たぬき》親父め！」

苛立《いらだ》つ加藤は、私の前で先生やその意のままに動いている連中を罵倒《ばとう》した。その矛先《ほこさき》は、愛人としての私に向かった。それでハコへの興味が逸れてくれるなら、と私も甘んじていた。私の部屋へ来て痛めつけ、言葉と体で存分に嬲《なぶ》り、自責の念に苛まれた私を泣き喚かせることで、彼は自分の気を鎮《しず》めていた。幾分演技がかった反応で、私は加藤を引きつけておいたつもりだった。でも周囲の状況が悪化するに従い、あいつのやり方はエスカレートしていった。

その晩の加藤は特に荒れていた。

「何でユキオは、お前がこんな目に遭っているのに知らん顔をしているんだ？」

彼は私の上に馬乗りになって言った。シルクのパジャマは、大振りのハサミで切り刻まれていた。てらてら光る白いシルクの生地が雪のようにベッドや床に散らばっていた。

「知ってるでしょう。ユキオも私もあんたには逆らえないってこと。それをいいことにあんたは好き放題をしてる。さぞいい気分でしょうね」

こんなもの言いが加藤を上機嫌にさせる。数年来の関係で学んだことだ。

「お前たちは一蓮托生《いちれんたくしょう》だからな。絶対に離れられないんだろ？　お互いを監視し合っているんだろうよ」

さもおかしそうに加藤は笑った。でも今まであった余裕がなくなっていることに私は気づいていた。この男が破滅を迎える様を想像する。それが私を支えていた。加藤の終わりは、私たちの終わりでもあったが。おそらくユキオも私も断罪されて武蔵野を離れることになる。先生やハコ、達也とも別れなければならない。覚悟はもうできていた。

「俺が帰った後、お前がユキオを呼んでいるのは知ってる」冷たい声で加藤は言い放った。「俺に汚された後の体を清めてもらっているつもりか？」ハサミを手にした加藤は、私の右目に真っ直ぐその切っ先を下ろしてきた。顔を背けられないように顎をがっちりと押さえられている。眼球に刺さるかと思うくらい近くまで下ろして、すっと目尻にずらした。冷たい金属の先が、私の右目のそばの肌を突く。

「竹丈を刺し殺すのは骨だったろうよ」構えていたはずなのに、私は戦慄せずにいられない。恐ろしい過去が襲いかかってくる。「あの親父は百戦錬磨《ひやくせんれんま》の悪玉だったからな。坑夫なんか虫けらだと思ってた。俺に語ってくれたあいつのやり口を聞いているとぞくぞくしたもんだ」

竹丈も加藤と同類だったのかもしれない。弱い相手からすべてを取り上げ、絶望させ、嘆かせ、しまいに怪我や病気や衰弱で命を落としても良心の呵責《かしやく》なんて微塵《みじん》も感じなかった。いや、そのことに無上の喜びを見出していた。ハサミの刃が私の肌をなぞる。何度も何度も竹丈を刺すユキオの映像が、閉じた瞼の裏に浮かんだ。鬼気迫る顔をしたユキオ。飛び散る血にまみれ、竹丈に跳ね返された匕首が、自身の目の横を切り裂く。動かなくなった竹丈を見下ろすユキオ――。いや、ユウだ。自身の父親を殺した十七歳のユウ。

とうとう耐えきれなくなって、私は細い叫びを上げる。

「ハハハ、思い出したか。懐かしい故郷を」

加藤は私をうつ伏せにして、髪の毛をつかんだ。ジャリジャリと耳のそばで嫌な音がする。私の髪が切られて、シルクの切れ端の上に撒《ま》かれる。ハサミを床に投げ落とす音。加藤は後ろから私を犯す。

「どうやる？　ユキオはこうか？　それともこうか？」

ユキオが女性を抱けないことを、加藤は知らない。それだけは知られたくないから、私は「そうじゃないわ、ユキオはもっと優しいわ」とうそぶく。激した加藤は、もっと酷《ひど》い行為に及ぶ。なぜか私の脳裏に竹丈に乱暴されるユウの母親の姿が浮かぶ。己《おのれ》の力を誇示し、女を隷属《れいぞく》させるありとあらゆる惨《むご》い行為が行われる。

「やめて、やめて」と懇願《こんがん》しているのは、竹丈に伸《の》し掛かられた可哀そうな女なのか、私なのか。女は首を吊る。産み落としたばかりの我が子のすぐそばで。臍《へそ》の緒がついたままの赤ん坊が弱々しく泣いている。その映像に、私の気は遠くなる。

「やめて。お願いだから――」そう呟《つぶや》いたのは、やはり私だった。背中で果てた加藤がみすぼらしい髪に縁取《ふちど》られた私の頭を撫でた。

そして囁く。「ユキオに慰めてもらえよ」

ぐったりした私を残して恐ろしい男は帰っていく。さっきまでの狂気をすっかり拭い去って、お気に入りのベンツで何も知らない妻子の許へ。私はユキオを呼ばずにいられない。

難波先生が亡くなったと知るのは、その翌日のことだった。

眠っている間に先生は心臓発作を起こしたのだという。ありがちなことかもしれない。先生には狭心症という既往症《きおうしよう》があったのだから。ハコもそのことには気を配っていた。以前森の中で発作を起こした時には、薬を身に着けていなかったので、危うく命を落としかけた。それ以来、彼女は神経質になっていた。なのに最期は呆気《あっけ》なくやってきた。

前の日からハコは達也を連れてサマーキャンプに出掛けていた。屋敷には、先生とユキオとが残っていたはずだった。でも事実は異なる。加藤が帰った後、私はまたユキオを呼んだのだ。だから先生は一人で家にいたのだ。ちょうどそんな時に発作を起こしてしまった。

よりによって自分がいない時にこんなことになるなんて、と自分を責めるハコを慰めた。ユキオまでいなかったことは言うわけにはいかなかった。もし誰かが家にいたら気がついたのだろうか。それなら責任は私にある。ユキオを呼び出した私に。いつになく酷い加藤の苛みに音《ね》を上げて、夜中にユキオに電話を掛けた。ユキオの気持ちもハコの気持ちもわかっていながらこんなことをする自分に嫌気が差しながらも、そうせずにはいられなかったのだ。ユキオは、私のギザギザに切られた髪の毛に目を瞠《みは》りつつも、抱きしめてくれた。それでも小刻みに震える私の怯えはなかなか治まらなかった。ユキオが帰ったのは、午前三時も過ぎた頃だった。罪深い私たちの悲しい儀式が、先生の命まで奪ったのか。

翌朝、一番で美容室に飛び込み、ショートカットに髪型を整えてもらった。弁護士事務所に顔を出したのは出勤時間をとうに過ぎた頃だったけど、誰も私を咎《とが》めなかった。秘書という名の加藤の慰みものだということはあそこでは暗黙の了解だった。それからすぐに連絡が来て、私と加藤とは深大寺に向かったのだ。

通夜、葬儀と人々の悲しみを置き去りにして、何もかもが滞りなく行われた。私は努めて事務的にやり過ごすことに心を砕いた。一度気持ちを揺るがせば、際限なく掻き乱される。それはハコの前では決してしてはならないことだった。雇用主であり理解者でもあった難波先生を失った親友には、誰かがそばにいてやる必要があった。それでも出会った時に比べれば、彼女は随分強くなったと感じられた。

彼女に倣って私ももっと強くなるべきだ。ハコを加藤の餌食《えじき》になんかしてたまるかと思った。ハコに親切面《づら》して近寄った加藤は、またゲームを始めるつもりだ。急ぐことはない。ゆっくりと爪を立てて弱らせて、息の根を止めぬように自分のものにしていくのだ。かつてユキオと私にしたように。脅《おびや》かされていたナンバテックでの加藤の地位は、先生が亡くなって安泰になった。彼にはまた余裕が生まれていた。せっかく先生が追い詰めようとしていたのに、破滅を免れたのだ。歯がゆかった。まずは加藤の本性をハコに知らしめなければならない。

ハコはすっかり加藤に頼っていた。先生を亡くした今はなおさらだ。加藤を有能で親切で正義感の強い弁護士だと思い込んでいる。信用した彼が提案した達也の養子話を受け入れるかどうか悩んでいた。

私はハコに出会った時の気持ちを思い出していた。絶対にこの人を助けてやる。意地でも幸せにしてやる。もうその資格のない自分のためにも。

葬儀の二日後、加藤と私は再び難波家を訪れた。ユキオを入れて三人で手分けして葬儀の参列者名簿を確認し、香典の整理をした。ハコは表面上は落ち着いて見えた。先生のいなくなったがらんとした家で所在なげには見えたけれど、普段通りのリズムを取り戻しているようだった。達也もその日からかしの木園に通わせているという。午後、銀行に香典を預けることや、先生の死亡に関わる諸々《もろもろ》の手続きのためにユキオと私は加藤のベンツで屋敷を後にした。

城山の坂を下りている時、後部座席の下辺りから蛾《が》らきしものが飛び立って、車の中をバサバサと飛び回った。加藤は舌を鳴らして車を停め、ウィンドウを下げたが、茶色くて翅《はね》の先だけが黒い蛾はうるさく飛び回って外に出ない。後部座席のユキオが指で蛾の翅をつまんで、しばらく眺めた挙句、外に放した。蛾は触角を振り立てて羽ばたき、木立《こだ》ちの中に消えていった。加藤はウィンドウを閉めて車を出した。

その日の夜、私のところにユキオから電話があった。私から掛けることはあっても彼から掛かってくることはほとんどない。驚いている私に、珍しく興奮した口調でユキオは言った。

「あいつだ。加藤だ。あいつが父を殺したんだ」

＊

「ねえ、あなた知ってる?」加賀さんが備前焼《びぜんやき》の湯呑《ゆのみ》を置いて、私の方に身を乗り出した。「渡部さんって、大学院で生物学を専攻したんだって」

「へえ」

私はコーヒーのカップを持ち上げる。あまり私が驚かないので、加賀さんは不満なようだ。

「それでね、世界中を回って自然保護の活動をしているらしいわ。ほら、今、熱帯雨林やサンゴ礁《しょう》やらがもの凄いスピードでなくなっているでしょう? 原因は人間の生産活動にあるわけよ。ジャングルを伐採《ばっさい》したり、海を埋め立てたり。あ、そうそう。温暖化もそうよ。北極の氷が解けて海面が上昇するっていう――」

「渡部さんから聞いたの？」

「いいえ、違うわ」

加賀さんは手を挙げて里見さんに合図を送った。急須を持った里見さんが寄って来て、加賀さんの湯呑に熱い煎茶《せんちゃ》を注いだ。

「ねえ、そうよね。渡部さんは立派なお仕事をしているんだったわね」

「そうなんですよ！」どうやら情報源は里見さんらしい。「初めはね、大学の研究室に所属して環境破壊の調査をしていたらしいんですけど、各地のあまりの惨状に、自由のきかない大学を離れて自然保護運動に奔走《ほんそう》しているんですって」

「だからね、保護活動に係る費用も潤沢《じゅんたく》ではなくて、こうやって自分でアルバイトみたいなことをしてはお金を稼いでいるわけなの」

加賀さんが言葉を添える。この間まで浮浪者まがいのバックパッカーだと渡部さんを蔑んでいたことなどすっかり忘れたように彼の肩を持っている。

「あのですね。ただ単に美しい自然を残すための活動っていうわけじゃないんですよ。自然環境を整えてそこで暮らす生物を絶滅から救ってやることは人類にとっても意義のあることなんですって。アマゾンのジャングルや太平洋のサンゴ礁、人の住まない高山なんかには、まだ発見されていない生物がたくさんいて、それらの研究はまだまだ進んでいないんですって。それなのに人知れず微細な生き物が絶滅していくのがたまらないって」

「まあ、いつの間にそんなこと聞きだしたの？　あなた、すっかり渡部さんに感化されているじゃない」

自分のことを棚に上げて加賀さんは目を丸くした。

「素敵じゃないですか。地球の環境を守るために彼は働いているんですよ。ここで働くのもその一環だと思うと応援してあげたくなっちゃう」

「里見さん、今にも渡部さんについてアマゾンにでも行きたいような口ぶりね」

私がからかうと、彼女は躊躇《ためら》うことなく「ほんと！　そうしたいですぅ」と答えた。

「だから、私、彼に告白したんですよ。好きだって。一緒にお金を貯めて自然保護の仕事がしたいから、次にどこかに行く時は連れていってよって」

加賀さんが、お茶を噴《ふ》き出しそうになった。里見さんが結婚したいと言い出したのは、渡部さんのことがあるからだったのか。

「本気なの？」

ようやくお茶を飲み下した加賀さんがあきれ顔で尋ねた。

「そうですよ。本気の告白だったんですけどねえ」

「断られたの？」

里見さんは屈託《くったく》のない表情で頷いた。

「彼、もうフィアンセがいるんですって。自然保護活動で知り合ったカナダ人だって言ってました。来月にはカナダで一緒に暮らし始めるみたいなんです」

「やれやれ」

「寂しいですよ。渡部さんがいなくなると」

ふられたことなんかものともしない様子で里見さんはあっけらかんと笑った。

「まったく。臨時職員の質はどんどん落ちていくばかりね」

里見さんが離れると、加賀さんはまた辛口に戻った。一度は渡部さんを見直したようだったのに近いうちに辞めてしまうと聞いて、若い人の尻の軽さをあげつらった。

「そうねえ。もう私たちには思いもよらない場所で世界は動いてるってことかしら」

私のピントのずれた答えに、加賀さんは口をへの字に曲げた。私は無意識に左の太腿をさする。痛みがだんだん酷くなってきた。鎮痛剤もあまり効かなくなっている。これにいつまで耐えられるか。

森の方角からカラスの鳴き声がした。

＊

ユキオは加藤が先生を殺したのだと言って譲らなかった。その根拠は、ベンツの中を飛び回った茶色の蛾だ。

「あれはクワコの成虫なんだ。今うちの庭の桑畑からさかんに同じ蛾が飛び立っている。この辺りで桑畑自体も珍しいけど、クワコが発生しているのはうちの畑だけだって間島さんが言ってた」

「だから？」

「何で加藤の車の中にあれがいたのか、ずっと考えていた。答えを見つけたよ。あいつは父が亡くなった晩、この家に来たんだ」

その時に桑畑のそばにベンツを駐めた。ドアを開けて出入りする時に、桑の木についていたクワコの繭《まゆ》が車の中に落ちたのだろうという。ユキオはあの日、ベンツの後部座席の下から枯れた桑の葉と、成虫が抜け出した後の緑色の繭を拾っていた。私はできるだけ平静を装って嚙み砕くように言った。

「それが何だというの？　そんなことで――」

「桑畑のそばに隠すようにベンツを駐めたんだ。門のところから見えないように。いいか？　ベンツのタイヤの跡が地面に残っていたのも確かめた。前の日に雨が降って地面が柔らかくなっていただろ？　前日の夕方まで絶対にタイヤの跡なんかなかった」

私は黙り込んだ。加藤のベンツは特別なタイヤをはかせていた。特徴のあるタイヤ模様は私も知っている。タイヤ交換の度に同じ銘柄《めいがら》を注文するほどこだわっていたから。

「家に鍵はかかっていたけど、合い鍵を作るなんてあいつには造作《ぞうさ》もないことだ。父は自分の鍵を家の中のどこにでも置いて、よく捜し回っていたじゃないか。失くしたことも何度かある。それに窓を開けっぱなしで寝てしまうことも時々やっていた」

ユキオは言い募った。私は目まぐるしく頭を働かせた。先生が亡くなった時、先生は一人きりだった。ハコと達也はサマーキャンプで留守にしていたし、夜更けに私がユキオを呼びだしたから。そのことがずっと心に引っかかっていた。なぜ先生はたった一人の夜に死んでしまったのかと。加藤が仕組んだことだったら？　私を存分にいたぶれば、私は耐えられなくなってユキオを呼ぶ。そのことをあいつはよく知っていた。だからあの晩、ハコと達也がいない晩、ユキオも出て行くように、私をいつになく惨いやり方で苛んだ。私はそっと自分の頭を触った。髪の毛を切られたのは初めてだった。

全身の産毛がぞわりと逆立つような気がした。先生さえいなくなれば不正を暴かれることはなくなる。現に先生が発案したであろうナンバテックの新しい監査の方法は立ち消えになってしまっている。ユキオが偽者であることも、その計画を立てたのが信頼の篤い顧問弁護士だったことも、暴かれることはなかった。

「でもどうやって？　家に侵入できたとして、どうやって先生を殺せたの？」自分の言葉に震えがきた。「先生は間違いなく狭心症の発作で亡くなったのよ。それは警察もお医者様もちゃんと調べたことじゃない」

電話の向こうで息を吸い込む気配がした。

「父が閉所恐怖症だったことを利用したんだと思う。森の中で発作を起こした後の会話で加藤はそれを知ったんだよ」

ハコが森の中に達也を置き去りにした、あの件を語る時にユキオはうっかりと、先生が窮屈な場所に閉じ込められると必ず発作を起こすのだと伝えてしまった。それでも私は彼の考えを否定した。

「先生は仰向けに寝たまま亡くなったのよ。それは間違いない。閉じられた狭い空間に閉じ込められたりはしていない」

自分の言葉と裏腹に、私もユキオの疑念に同調しかけていた。

「あの男のことだ。何でもやるさ。父を殺すことなんか平気だ」

ついこの間、「なんであの時、心臓発作で死ななかったんだ？」と言った加藤の言葉が頭の中でぐるぐる回っていた。

「でなければ、どうして一人きりでいた父の許に来る？　それも深夜に。どう考えても不自然だろう。あいつにとって、あいつの野望にとって父は今や邪魔者《じゃまもの》でしかなかった」

私の掛けた電話に応じて、ユキオが真っ暗な中、家を後にする。それを門から離れた場所で見届ける加藤。静かにベンツを動かして、ゆっくりと敷地に入って来る。いつもの駐車スペースではなく、もっと奥の桑畑のそばに駐める。桑の木が覆い被さるようにベンツを隠す。そっとドアが開いて加藤が降りてくる。ドアが垂れ下がった桑の枝を挟み込みそうになる。加藤が枝を手で払うと、葉が一枚、ちぎれて後部座席の方に飛んでいく。クワコの繭を抱き込んだ丸まった葉が。こっそりと家の中に忍び込む加藤。

先生は熟睡していたはずだ。布団の上で寝ている先生を起こさずに窮屈な場所に押し込むことなどできそうにない。動かされれば、先生も目を覚ますだろう。睡眠薬を飲ませて？　薬を使っていつ目が覚めるかわからないのでは不確実すぎる。電話の向こうとこちらとで、私たちは黙り込んだ。しかしユキオの言うことは当たっていると私の本能が告げている。あの怪物は、いとも簡単に障害物を排除したのだ。かつて竹丈が悲惨な労働状況を訴え出ようとした坑夫を虫けらのごとく殺したように。

「信じる……」低い声で私は言った。ベンツの中でクワコは繭から羽化《うか》し、加藤の恐ろしい犯罪を告発した。「あなたの推理は当たっていると思う。加藤はね、ハコを狙っているのよ。達也を養子に出すように画策しているのもそのため。私と――」言葉が詰まった。

「私と同じようにじわじわと痛めつけるつもりなの。あいつの新しい楽しみが始まるってわけ」

ユキオは絶句した。深くて暗い夜を挟んで、私たちはお互いの息遣いを聞いていた。先生が死んだ日、家を空けていた自分を責めるハコに、私は「同じ屋根の下にいたユキオだって気づかなかったんだから」と慰めた。私がユキオを呼びだして先生が一人きりだったことは言えなかった。先生を殺したのは加藤かもしれないけど、それに加担したのは私なんだ。だんだん息が苦しくなってきた。どれほどの罪を重ねたら、おしまいになるんだろう。私たちはどこにたどり着くのだろう。美容整形手術を何度も受けたけど、きっと私は今が一番醜い顔をしているに違いない。

「そんなことはさせない」

長い沈黙の後、ユキオはそれだけ言って電話を切った。


ハコは達也を手放すことをとうとう決心したようだった。加藤の計画は着々と進んでいる。もどかしかった。焦った。どうやったらハコを救えるのか？

私はユキオに言った。ハコはあなたを愛している。だから結婚してしまいなさいと。達也の父親になりなさい。それをあなたも望んでいるはず。ユキオとハコが夫婦になったら、いくらなんでも加藤も手が出せないだろう。

あんな辛そうなユキオの顔を見たのは初めてだった。彼もハコを真に愛しているんだと思った。でも彼は女性と睦むことができない。その身体的欠陥が、ごく当たり前の幸せを遠ざけている。

「それはユキオが考えているほど重大なことではないかもしれない。ハコならわかってくれるだろうし、夫婦ってそれだけじゃない」

言いながら、私に何がわかるのだろうと思った。ユキオは自分を罰しているのだ。竹丈をめった刺しにした時、私の父の息の根を止めた時、私と逃げると決めた時、彼は決して自分を許すまいと決めたのだ。体はその決意に従って機能を停止した。一度だけ、ユキオと体を重ねた時の、空に掛かっていた白い満月を思い出して、私は泣いた。

「いいんだ。もっといい方法がある。確実な方法を思いついた」

ユキオはそう言い、以降、私の言葉に耳を傾けなくなった。ハコにもはっきりと結婚することはできないと言ったそうだ。それをハコから聞いた。ユキオは達也を養子に出すことに大反対した挙句、「僕がなんとかする」と言ったという。

ユキオは何を考えている？　恐ろしい行動に出ようとしているのではないか。ハコは達也を手放して、難波家も去ろうとしている。何もかもが一つの方向に向かって一気に流れ下っているような気がした。破滅するなら、早くそうなればいいと思った。

でもハコだけは幸せにしないと。それを願って、あの日、職安で声を掛けたのではなかったか。でも事実は逆で、私が彼女に助けられたのだったけど。

ここで加藤に渡すわけにはいかない。私のたった一人の親友を。ユキオも私もちりちりした緊張感に包まれていた。それを加藤が見逃すはずがない。

「何を企んでいるんだ?」

あいつは私の部屋で問い詰めた。先生が所有していた株がすべてユキオに受け継がれたことで、また自分のペースを取り戻していた。ユキオも私も、加藤にとって道具でしかなかった。あの時の私にできることといえば、自分が楯《たて》になってハコを守ることしかなかった。

加藤が投げつける言葉の礫《つぶて》を受けた。その晩は、執拗に言葉だけで私を責めた。

「お前は故郷も兄弟も捨てたわけだが、そこまでして今の生活を手に入れたかったのか。あいつらはどう思っているだろうな。お前を恨んでいなきゃいいが」

「お前の妹は器量がよかったが、あれは母親似だったんだってな。お前が整形手術を受けたのはそのせいか? きれいになったら母親に愛されるとでも思ったか」

「外見を変えてもお前はお前さ。人殺しで窃盗犯《せっとうはん》。そら恐ろしい子供が成長しただけだ」

「竹丈の奴、可哀そうに窮屈な穴で体を曲げられて埋まってたぜ。お前の父親だって成仏してないと思うな」

どうしてこの男は、他人の脆《もろ》く触れられたくない部分を衝くのがうまいのだろう。加藤は指一本私に触れなかったのに、私はぼろ布のようにズタズタになった。知らぬ間に滂沱《ぼうだ》の涙を流し、ドロドロに化粧の溶けた私が暗い窓に映っていた。

「ほら、見ろよ。どれだけ金を掛けたと思ってるんだ。この化け物みたいな顔に」

加藤が私の顎をつかみ、面白がって笑った。それから十代の私がどれだけ醜かったか、どれだけ怒りを剝《む》き出しにした表情をしていたかを挙げ連ね、律子に対して私が心の奥底に隠し持っていた嫉妬まで言い当てた。相手が悶え苦しむことに快感を覚える男は、夜が更けるまで何時間もそうやって私を嘲《あざけ》り、弄んだ。意気揚々と加藤が帰っていった後、私はベッドに倒れ込んだ。

あいつが言ったことは全部合っている。私は父親を殺した。殺してあげるのが肉親の最後の情けだなどと正当化したが、やっぱり父は私を恨んでいるだろう。

難波先生が言うことは何でも正しく心に沁みたが、一つだけ間違っていた。筑豊を後にする時、遠賀川から湧き出てきた光の球は、ユスリカなんかじゃない。もう十一月で、ユスリカなどはとっくに死に絶えていた時期だった。あれは正真正銘、父の人魂だった。私は父の怨念に追われるように筑豊を去ったのだ。もう二度と戻ろうとも思わないし、戻れない。私の業は深い。

弱い私は、また電話の受話器を取る。ユキオの部屋で呼び出し音が鳴る。受話器を握りしめたまま、私は涙を流し続ける。静かに受話器が上がる。縮こまった体の力がふっと抜けた。ユキオの名を呼ぶ。何度も何度も繰り返した名前。私にとって特別な名前だ。

「ユキオ――。来てよ、お願い――」

ユキオは答えない。私の呼びかけにはっと息を呑む気配が伝わってきた。今度は私が声にならない声を上げる。ユキオじゃない。今受話器を取っているのは――ハコだ。頭が混乱した。何かを言うべきだろうか？　でも何を？

いつの間にか受話器からはツーツーという音しか聞こえなくなっていた。

次にハコと顔を合わすのは辛かった。でもその日が最後の日になるなんて思ってもみなかった。

なんということのない日だった。先生の遺品を整理したいからとユキオの方から申し出てきて、加藤と私は深大寺に向かった。ハコの表情からは何も読み取れなかった。だから私も平静を装った。彼女に語る言葉を一つも持たなかったから。

ハコは私に裏切られたと思っているだろうか。当然だろう。彼女の気持ちに気づいていながら、その上、彼女を応援するような言動を取りながら、夜中にこっそりユキオを呼びだしていたのだから。ハコから、ユキオを夜中に呼びだす人物を知っているかと尋ねられた時、しらばっくれた。どうしても言えなかった。ユキオと私の二十年にわたる関係は、どうやっても他人には理解してもらえないだろう。

そのことにばかり気を取られて、ユキオが事を起こすまで彼の変化に気づかなかった。いや、あの日、ユキオはとりわけ淡々としていて、平らかに見えた。今思えばすっかり心を決めていたのだろう。迷いなく加藤を殺すことを。

だいたいの作業を終えて、加藤が先に帰ることになった。ユキオは、私に残ってハコと話していくように勧めた。三人でこれからのことを腹を割って話せるかもしれない、などと私は安易に了承した。あれは私をベンツに同乗させないためだった。加藤のベンツには、もうユキオが細工をしてあったのだ。ブレーキがきかないように。そして、確実に死に至らしめるためと細工したことを隠すために、事故の後はガソリンに引火して炎上するように。自動車整備のプロだったユキオなら、簡単なことだったろう。

完璧な事故に見せかけて、私たちを長年苦しめてきたサイコパスを消せるはずだった。でもユキオがそれを決意したのは自分たちのためではない。そこから逃れたいのなら、ずっと前に行動を起こしていた。私たちはヌケガラに再会した時から、運命を甘んじて受け入れることにしたのだ。私たちは決して安穏《あんのん》と暮らしてはいけない。これはあらかじめ用意されていた当然の結末であると思った。苦界《くがい》に身を沈めたことに安堵さえ覚えていた。だから——だからユキオが加藤に殺意を抱いたのは、ハコのためだ。彼女を私たちの宿命に巻き込んではならない。

　思いもかけず、ハコが出発直前のベンツに乗り込んで行ってしまった時、ユキオは動転した。まさかこんなことが起こるとは予想していなかったに違いない。ベンツが出た後、駐車スペースのコンクリートに残されたオイルの染みを見て、私はすべてを悟った。

遅かった。何もかも。ユキオが追ったけれどベンツは曲がりくねった坂道を曲がり切れず、転落して炎上した。加藤とともにハコは命を落とした。

あれ以来、ユキオは自分が生きていることを許せないでいる。

＊

夫はじっと海を見ている。海は凪いでいて、水平線の辺りは霞《かす》んでいる。私はその後ろ姿を見ている。経営者としてはまだ若いうちに入るのかもしれない男の後ろ姿は、凄《すご》く年を取って見える。

この人は——と私は考える。この人は見たこともない母親の仇だと言って実の父親を手に掛けた。そして次に義理の父親を殺したという思い込みに導かれ、加藤を抹殺《まっさつ》した。この人にとって親族とは何なのだろう。血のつながりには恵まれず、偽りでも寄り添える家族を得たと思うそばから、それを失ってきた。だからこの人は、新しい家族を求めることをしなかった。ハコと達也とで作れるはずだったささやかな家族を。失う前にそれを得ることを拒絶した。

家族にまつわる感情とは複雑でやっかいなものだ。いっそそういうしがらみからすっかり自由でいられたら、人間は強く生きられるのかもしれない。心のないサイコパスのように。

クッキー缶の中に眠っている新聞記事。加藤義彦と石川希美が不慮《ふりょ》の事故で亡くなったという記事。あれが出た時、私はハコを巻き添えにしたという良心の呵責に苦しみながらも、浅ましい考えにもとらわれていた。あの記事を見て、私が死んだと知った誰か家族が連絡をくれはすまいかと。律子か昭夫か、正夫か。いや、そうではない。

私は——行方知れずになったままの母に気づいてもらいたかった。あれほど恨んだ母に会いたかった。でも、もちろんそういう奇跡は起きなかった。地方版に載った小さな自損事故の記事だ。どこにいるかもわからない母が読むはずがない。そんな人間らしい期待をすべきではないのだ。修羅道に堕《お》ちた者として。

私たちが籍を入れてから後、繊維業界の新聞に夫婦で写真が載ったことがある。こういうことは極力避けてきたのだが、どうしても断りきれなくて応じたのだ。繊維業界で活躍する経営者とその配偶者に話を聞いて記事にするもので、前回載った経営者がどうしてもと夫を推《お》したらしい。何度も辞退したのに、お世話になっている人だったせいで夫は押し切られた。私が公《おおやけ》に顔をさらしたのは、あれが最初で最後だった。社員数人でやっているような小さな業界紙だったから、そう多くの人目に触れるということもなかったろう。カメラマンは、その都度フリーの人を雇うのだと聞いた。

やって来たのは、記者が一人にカメラマンが一人。カメラマンの顔を見た時、息を呑んだ。滝本さんだった。筑豊で別れてから二十数年が経っていた。記者が夫にインタビューをしている間、滝本さんは何度もシャッターを押した。いくつかの質問は私にも投げかけられたが、私は不躾《ぶしつけ》なほど短い言葉でしか答えなかった。最後に夫と並んで写真を撮られた。レンズ越しに私たちを見ていた滝本さんは、カメラを下ろして尋ねた。

「どこかでお会いしましたかね?」

「いいえ。初めてだと思いますよ」

夫は落ち着きはらって答えた。筑豊の廃鉱部落にいる頃、夫はあまり滝本さんとは交流がなかった。よく話していたのは私の方だ。でも私の顔はすっかり別人だ。声から気づかれないように、私は努めて言葉を発しなかった。

「そうですよね。すみません」

滝本さんは、並んで立った私たちに向かってもう一度シャッターを押した。まさか、自分の写真集『筑豊挽歌』でかつて撮影した中学生二人だとは、思いもしなかっただろう。彼が最後に写したボタ山の写真が、夫が殺人を犯した時の証拠写真になり、ヌケガラにそれを暴かれたことも。

小さな業界紙からの仕事を請け負って細々とカメラマンを続けているらしい滝本さんは、それ以上問うことなく、記者とともに去っていった。二度と滝本さんに会うことはなかった。

もうすぐ日が沈む。赤く膨張した太陽が水平線に向かって下りてきていた。

「じゃあ、もう行くよ」

夫も血潮《ちしお》のように赤く染まる海を見るのは苦痛なのだ。足下に置いてあった小さなボストンバッグを持ち上げた。私は軽く頷く。杖《つえ》を引き寄せる私に、そのままでいいと手で合図して、夫はドアに向かって歩いていく。

「ユウ！」

背中に投げた言葉に、夫はびくっとして立ち止まった。

「うちらは結局どこへもたどり着くこつのなかね！」

夫は一瞬振り返りそうになったが、肩を一回大きく上下させて息を吐き、黙ってドアを開けて出ていった。最後に夫をユウと呼んだのは四十年も前、筑豊弁を使ったのはもっと昔のことだった。長い間、己に禁じていたことを破ったのだ。なぜなのか自分でもよくわからない。

いつか、私は彼に「うちたちは、どげんしたらここから抜け出せるとやろか？」と問うた。それから逃げて漂ってこの伊豆の地にやって来た。あの時望んだ場所に、私たちはいるのだろうか。たくさんの人を死に至らしめ、親しい人を欺《あざむ》き、どれほど罪を重ねてきたことか。もはや自分の名前すら捨てて他人に成りすましている。ハコと出会った日に、職安の職員に名前を取り違えられて、「人の名前を記号かなんかだとしか思ってないんでしょ！」と言い返した遠い記憶が立ち上がる。振り返ると、窓一杯に赤い夕陽が照り映えていた。

　それでも翌週も夫はやって来た。それが彼に残された唯一の仕事なのだ。私のそばに寄り添い、呪《のろ》われた運命に共に身を委《ゆだ》ねることが。

　もうあまり言葉を交わすこともない。雲一つない晴れ渡った空の下の海をじっと見て、それから入り江へと下りていった。加賀さんのご主人はこのところさっぱり来ない。夫は一人ボートに揺られてささやかな眠りを貪《むさぼ》るのだ。今日のような日は、気持ちがいいだろう。夫に小さな楽しみを与えてくれた加賀さんに感謝しなければならない。それから渡部さんにも。彼は雨風の強い日には、海からボートを引き上げて物置小屋にしまってくれ、週末になると夫のために桟橋につないでおいてくれる。

　夫はしばらく戻って来ないだろう。いい空気を吸い、潮の香りを嗅ぎ、心地よい揺れに身をまかせている間、せめていい夢を見られるよう、私は祈った。杖をついて立ち上がる。左の股関節が痛み、顔をしかめた。医者にはまだそれほど痛まないと嘘をついているが、そのうち田元さんに知られるかもしれない。でもここに至って手術なんてする気力が、どう振り絞っても湧いてこないのだ。

このままでいい。この体のままで潰《つい》えるまで生きようと決心した。

ゆっくりと部屋を出て、エレベーターに乗った。有村さんが三日前に亡くなった。入居者が亡くなると、結月ではささやかな「お別れの会」をする。希望者だけが出席する会を無宗教で開くのが習いだ。私はレクリエーションルームで開かれる「お別れの会」に出ることにした。小さな写真と色を抑えた花を少しだけ飾った祭壇が一番前にあって、数十脚の椅子が並べられていた。私は一番後ろの席にそっと腰を下ろした。

有村さんは去年の冬、ここで一緒にゆび編みを習ってすぐ、体調を崩して結月の敷地内にある病院に入院した。それきり、一度も退院することなく亡くなってしまったのだ。ここでは死は日常的なものだ。誰もが特別に身構えることなくそれを受け入れる。着席した人々は皆、遠くない将来に自分の身にも降りかかるものとして、死に親しみや救いを見出しているのかもしれない。そういう集団の中にいることは、私をわずかだが悠揚《ゆうよう》な気持ちにさせてくれる。

所長さんが、祭壇の前で有村さんの人となり、簡単なプロフィールを述べた。彼女は昭和六十年の日航機墜落事故で娘さんを亡くしているのだった。「毎年八月十二日に、御巣《おす》鷹山《たかやま》の慰霊碑に参ることが、有村さんの生きる支えでした」と所長さんは言った。でもこの数年は体が弱ってそれも叶わなかったのだと。去年は墜落から三十年の節目だったので、どうしてもと言って息子さん夫婦に連れて行ってもらったそうだ。

「三十年目を迎えられて、気持ちにけじめがつかれたのでしょう。御巣鷹山から帰って来られてからは穏やかに明るく過ごされていました」

　誰かが鼻を啜り上げた。

　日航機事故から三十年のニュースはテレビで何度も流れた。盛大な慰霊祭が行われ、遺族や日本航空の社員、地元の人々が祈りを捧げていた。単独機事故では死者数世界最多の五百二十名が命を落とした事故は悲惨極まりない。毎年事故が起こった日が近づくと、必ず人々の記憶を喚起《かんき》するようにニュースになる。決して忘れてはならない、二度と同じ事故を繰り返してはならないと訴えている。それは正しいことだし、大切なことだ。

　でも、この死者数に匹敵《ひってき》するほどの犠牲者を出した炭鉱事故が過去に何度もあったことは、もう誰の口にも上らない。昭和三十八年に起こった三井三池三川炭鉱炭塵爆発では四百五十八人もの死者を出したのだ。生き残った者も一酸化炭素中毒患者になって死ぬほどの苦しみを味わった。私の父もその中の一人だった。昭和四十年には、同じ三井山野炭鉱でガス爆発事故が起こった。犠牲者は二百三十七人だ。地下の坑道で起こる炭鉱事故では、人が束になって死んでいた。そんなことは誰も憶えていない。

　日航機事故のわずか四年前に起こった北炭夕張《ほくたんゆうばり》炭鉱で発生したガス突出事故では、坑内火災を鎮火するために多くの坑夫を残したまま、坑道を水で満たした。坑道を水没させるということは、もし生き残っている者があったとしても、彼らを見捨てるということだ。地下の坑夫は、火責め水責めにされて命を落とした。最後の遺体が収容されたのは、事故から半年も経ってからだった。結局死者数は九十三人に上った。石炭がエネルギーとして見向きもされなくなり、地面の下で起こった事故のことは全部歴史の陰に葬《ほうむ》られた。

しかしもう昔のことだ。こういう事柄に憤る気力を私は失ってしまった。

入居者の中で親しかった人が有村さんの思い出を語った。温厚な誰にでも好かれる人だったから、多くの人が口を開いた。私は黙ってそれに耳を傾けた。最後に皆で有村さんのために黙禱《もくとう》をした。

部屋に戻ったのは、一時間以上経ってからだった。まだ夫は帰って来ていなかった。窓から入り江の方を見下ろした。お天気がいいので、向こうの浜を歩いている小さな人影がぽつぽつ見えた。視線を手前の崖に向ける。夫はまだボートの上にいるのだろうか。ベランダに出て、手を額《ひたい》にかざして、崖の向こうから階段を上がって来る夫の姿がないか目を凝らした。その時、鮮やかな色が目に飛び込んできた。崖上のモチノキの枝に、明るい色の塊《かたま》りが載っているのを見つけたのだ。オレンジ色と黄色の混じったふわふわした塊りだった。どこかの部屋から風に飛ばされた何かが引っ掛かっているのだろうと思った。スカーフかそれとも薄手のカーディガンか。風がもうひと吹きしたら海に落ちてしまうかもしれない。

部屋の中に入ろうとしたその時、黒い影のようなものがスーッと飛んできた。カラスだった。カラスは色鮮やかな塊りのそばの枝に舞い降りた。あっと思った。私は素早く部屋に取って返し、双眼鏡を持ってきた。カラスが嘴《くちばし》で熱心につついているのは——私のゆび編みだった。それもオスのカラスが好きなオレンジと黄色の。十個かそこらはまとまっているようだ。私は双眼鏡を目から離して考え込んだ。ベランダを見渡す。あれをここに置き忘れたのだろうか。それが風に飛ばされてあんなところまで行ったのか。いや、そんなはずはない。ゆび編みのモチーフは、少しずつカラスにやるつもりで、編んだものはきちんとしまっておいたはずだ。

もう一度部屋に入って、ゆび編みを入れておいたカゴを確かめた。そこにはたくさんの花のモチーフが詰まっている。カラスの夫婦が好むオレンジと黄色とピンクと水色の毛糸でいっぱいだ。この中のものが少しくらい失くなっても自分でもわからないくらいの多さだ。かすかな羽音がしたので外を見ると、とうとう毛糸のモチーフを枝から引きはがすことに成功したカラスが飛び立つところだった。やれやれ、どうしたことか、あのオスガラスは、一度にたくさんの巣材を手に入れたわけだ。

ところがカラスは塊りを落としてしまった。毛糸だけとは思えない重さがあったようだ。何かがくくり付けられていたみたいに、ストンと真っ直ぐ下に落ちた。カラスは慌《あわ》てて崖の端っこに落ちたお気に入りの巣材を拾いにいった。私はまた双眼鏡を目に当てる。

カラスは慎重に足で毛糸を押さえ、嘴でちょっとずつ毛糸の塊りから伸びた紐を手繰り寄せている。紐の先は崖の向こうに垂れ下がっているようだ。カラスは、それから体をぐっと低くして力を溜め込んだ挙句、さっと羽ばたいた。今度こそは絶対に落とすものかという気概が見てとれた。私はそっと微笑む。それほどあの明るい色の花が欲しかったんだ。きっとメスのカラスにせっつかれたに違いない。産卵が近いのだろう。ずっと観察していたら、子育てするカラスの様子も、巣立ちする子ガラスも見えるかもしれない。

大空に舞い上がったカラスの両足には、丸まった毛糸ががっちりと鉤爪《かぎづめ》で握り込まれている。その下に細い紐が垂れている。そのせいで、カラスはひどく飛びにくそうだ。あれは何だろう。ぶらんぶらんと揺れる紐の先に何かが結わえられているのだが、双眼鏡の狭い視界ではかえってとらえにくい。肉眼で見ようとしたが、もうカラスは遠ざかってしまい、何か光るものがぶら下がっているとしかわからなかった。そのままカラスはメスが待つキリの木の方へ飛び去った。

夫が溺死《できし》しているのが見つかったのは、その日の夕方だった。いつにも増して赤々と不吉な色に染まる海を見ているうちに胸騒ぎがしてきた。夫はこんなに遅くまで海にいたことがなかった。田元さんに頼んで様子を見に行ってもらった。崖の石段をあたふたと駆け上がってくる田元さんを見た時に、もう何が起こったのか予測できた。

夫が寝そべっていたボートの空気が抜けてしまったのだ。海に投げ出された彼は、服を着たまま入り江の透明な水底に沈んでいた。すぐに引き上げられて結月の医者が呼ばれた。蘇生《そせい》措置を施してくれたが、間に合わなかった。彼は二度と息をすることはなかった。事故だと思われたが、ボートには刃物で切られた跡が残っていた。そこから空気が抜けたのだ。にわかに緊張が走った。誰かが故意にボートの空気を抜いたとしか考えられなかった。警察が捜査を始めた。夫の遺体は大学病院で解剖《かいぼう》に付された。溺死に間違いないとのことだった。アルコールも、睡眠薬や安定剤、その他の薬物反応もなかった。

「奥さん」担当の刑事が二人、結月の私の部屋へ来て尋ねた。「ご主人は誰かに恨まれるというようなことはありませんでしたか？」

「いいえ」

「では、自殺する心当たりは？」

「ありません」

実際は、その二つとも、答えはイエスだ。夫は償《つぐな》うことのできない罪を過去に犯し、そのせいで生に執着することはなかった。しかし、そういうことをここで述べるわけにはいかない。二人の刑事は目配せをし、年配の方が眉根を寄せて考え込んだ。もう一人は軽く咳払いをした。事故ではなく、故意に仕組まれた事件だと疑ってかかっているのだ。でも状況は不可解だ。桟橋に下りる崖の石段に近づいた者はいなかった。結月の周辺をカバーしていた防犯カメラの中の一台が、石段の下り口をずっととらえていた。夫が下りていってから後、誰もそこに近づいた者はいなかった。夕方に田元さんが恐る恐る覗き込むまでは。向かい側の浜辺からのカメラには、崖下の桟橋が小さく映っていた。夫の乗ったボートは、何の前触れもなく沈んでいったように見えたそうだ。

誰かが崖の上からナイフでも投げてボートを傷つけたのか。でもそんな不審な人物は崖上にも桟橋にも映っていなかったし、第一投げられた刃物らしきものは見つからなかった。警察のアクアラング隊が、海底を丁寧に探したけれど、萎《しぼ》んだゴムボート以外には何も見つからなかった。

夫の葬儀は社葬で行われた。何もかもナンバテックの総務課が仕切ってくれ、私は喪主席に座っていただけだった。体調が思わしくないという理由で、喪主挨拶も代読してもらった。夫は難波由起夫として、深大寺にある難波家の墓に葬られた。立派な墓石の下に納められた骨が、実は難波家には何の縁《ゆかり》もない中村勇次のものであるとは、誰も知らない。骨壺《つぼ》を納める時、私は心の中で難波先生と奥様にだけ、すみませんと謝った。

夫は自分がいつ引退してもいいように後継者を決めてあった。だから会社の混乱は少なかった。

新聞には、ただナンバテックの社長がボートに乗っていて溺死したとだけ載った。警察が事故死であると断定したかどうかはまだわからない。夫が亡くなった直後に入居者とスタッフ全員の所在が確認されたということだったが、それで何か成果が上がったということも聞かない。平和な高級老人ホームであるべき結月は、風評を気にして、早く収まりをつけてしまいたいふうだった。スタッフにはその旨《むね》がきつく言い渡されたのか、皆平常通りの運営に心を砕いていた。

加賀さんは速水さんはじめ、他の入居者がこっそり口にする憶測《おくそく》をいちいち知らせてくれていたが、私が気のない返事をするものだから、やがてそれも収まった。田元さんや島森さん、渡部さんら、親しいスタッフはさりげなく私を気遣ってくれていた。

「こんな時に辞めることになってすみません」と渡部さんは申し訳なさそうに言った。

「いいえ、こちらこそ、お騒がせしてごめんなさいね。あなたにも迷惑をかけたわね」

渡部さんにも当然警察の事情聴取があったはずだ。彼は確かあの日は午後から入居者の一人に頼まれた買い物をしに出掛けていたと聞いた。ここを去る直前に嫌な思いをさせてしまった。

「渡部さん、ご結婚されるんでしょ？　おめでとう」

「ああ、里見さんがしゃべっちゃったんですね。そうなんです。ここで働かせてもらって気持ちの整理がつきました。しばらくは日本に戻って来れないけど、でも自分のやりたいことをやろうと」

「いいパートナーを見つけたのね」

渡部さんはとまどったような笑みを浮かべた。

加賀さんのご主人がやって来た。私の部屋にある小さな仏壇に手を合わせながら、お悔やみに来るのが遅れたことを詫びた。

「こんなことになるのなら、釣りになんか誘うんじゃなかった。あのゴムボートを買ってきたことが裏目に出てしまって」

「いいえ、そんなことはありません」私は慌てて否定した。「主人はボートの上にいるのがとても気に入っていたんです。こんなこと、珍しいんですよ。自分から何かを楽しむなんて。仕事一本やりの人でしたから。だからそういうふうに考えないでください。加賀さんには本当に感謝しているんですから」

それは本心だった。最近、私はよく夢想するのだ。夫が崖下のボートに寝転がっているところを。ボートの脇を叩く波の音。鼻腔《びこう》をくすぐる潮の香り。少しだけ頭を上げて水平線を見れば、遠くを航行していく大型客船や貨物船が夢のように浮かんでいる。それを眺めながら手を伸ばして水に触れてみたりしたかもしれない。抜けるような青空と、透明な水とに挟まれた夫――。自分を責め続けた夫の束の間の平安であったはずだ。

「まだどうして亡くなられたか詳しいこと、わからないんですか?」

加賀氏の言葉が私を現実に引き戻す。

「ええ」

「奥さん――」彼は苦しげに顔を歪めた。「奥さんは知っていましたか？　あの、ご主人が泳げなかったこと」

「泳げない？」

私はオウム返しにそう言った。警察にもそれを問われた時、多分泳げはしたが、得意ではなかったと思うと答えた。不意打ちのように着衣のまま海に投げ出されたら、パニックに陥って溺れてしまうことは大いにあり得ると。でも全く泳げないとは知らなかった。そんなこと、私たちの間の会話には上らなかったから。

「ご主人は泳げなかったんです。私にははっきりとそう言いました。だから申し訳ないが、入り江の真ん中まで出て釣り糸を垂れるなんてできないって」

夫は初めて加賀氏の釣りに付き合った時、「海は見ているのがいいね。陸地から離れるのは嫌だ」と言った。本当に泳げなかったのか。加賀氏とそういう会話をしたことも知らなかった。

「だから私も無理に誘うことをやめたんですよ。ご主人はそれで桟橋につないだボートで待つようになったんです」

そしてその心地よさに惹かれて何度もボートに寝転がるようになった。決して沖には行かず。

「家内から不審な点があることは聞きました」加賀氏は幾分躊躇したが、後を続けた。

「ボートに穴が開いて沈み始めたら、誰だって気がついて飛び起きますよ。いくら泳げなくても溺死なんて。桟橋はすぐ横にあるんだし、ボートの構造も急には沈まないようになっていたはずですよ」

なぜ夫が黙って沈んでいったのか、どうしても納得できないと加賀氏は語気を強めた。

「ご主人は自殺されたってことはないでしょうかね。そうとしか思えないんだ。穴をどうやって開けたかはわからないけど」そしてそんな自分の言葉にはっとしたように「すみません。こんなこと、言うために来たのではなかった」と頭を下げた。

加賀氏はその後もつい言葉が過ぎたことを何度も謝り、帰っていった。

私たちが育った劣悪《れつあく》な環境では、泳ぎを覚えることがなくて当然だ。私もそう得意な方ではない。こんなに長く近くにいながら、夫が泳げないことを知らなかった。でも加賀さんの言うことは正しい。自分から命を投げ出す気がなければ、ボートが裂けたくらいでは溺死などしない。あんなに大きなボートだもの、すっかり空気が抜けてしまうまでには間があるだろう。加賀さんは、どうやってボートが切り裂かれたかわからないと言った。でも私は知っている。

ベランダに出て双眼鏡を目に当てた。森の入り口のキリの木に焦点を絞る。カラスの巣だ。お気に入りの毛糸を敷き詰めた巣で、カラスはもう産卵しただろうか。メスのカラスが巣の中にいるのがわかった。枝を組んだ巣の外側に紐が垂れている。その紐の先をたどる。紐の先にはきらきら光るものがぶら下がっている。倍率を上げてその光る物体を拡大してみる。

ナイフだった。切っ先の鋭い、アウトドアで使うような重厚なナイフ。風が吹くと紐が揺れ、ナイフも揺れている。

夫が死んだ日、オレンジと黄色の花のモチーフが崖上のモチノキに絡ませてあった。あの毛糸の塊りの下には、紐に下げられたナイフがあったのだ。カラスがそれを見つけて毛糸をついばめば、紐が緩んで落下し、直下にあるボートを裂く。カラスが毛糸を持ち去れば、ナイフも回収されてしまう。十数メートルもあるキリの木の上のカラスの巣なんて誰も気にしない。あれはいつまでもあそこにぶら下がっているだろう。光るものが好きなカラスにとっては格好の戦利品だ。

加賀さんの推理は正しいのかもしれない。夫が自殺したという推理は。彼は泳げない自分をわざと海に沈めたのか。あんな細工をしたのは夫だろうか。私の編んだ毛糸を持ち出せるのも、カラスの習性を知っているのも夫だった。身じろぎもせず黙って澄んだ水の底にゆらりと落ちていく夫を思い浮かべた。もし彼が私より先に死を選ぶことになれば、私は精神的に大きな衝撃を受け、立ち直れないに違いない。それを憂《うれ》えてこんな手の込んだことをしたのだろうか。泳げない人物が裂けたボートと共に沈んでしまった単純な事故と見せかけるために？

夫がずっと長い間、生きていることに苦痛を感じていると知っていた。彼が私のためにだけ生き永らえていてくれることも。でもとうとう決心したのだ。おそらく、夫の背中を押したのは私だ。この前、「ユウ」と背中に向かって呼びかけたから。あれが張りつめていた夫の心の細い糸を切ったのだ。

「ばかね、私はあなたが泳げないって知らなかったんだから」

誰もいない空間に向かって私は呟いた。

私は一人ぼっちになった。長いこと、こうなることを恐れていた。でも実際にそれを迎え入れると、案外持ちこたえられるものだと思った。

長い間、夫は死に魅了されてきた。それを引き止めていたのは私だ。今、彼は安寧の中にいるのだ。死に顔はこれ以上ないというほど穏やかだった。目の横の傷ももうそれほど目立たなかった。そのことが私にとっては癒《いや》しであり、安らぎだ。もっと早くに夫を自由にしてあげるべきだったとさえ思う。夜中にうなされることも今のところない。

警察もこれを事故として処理したようだ。私もこうやって一つ一つ、気持ちにけじめをつけていかねばならない。三十年目に御巣鷹山に行った有村さんのように。そうしなければ前には進めない。

連れだって歩く島森さんと渡部さんに廊下で会った。島森さんは今月いっぱいで辞めてしまう渡部さんのことを残念がっている。

「もったいないわ。ようやく介護の仕事にも慣れてきたと思ったのに」

「彼にはやりたいことが別にあるのよ、島森さん」

渡部さんが海外で自然保護の活動をしていることは島森さんも知っていた。

「そうですねえ、引き止めても仕方がないんでしょうけど――」

最近認知症が進んで日常会話を英語でしかしなくなった老人に、渡部さんがいい話し相手になってくれているのだという。元は外交官をしていた老人らしい。

「渡部さん、英語だけでなくてフランス語やスペイン語も話せるんですって？　初めて知ったわ」

「いや、フランス語はともかくスペイン語はカタコトですよ。親が海外生活が長かったから、自然に覚えただけで」

「へえ！　すごい！」島森さんは大仰に驚いた。「じゃあ、世界中を渡り歩く、今の生活も板についてるわけだ。ご両親は何をしていたの？」

「父が商社マンだったんですよ。母は専業主婦です。でもどこへ行ってもその国の文化や習慣に馴染むのは早かったですね。偏見とかを持つ人じゃなかったから。あっけらかんと陽気で」

介護士長さんがそばを通った。二人は立ち話を咎められると思ったのか、私に軽く挨拶して、歩き始めた。

「いいご両親ね！」

「そうですね、感謝してます。本当は実の親じゃないんです。身寄りのない僕を引き取ってくれたんです。すごく可愛がって育ててくれました」

「そうなんだ」

遠ざかる二人の会話を聞きながら、私はサロンへ行った。

「ねえ、あなた、知ってる？」

椅子に座るやいなや、加賀さんが話しかけてきた。

渡部さんはその六日後にわざわざ挨拶に来てくれた。

「今日が最後なんです。お世話になりました」

「いいえ、お世話になったのは私の方」

私は渡部さんに買ってきてもらった双眼鏡を膝の上から持ち上げてみせた。カラスは抱卵しているらしい。オスとメスは交互に巣の中に座っている。

応接セットのソファに座るよう、渡部さんに言った。彼は素直にそれに従った。

「私はここで失礼させてもらうわ。低いソファに座ると、立ち上がるのが大変だから」

座面の高い椅子にちょこんとお尻を載せるようにした。それでも股関節が痛み、私は顔をしかめた。

「痛みますか?」

渡部さんが立って来て、座る私の手助けをしてくれた。

「大丈夫。手術をしたくないから、我慢するしかないわ」

「痛みを我慢するのは大変でしょう」

沈痛《ちんつう》な面持《おもも》ちで彼は、脚の付け根をさする私を見詰めた。

「痛みの緩和には次々と革命的な薬が生まれているんですよ。僕が結婚するカナダ人の彼女は——」ソファに戻った渡部さんは言った。「有機化学者なんです」

「有機化学者?」

「ええ。彼女は現代医学では治療できない病気を治せる、自然由来の成分を追い求めているんです」渡部さんは目を輝かせた。「アマゾンの未開部族のシャーマンは、ジャングルで採取できる植物や動物からの抽出《ちゅうしゅつ》物で薬を作り、それで病気を治してしまうんです。彼女たちのグループはその魔法のような治療法に目をつけたわけで——」

「まあ」

「時代錯誤で荒唐無稽《こうとうむけい》だと思われるでしょうね」

渡部さんはちょっと頬を赤らめた。

「そんなことはないわ」にわかに興味を引かれた。

「化学合成薬品が開発された後も、実際は薬品原料の供給源を自然界に頼ることも多いんです。現にアマゾンのジャングルには、世界中の製薬会社が熱い視線を送っています。彼女はシャーマンにくっついてジャングルの中を歩き回って、新しい成分を発見することに夢中なんです」

「そこであなたたちは知り合ったのね」

「そうです。僕は生物学を学んだおかげで、自然環境を保全する活動をしていました。そこで彼女と――」渡部さんは力を込めた。「自然由来の鎮痛剤なら副作用も少ないし、難波さんのような人にはとても役に立つと思うんです」

「そうね。もうよくはならなくていいから、この痛みさえ取ってくれればどんなにいいかしらね」

「でも人類に有用な薬をもたらす植物や動物は、研究が追いつかないようなスピードで個体数が減少しているんです。環境破壊のせいで、きっと僕たちが知らないうちに医学上の奇跡になるべき生物が絶滅しているに違いないんです。彼女もすごく悔しがっていますよ。すぐれた抗癌剤や鎮痛剤、アルツハイマー病の治療薬が生まれる機会を失っているって」

頭の中で、何かがパチンと嵌《は》め込まれる音がした。過去からやってきたジグソーパズルの一片。

難波先生はよく「すべてのものはつながっていて、それぞれを支えているんです」と言っていた。あの声を無性に聞きたかった。柔らかくて少しかすれて、温かな声――。

「ああ、自分のことばかりしゃべり過ぎました」渡部さんは立ち上がった。「どうかお体を大事にしてください」

深く頭を下げる。

「あなたは生き物が本当に好きなのね。今の仕事は自然を守るだけじゃなくて、人類にとっても有益なことなのね」

「そう言っていただけると嬉しいです」

私はつくづくと渡部さんの顔を見た。

「あなたは――」こんなことを訊く資格は私にはないとわかっていたが、訊かずにいられなかった。「幸せだった?」

「ええ、とても」すかさず渡部さんは答えた。「じゃあ、失礼します」

踵《きびす》を返した彼の背中に追いすがるように言った。

「あなたがしたことは正しかった」

ゆっくりと渡部さんは振り返った。私を真っ直ぐに見据える。

「本当よ。でもなぜ?　なぜあなたは私の主人を殺したの?」

「愚者の毒ですよ」

グシャノドク——？　どういう意味だろう。確かに彼はそう言った。

あの手の込んだ細工ができた人物はもう一人いた。私の部屋に出入りしていて、毛糸のモチーフを持ちだせる人物。カラスの習性をよく知っている、かつてクロを飼っていた人物。

私の前にはその可能性がずっと提示されていた。なのに私の脳はそれを受け入れることを拒否していた。

渡部さんのリュックサックには、ダルマの形をした土鈴が提げられていた。たくさんのキーホルダーやストラップと一緒に。昔、私が深大寺で買ってやったものだ。

いつか渡部さんが入居者を介助している時、よろめいた老人に引っ張られてTシャツがめくれ上がったことがあった。島森さんが遠くからそれを見て「キャッ」と驚きの声を上げた。彼の背中には、一面渦巻《うずま》くようにケロイド状の火傷《やけど》の痕があったのだ。

達也の背中が引き攣《ひっ》れた火傷の痕跡で覆われているのを知ったのは、ハコが亡くなってからだった。ハコが無意識に服の上からあの子の背中を撫でるようにしていたのは、このせいだと思った。

でも無慈悲《むじひ》にも私は、進んでいた達也の養子縁組の話を推し進めた。ハコの名を呼んだ達也は、驚くべき早さで言葉を取り戻していたから。いずれこの子は私を糾弾《きゅうだん》するに違いなかった。私を指差して「この人は香川葉子ではありません！　この人のせいでハコちゃんは死んだんです！」と。

後で夫から、達也は立派な家庭にもらわれていったと聞いた。商社マンの家だったとは知らなかった。失語症だった子は、複数の言語を操り、生き物に興味を持ち、大学院で研究をし、その延長でやがて素晴らしい伴侶を得ることになったのだ。

私はそっと双眼鏡を差し出した。渡部さんは手を伸ばしてそれを受け取った。ベランダに出てカラスの巣をじっと見ている。巣からぶら下がった紐付きのナイフを見て、私がすべてを悟ったと知るだろう。

彼は静かに部屋に戻って来て、双眼鏡をサイドテーブルの上に置いた。何の感情も読み取れない嵌め殺しの窓のような瞳が私に向けられた。

彼の心の深淵を覗き込む勇気を私は持たない。

「あなたのしたことは正しかった」もう一度、私は言った。「あの人は生きているのが辛かったのよ」

渡部さんはそれには答えなかった。あの時の五歳児は、ハコを殺したのが私の夫だと知っていた。事故直後に私の腕の中で、夫の悲痛な告白を聞いたのだから。

世界はつながっている。何一つ無駄なものはない。難波先生の教えに従ったのか、それとも自分自身の考えに基づいたのかわからないけれど、ただ彼にもけじめが必要だったのだ。過去の自分に訣別するための、新しい人生を歩むためのひと区切りが――。

〝グシャノドク〟という謎の言葉がそれを表しているのだろうか。わからない。

夫はボートを裂くナイフがモチノキの枝から落ちてきた時、進んで己の運命に従ったのだ。慌てることも抵抗することもなく、ただ静かにそれを受け入れた。

長い間待ち望んだ、人生の帳尻が合う時がきたと安堵の吐息をついたことだろう。とうとう彼は終着点にたどり着いた。

仕掛けたのは渡部さん。黙って受け入れたのは夫。

確かに渡部さんには明確な殺意があった。なぜか彼は夫が泳げないと知っていたのだ。モチノキに毛糸のモチーフの仕掛けを施し、ナイフが落下する正確な場所を見定めてボートを舫った後、自分は用事のため結月から出ていった。誰も彼を疑わなかった。成功すれば完全犯罪だ。

これは賭けだったのかもしれない。ことがうまく運ばなかったら、帰って来て仕掛けを片づければいいことだ。でも殺意があったことには変わりはない。

渡部さんにとっては殺意だったかもしれないけれど、それは夫にとっては救済であり、福音《ふくいん》だった。渡部さんは夫を長い苦しみから解放してくれたのだ。患者を痛みから解放する自然由来の鎮痛剤のように。

何もかもが収まるべきところに収まったと感じられた。

私は彼に感謝しなければならない。このことを伝えたかったが、うまい言葉を持たなかった。私と夫との長くて深い関係を説明する言葉を一つも――。

渡部さんはもう一度深々と一礼すると、ドアに向かって歩いていった。

「さようなら、達也」

ふっと足を緩めた渡部さんは、半分だけ顔をこちらに向けて答えた。

「さようなら、希美《のぞみ》さん」

解説――陰と陽、二面性を持つ第一級のミステリー

書評家　杉江《すぎえ》　松恋《まつこい》

犯罪小説は、それを手に取る者に自《みずか》らの内なる闇を意識させる。

犯罪という行為がなぜ起きるか、犯罪者はなぜ生まれるのか。それを明らかにするうちに、普遍《ふへん》的な共通項が浮かび上がってしまうのだ。優《すぐ》れた犯罪小説は必ず事例の特殊から存在の普遍へと向かう。今また、その系譜《けいふ》に加えられるべき作品が誕生した。宇佐美《うさみ》まこと『愚者の毒』である。本作を読みながら幾度も、行間から自分に向けられた見えない指の存在を感じた。

簡単に序盤のあらすじを紹介する。

一九八五年春、三十五歳の香川葉子《かがわようこ》は職業安定所で起きた出来事が元で、生年月日がまったく同じという女性、石川希美《いしかわきみ》と出会う。希美は、葉子とは別世界の住人のように洗練された女性だったがなぜかうまがあい、住み込みの家政婦という仕事まで紹介される。世話をすることになったのは、難波寛和《なんばひろかず》という男性だった。彼は難波家の婿《むこ》養子であ

り、いずれは繊維《せんい》メーカー・ナンバテックの経営者になることが決まっていた。しかし事情があり、彼を飛び越して妻である佳世子《かよこ》が先夫との間に儲《もう》けた長男・由起夫《ゆきお》がその地位を継承したのである。元理科教師で学究肌の寛和にとっては渡りに船の話で、以来彼は生きがいである研究に打ち込んでいた。

葉子には達也《たつや》という扶養《ふよう》家族がいた。自分の子供ではない。借金苦で心中した妹夫婦の忘れ形見である。両親が焼身自殺を遂《と》げたという心的外傷によるものか、四歳になるのに達也はほとんど喋《しゃべ》らず、心細いほどの意思疎通《そつう》しかできない。しかし、そんな彼に対しても難波家の父子は態度を変えることなく接してくれるのである。まるで本当の家族のように暖かい人間関係、そして邸《やしき》のある武蔵野《むさしの》台地での穏やかな暮らしによって、疲れ切った葉子の心も次第に癒《いや》されていく。

「武蔵野陰影」と題された第一章は、右のような過去の日々と、二〇一五年夏の現在とがカットバックする形で綴《つづ》られていく。この叙述《じょじゅつ》の形式は第二章「筑豊挽歌《ちくほうばんか》」においても継承される。ここで語られる過去は一九六五年の筑豊地方、鉱山が閉じられたために住民全員が極貧の生活を強《し》いられている集落の物語だ。二つの章、三つの作中時間が第三章「伊豆溟海《いずめいかい》」で合流し、すべての謎《なぞ》が明らかになる。

このように複線形式で物語が行われる小説である。読者は、高級有料老人ホームに入居した女性が語り手を務める現在のパートを読み、不安に駆られるだろう。過去において取り返しのつかない事態が起きてしまったということが明示されるからだ。ここに本書の魅力の源泉がある。

破局が訪れることが小説の初めに予告され、変えることができない過去の瞬間に向けて物語が動いていくという構造を効果的に利用した作品の一例としては、ルース・レンデル『ロウフィールド館の惨劇』（一九七七年。角川文庫）を思い出す。冒頭で雇い入れた家政婦によって家の人間が皆殺しにされることが予告される。それは絶対に動かせない事実なので、読者は歯噛みしながらも事態の推移を見守らざるをえないのだ。まるで、ガラス一枚隔《へだ》てた向こうで行われている殺人劇を見るように。それと似た構造を持つのが小池真理子《こいけまりこ》の直木賞受賞作『恋』（一九九五年。早川書房→新潮文庫他）である。この作品は、レンデルのそれよりもさらに残酷な構造を持っていた。後に殺人犯として告発されることになる女性は、被害者となる夫婦を尊敬し、彼らと共に過ごせることをこの上ない幸せと考えていた。小説の中で最も美しいのは、その幸福な時間を描いた章である。それなのになぜ殺さなければならなかったのか、という問いが同書の提示する最大の謎だ。

『愚者の毒』には、この『恋』を連想させる要素が多分にある。『恋』の主人公・矢野布《やのふ》美子《みこ》が片瀬《かたせ》夫妻が所有する軽井沢《かるいざわ》の別荘で覚えたであろう至福と同種のものを、本書の香川葉子も難波邸で味わうのである。邸のある武蔵野の自然が描かれた箇所は美しく、物語の進行と重ね合わせるような形で四季の移り変わりが綴られていく。豊かな自然描写によって登場人物の心情を代弁するだけではなく、その中に読者の心を遊弋《ゆうよく》させることによって強い印象を刻《きざ》みつける。その技法は本書では実に有効に用いられている。

さらに作品を忘れ難《がた》いものにさせているのが、葉子の甥《おい》である達也の存在だ。前述したように、達也は発達障害を思わせるような行動をとるのだが、難波寛和は彼を特別扱いせず、大人に向かうときのような口調で語りかける。小説の題名に使われている「愚者」は、寛和のニーチェ『ツァラトストラかく語りき』（新潮文庫他）からの引用した言葉である。自分ではどうすることもできない出自や身体の特徴によって差別されていい人間は一人もいないし、それを引け目に感じることはないと、寛和は達也に繰り返し説く。『愚者の毒』は二面性のある小説であり、陰の側では戦慄すべき悪の存在が描かれる。寛和の言葉はそれに対抗しうる光を生み出して物語を照射する。胸の痛くなるような物語でありながら読後に暖かいものが残るのは、この陽の面があるからなのである。

中盤以降の展開についてはここでは触れないが、希望に満ちた第一章と第二章の間に、大きな落差があることは予告しておきたい。ここで描かれるのはエネルギー政策の転換によって見捨てられた土地、廃鉱の集落だ。生活保護以外に収入がなく、じりじりと借金が増えていくことを承知で高利貸しに頭を下げる人々、永遠に続く苦しみの中で荒《すさ》み切った共同体の姿を、作者は容赦なく描く。第二章の語り手が「貧困よりも飢餓《きが》よりも恐ろしいものがここにはある。それは絶望だ」と言うように、すべての運命が己《おのれ》の手の届く高さよりも上にあり、個人の力ではそれを如何《いかん》ともしがたいという現実も、この世にはあるのだ。描かれているのは一九六五年の筑豊地方の情景だが、作者は間違いなくその上に二極分化が進んでいる二〇一〇年代の現実を重ねて描いているはずだ。貧困の上に身に覚えのない盗みの嫌疑までかけられ、底の底まで突き落とされた第二章の語り手は呟《つぶや》く。

――（前略）世界は二つに分かれているのだ。一つは経済の発展の恩恵を受けて、どんどんよくなっていく世界。（中略）でもその下には、毎日の食べる物にも事欠いて、字の読み書きさえできない世界の住人がいる。きっとそういう世界の最下層は、全体から見たら沈殿した滓《かす》みたいなものなのだ。知る機会があってもそっと目を逸《そ》らすだけだろう。

言うまでもなく難波寛和に象徴される第一章の光と第二章の闇とは明確な対照関係を作り出すように配置されている。闇があるからこそ光に満ちた言葉が力を持つのであり、光ある場所を垣間《かいま》見たがゆえに闇の昏《くら》さにおののくのだ。本書で描かれる犯罪は、その光と闇の両方を見てしまった人間によって行われる。

ここまでは曖昧《あいまい》にしか書いてこなかったが、本書は殺人を含む犯罪を扱ったミステリーである。物語の序盤から中盤にかけて置かれた伏線を回収していく技巧が秀《ひい》でており、驚きを重視する読者にとってはたまらない読み味があるはずだ。あらすじを序盤のごく一部しか紹介できなかったことからわかる通り、先行きがまったく見えない小説でもある。何よりも犯罪計画の規模が大きく、読者はなかなか全容を見渡すことができないのだ。「誰が悪なのか」という犯人捜しと同時に「何が起きているのか」というように犯罪の実態を見抜くことが読む者には求められる。犯人は世界の輝きと闇の両方を見た者であり、そのことが動機の根幹をなしているのであろうと読むうちに理解されてくる。何が起きていたのか、という全貌が明らかにされたとき、読者は犯人に同化している自分の心情を発見するはずだ。本書は、世の摂理《せつり》を見てしまった人間が、なすすべもなく犯罪に突き進むさまを描いた小説としても長く記憶されることになるだろう。

宇佐美まことは二〇〇六年に「るんびにの子供」で第一回『幽』怪談文学賞を短篇部門で獲得して作家デビューを果たした。同賞は二〇一五年まで存続した新人賞で、日本唯一の怪談専門文芸誌である「幽」編集部が主催していた。長篇部門で同時受賞したのが黒史郎《くろしろう》『夜は一緒に散歩しよ』（大賞。メディアファクトリー→MF文庫ダ・ヴィンチ）、水沫流人《みなわりゅうと》『七面坂心中』（優秀賞。メディアファクトリー）である。正賞がトロフィーではなくてオリジナルの行燈《あんどん》というのが新人賞としては珍しく、しかもその側面には受賞作をイメージした図柄がそれぞれ描かれていた。三つの行燈が並んだところはなかなかの壮観だったと記憶している。

「るんびにの子供」の主人公は義母との不毛な闘争に疲弊《ひへい》する女性である。彼女だけに見える少女の「久美《くみ》ちゃん」が同作における怪異で、その非現実と義母との関係という現実の間で物語は進行していく。同作は受賞の翌年に書き下ろし作品を加えた上で同題の短篇集として刊行された（メディアファクトリー→MF文庫ダ・ヴィンチ）。いずれの追加作も水準は高く、宇佐美はこの短篇集で将来を嘱望《しょくぼう》される怪談作家としての評価をまず確立したのである。

宇佐美の第二作は書き下ろし長篇『虹色の童話』（二〇〇八年。MF文庫ダ・ヴィンチ）だ。レインボーハイツという半ば廃墟《はいきょ》と化したマンションの住人たちを主要登場人物とした物語であり、彼らが放つ負の気配が次々に不幸を招き寄せていく展開に圧倒される。同書解説を務めた笹川吉晴《ささがわよしはる》は「怪異の冷たく無機質な描出においてきわめて〝怪談〟であり、なおかつ暗鬱《あんうつ》として救いのない心理描写の徹底において〝モダンホラー〟に他ならない」とホラー小説としての特色を分析し、さらに「周到《しゅうとう》に張られた伏線」が結末の意外性を準備するという「ミステリ的趣向」が宇佐美作品に備わっていることを指摘した。

古典的な怪談文学は怪異という現象を描くが、個の分化が進んだ現代における恐怖小説（モダンホラー）は、人間の内面に根拠を求めた上でその心的現象として怪異を表現しようとする。それゆえ後者は、心理のねじれを重要な構成要素とするミステリーと共通点を持ちやすいのである。力のある書き手がジャンルの枠《わく》に囚《とら》われず創作を行うのはむしろ当然だが、『愚者の毒』のような秀作を書き上げるだけの資質を宇佐美は元から有していた。

『愚者の毒』の副次的な要素で私が注目したのは、作品の背景に時代を映す鏡として時事をさりげなく描き込んであった点だ。これも本作で突然出てきたものではない。宇佐美の第三作『入らずの森』(二〇〇九年。祥伝社→祥伝社文庫)は、作者の故郷である愛媛《えひめ》と高知《こうち》の県境にある尾峨《おが》という架空の土地が舞台となる。この長篇では、集落の背後に控える森が恐怖の生成装置として機能するのだが、その内部機構には非常に多くのものを孕《はら》んでいる。平家の落人《おちうど》伝説から南方熊楠《みなかたくまぐす》博物学、戦前の猟奇犯罪といった要素が混然一体となって読者に提示されるのだ。情報量の豊富な小説でありながら、それに淫《いん》せずに物語を組み上げた構成力を『入らずの森』では第一に賞賛すべきだと思うが、その資質は第四作である『愚者の毒』ではますます顕著《けんちょ》になっている。本書においては前述したように、現代社会の戯画《ぎが》化ともとれるような過去の貧困状況が描かれる。そうした形で構想をまとめ、強い印象を読者に与える造形物に仕立て上げる技能は、この先宇佐美の武器となっていくはずだ。

複雑な犯罪計画の顚末《てんまつ》を激しい感情のうねりと共に書き、その中では伏線の埋設と回収に代表される技巧を駆使して第一級のミステリーに仕立て上げた。作者の技量には全幅の信頼を置いていいと思うが、読みながら特に心に残ったのは、登場人物の声が聞こえてくる第三章だった。この個所における作中人物の語りは、愚《おろ》かにしか生きられない人間の哀《かな》しみを代弁し、同時に精一杯生きる者たちへの心からの共感を表明するものだ。その語りの余韻《よいん》を耳に感じながら、静かに本を閉じる。また一冊、よい小説を読んだ。

参考文献

鎌田慧『去るも地獄　残るも地獄―三池炭鉱労働者の二十年』筑摩書房
上野英信『廃鉱譜』筑摩書房
井手川泰子『筑豊　ヤマが燃えていた頃』河出書房新社
マーク・プロトキン『メディシン・クエスト』築地書館

（本作品はフィクションです。登場する人物、および団体名は、実在するものといっさい関係ありません。）

愚者の毒

一〇〇字書評

切り取り線

購買動機（新聞、雑誌名を記入するか、あるいは○をつけてください）

□（　　　　　　　　　　　　）の広告を見て
□（　　　　　　　　　　　　）の書評を見て
□ 知人のすすめで　　□ タイトルに惹かれて
□ カバーが良かったから　　□ 内容が面白そうだから
□ 好きな作家だから　　□ 好きな分野の本だから

・最近、最も感銘を受けた作品名をお書き下さい

・あなたのお好きな作家名をお書き下さい

・その他、ご要望がありましたらお書き下さい

住所	〒				
氏名		職業		年齢	
Eメール	※携帯には配信できません	新刊情報等のメール配信を 希望する・しない			

この本の感想を、編集部までお寄せいただけたらありがたく存じます。今後の企画の参考にさせていただきます。Eメールでも結構です。

いただいた「一〇〇字書評」は、新聞・雑誌等に紹介させていただくことがあります。その場合はお礼として特製図書カードを差し上げます。

前ページの原稿用紙に書評をお書きの上、切り取り、左記までお送り下さい。宛先の住所は不要です。

なお、ご記入いただいたお名前、ご住所等は、書評紹介の事前了解、謝礼のお届けのためだけに利用し、そのほかの目的のために利用することはありません。

〒一〇一-八七〇一
祥伝社文庫編集長　坂口芳和
電話　〇三（三二六五）二〇八〇

祥伝社ホームページの「ブックレビュー」からも、書き込めます。
http://www.shodensha.co.jp/bookreview/

祥伝社文庫

愚者《ぐしや》の毒《どく》

平成28年11月20日　初版第1刷発行
平成29年 6 月30日　　　第3刷発行

著者　宇佐美《うさみ》まこと
発行者　辻　浩明
発行所　祥伝社《しようでんしや》
東京都千代田区神田神保町 3-3
〒101-8701
電話　03（3265）2081（販売部）
電話　03（3265）2080（編集部）
電話　03（3265）3622（業務部）
http://www.shodensha.co.jp/
印刷所　萩原印刷
製本所　ナショナル製本
カバーフォーマットデザイン　芥 陽子

Printed in Japan ©2016, Makoto Usami ISBN978-4-396-34262-3 C0193

祥伝社文庫の好評既刊

高瀬美恵
庭師〈ブラック・ガーデナー〉
人間を花に喩《たと》え剪定《せんてい》する「庭師」。マンションの住人同士の疑心と狂気をあおる、未曾有《みぞう》のパニック・ホラー！

高瀬美恵
セルグレイブの魔女
奇妙なメモを残し、失踪する子供たち。彼らは皆、虐待など家庭に問題を持っていた。戦慄のミステリー。

新津きよみ
愛されてもひとり
田舎暮らしの中井絹子。夫が脳梗塞で急逝。嫁との相性が悪い絹子は自活を決意するが……。長編サスペンス。

新津きよみ
記録魔
「あの男を殺すまでを、記録していただきたいのです」――殺人計画に巻き込まれた記録係《スクリプター》が捉えた真実とは!?

有栖川有栖ほか
まほろ市の殺人
どこかおかしな街「まほろ市」を舞台に、有栖川有栖、我孫子武丸《あびこたけまる》、倉知淳《くらちじゅん》、麻耶雄嵩《まやゆたか》の四人が描く、驚愕の謎！

高橋克彦ほか
さむけ
高橋克彦・京極夏彦・多島斗志之《たじまとしゆき》・新津きよみ・倉阪鬼一郎《くらさかきいちろう》・山田宗樹《やまだむねき》・釣《つる》巻礼公《まきれいこう》・井上雅彦《いのうえまさひこ》・夢枕獏